나의 최애에게

나의
최애에게

류시은
소설

은행나무

차례

나의
최애에게

두 달 가까이 이어지던 장마가 끝나고 폭염 경보가 내리던 날 크레스타(Cresta)의 2집 쇼케이스가 있었다. 최애를 보기 위해 서귀포에서 서울까지 약 네 시간 반. 바람이 불지 않는 서울의 여름은 습하고 뜨겁고 기분을 들끓게 했다. 한강 진역에 내린 뒤에야 축축하게 달라붙은 셔츠의 단추를 풀고 호빈의 얼굴이 인쇄된 부채를 꺼낼 수 있었다. 목적지가 같아 보이는 어린 학생들이 하나둘 눈에 띄기 시작했으니까. 대놓고 '야호봉'이나 멤버 이름이 들어간 슬로건을 손에 쥔 사람들도 드문드문 보였으니까. 비로소 마음이 놓였다. 살 것 같았다.

초록 머리가 "잠시만요" 하고 내 앞을 지나 옆 좌석에 앉았다. 크레스타 정규 2집 콘셉트 포토에서 공개된 진일의 머리색이었다. 두피에 가까울수록 쨍하게 밝은 초록, 멀어질수록 푸른빛이 도는 청록. 이번 컴백의 이상한 머리 담당은 진일이구나, 했는데 그걸 그대로 따라 한 '니벨'이 있을 줄이야. 초록 머리는 좌석 앞에 쇼핑백을 내려두고, 진일의 이름이 형광으로 새겨진 반사 슬로건을 꺼냈다. 그 바람에 쇼핑백 바깥으로 삐져나온 사슴 인형의 플라스틱 뿔이 내 무릎을 찔렀다. 슬그머니 쇼핑백을 옆으로 밀어내며 물었다.

"진일이 사슴 인형이에요?"

"사슴 아니고 노루예요!"

초록 머리는 노루라는 것을 강조하더니 인형을 꺼내 보이면서 "진일이랑 완전 똑같죠?" 하고 웃어 보였다. 윗입술이 올라가며 드러난 치아에 교정기가 잘 닦은 실버 액세서리처럼 반짝였다.

"노루가 하얗네요."

"진일이가 워낙 하얗잖아요."

살면서 흰 노루는 본 적이 없었다. 노루궁뎅이버섯처럼 궁둥이가 흰 노루만 보았지, 털 전체가 하얀 노루는 본 적이 없었다. 하기는 저 인형도 삼등신으로 만들어놓은 사람의 형상에 뿔과 꼬리만 달아놓았는데, 털색이 이렇다 저렇다 따지는 것도 이상했다. 요즘 애들이 말하는 '모에화'라는 것이 그런가보다 해야겠지. 출처를 모르는 단어들과 새로 익힌 용어들이 머릿속에 어지럽게 떠다니던 날들이었다. 어떤 말이 어떤 뉘앙스로 쓰이는지 몰라 실수한 적도 더러 있었다. 습관처럼 올라오는 의문을 삼키고 "정말 사랑스러운 인형이네요" 하고 맞장구를 쳐주었다.

초록 머리는 진일이 노루 인형을 다시 쇼핑백에 조심스레 집어넣고, 공식 응원봉인 '야호봉'을 꺼내 건전지를 갈았다. 야호봉은 벌써부터 중앙제어장치에 의해 오렌지색과 초록색, 하늘색과 보라색으로 알록달록하게 깜빡였다.

나는 야호봉의 전원을 잠시 끄고 가방에서 나시카 망원경을 꺼냈다. 자리는 2층 맨 끝자리의 왼쪽 사이드석. 천 석이 안 되는 규모지만 무대에서 멀리 떨어진 좌석에 앉다 보니 제법 광활하게 느껴졌다. 맨눈으로는 나의 최애가 웃는지 우는지, 시선이 어디로 향하는지 조금도 짐작할 수 없는 거리. 1층 앞 열에 커다란 카메라를 들고 앉은 '홈마'가 트위터에 실시간으로 올려주는 프리뷰 사진이 훨씬 선명한 자리. 공연 이틀 전에 겨우 양도 표를 구하고 가장 먼저 챙긴 물건이 20구경 50배율의 망원경인 이유였다.

망원경은 제주로 내려오기 전 명동의 어느 호텔에서 일할 때, 일본인 관광객이 앨범 수십 장과 함께 두고 간 습득물이었다. 외국 팬들이 사인회에 응모하려고 앨범을 여러 장 구매했다가 버리고 가는 일은 꽤 흔했다. 일 년 이상 찾아가지 않은 물건은 담당 룸메이드가 처리하는데, 쓰레기봉투에 들어가려던 걸 무슨 생각이었는지 내가 집어들었다. 아마도 그 무렵 처음 구입한 중고차의 CD 플레이어에 당장 뭐라도 넣어보고 싶었던 단순한 마음이 시작이었으려나. 처음 크레스타의 음악이 재밌었던 이유는 가사를 거의 알아들을 수 없어서였다. 분명 우리말인데 외국인 숙박객의 말보다 알아듣기 어렵다는 사실이 낯설고 신기했다. 차에 한 장, 집에 한 장 두고 타국의 언어를 공부하듯 반복해서 들었다. 돌이킬 수 없는 마음을 품게 될 줄도 모르고.

서둘러 렌즈 덮개를 벗기고 망원경을 눈에 댄 채 무대 근처를 살폈다. 공연 시작 전에 조율해놓아야 새로 공개되는 무대를 첫 곡부터 놓치지 않고 볼 수 있을 테니까. 그런데 망원경의 초점이 맞지 않았다. 지난해 팬 미팅 때만 해도 멀쩡했는데. 초조한 나머지 렌즈 사이의 초점 조절 휠을 이리저리 돌리며 "이거 왜 이러지, 지금 이러면 안 되는데……" 중얼거리자, 옆 좌석의 초록 머리가 내 셔츠의 접힌 소매 끝을 잡아당겼다.

"언니, 한번 줘봐요."

얼떨결에 망원경을 바로 건넸다. 초록 머리의 허벅지 위에도 내 것과 같은 모델이 놓여 있었다. 제법 무게가 나가는 망원경을 받치고 볼 수 있을 만한 작은 삼각대도 함께. 한눈에 보기에도 이 바닥 잔뼈가 굵어 보이는 준비성 철저한 모습을 넋 놓고 보느라, 초록 머리가 나에게 서슴없이 "언니"라고 불렀다는 사실을 뒤늦게 자각했다.

초록 머리는 망원경 휠을 잠시 만져보다가 가방에서 안경 닦이를 꺼냈다. 꼼꼼하고 재빠른 손길로 렌즈를 문질러 닦더니 "이제 됐네요. 얼룩을 안 닦으셨던 거예요. 봐요" 하고 망원경을 내밀었다. 그가 건넨 렌즈를 통해 본 무대는 이래도 되나 싶을 만큼 맑고 또렷했다. 반질반질한 무대 바닥에 희미하게 찍힌 발자국까지 보일 것 같았고, 곧 등장할 나의 최애가 무슨 말을 중얼거리는지, 무슨 생각을 하는지, 어떤 마음을 숨기고 있는지도 투명하게 들여다보일 것만 같았다.

백팩 앞주머니에서 감귤 초콜릿 하나를 꺼내어 내밀었다. 콘서트홀 에어컨에선 실수로 히터라도 튼 듯 더운 바람이 나왔고, 포장지 속 초콜릿은 이미 고체가 아니었지만 당장 고마움을 표현할 물건이 그것뿐이었다. 초록 머리는 짜 먹는 젤리를 흡입하듯 포장지 입구를 뜯어 입안에 초콜릿을 밀어넣었다. 잠시 렌즈 뚜껑과 티켓을 정리하고 다시 그를 봤는데, 옆머리에 녹은 초콜릿이 길게 묻어 있었다. 내 흑갈색 머리였다면 초콜릿이 묻든 말든 아무도 몰랐을 텐데, 밝은 초록색 머리카락에 고동색 줄은 뭐랄까, 실수로 염색을 놓친 부분처럼 보였달까.

"초콜릿 묻었어요."

휴대폰 카메라를 셀카 모드로 켜서 초록 머리 앞에 대주고 급한 대로 티슈에 생수를 묻혀 건네자, 그는 싱글싱글 웃었다.

"오, 나뭇가지 같고 멋진데요? 다음엔 이대로 초코색 브릿지를 넣을까봐요."

지난 1집 수록곡을 흥얼거리며 내 휴대폰을 거울 삼아 머리를 닦던 초록 머리가 "어, 꺼졌다" 하고 화면을 가리켰다. 설정해둔 시간이 지나 까매진 화면을 다시 밝히자, 호빈이가 배경인 홈 잠금 화면이 떴다. 초록 머리는 "헐!" 하더니 빠르게 말을 늘어놓았다. 언니의 최애가 호빈이냐고, 자신도 호빈을 좋아한다고, 호빈을 세상에서 진일이 다음으로 예뻐한다고, 머리를 툭툭 털며 다시 웃어 보였다. 순간 그가 친근하게 느껴져 나도 차애가 진일이라고 고백했다.

"아, 진짜요? 그럼 우리……."

초록 머리는 하려던 말을 삼키고 내 손을 덥석 잡더니 악수하듯 흔들었다. 진일을 두 번째로 좋아한다는 말이 거짓말은 아니었다. 진일은 노래도 랩도 별로였지만, 춤은 전문 댄서처럼 잘 췄다. 마치 음감과 목소리와 성량을 팔아 춤 실력을 얻기라도 한 사람처럼 실력에 편차가 있었다. 음원에는 차라리 없는 것이 낫지만 무대에서는 꼭 있어야 하는 존재, '음소거 무대 장인'.

나는 눈이 아닌 귀로 먼저 애들을 접해서인지 진일의 존재를 뒤늦게 눈여겨보게 되었는데, 이유가 춤은 아니었다. 두 살 형인 호빈을 유난히 잘 따른다는 점, 호빈과 숙소 룸메이트여서 호빈의 일화를 팬들에게 많이 풀어준다는 점. 그 사실 하나로 그에게 정들었다. 진심을 증명이라도 해 보이듯 내내 얼굴을 향해 부치고 있던 플라스틱 부채를 내밀어 보였다. 한라봉 까먹는 호빈의 얼굴을 어떤 팬이 투명 부채에 인쇄해 팔기에 운송비 포함 1만 2천 원에 구한 것이었다.

"이 한라봉 호빈이, 진일이가 찍어준 거잖아요. 지난번 브이앱에서 올려주기로 약속했던 거요. 진일이가 사진 인화까지 해서 투명 폰 케이스에 애지중지 끼우고 다니던 거, 님 이 사진 뭔지 아시죠?"

초록 머리라면 자신의 최애인 진일의 개인 라이브 영상을 분명 챙겨봤을 테니까. 나는 확신에 찬 목소리로 물었고, 들뜬 나머지 그를 '님'이라는 이상한 호칭으로 부른 줄도 몰랐다. 그런 나를 유심히 쳐다보던 초록 머리는 갑자기 조심스레 상체를 숙이면서 은근한 목소리로 물었다.

"언니 우리 사돈이죠? 맞죠?"

"예?"

"에이, '홉일' 하시잖아요. 이 사진 유명한 건데. 호빈이랑 진일이…… 아니에요?"

"아, 우리 호빈이랑 진일이요? 하죠, 그럼요. 제 인생 유일한 즐거움인걸요."

'홉일'이 처음 들어본 단어는 아니었다. 트위터에서 호빈이를 검색하다 보면 한 번씩 진일과 함께 있는 사진이 떴고, 홉일이라는 말을 쓰는 이들이 가끔 눈에 띄었다. 그 수가 많지는 않았지만, 거기엔 상상과 망상을 녹여낸 듯한 짤막한 글이 보일 때도 있어서 팬픽 비슷한 건가, 하고 넘겼었다. 뭐, 매번 '호빈이와 진일이'를 '호빈×진일'이라고 적는 것은 많은 단어를 줄여 쓰는 요즘 애들에게 귀찮은 일일 테니까, 그 둘을 함께 좋아하는 일을 홉일로 부르는 것은 매우 자연스러운 일일 것이다. 내가 담백하게 고개를 끄덕이니 초록 머리가 제법 진지한 얼굴로 말을 이었다.

"그쵸, 둘이 너무 예쁘게 사귀어요. 오늘도 1차가 좀 터져야 할 텐데요."

"네? 둘이 사귄대요? 사실이에요? 근데 오늘 또 뭐가 터져요?"

순간 나도 모르게 눈을 크게 뜨고 되물었더니 초록 머리가 슬그머니 상체를 뒤로 빼고 머리를 긁적였다.

"아니, 그…… 2차에서요. 2차에서는 무슨 일이든 일어날 수 있잖아요."

"2차요? 아하……."

무슨 말인지 정확하게 이해하지는 못했지만, 나는 무대 방향으로 얼굴을 돌리고 짐짓 유쾌한 척 고개를 끄덕였다. 드디어 누군가 에어컨 온도를 내렸는지, 목덜미에 닿는 바람이 서늘하게 식었다. 마침 객석의 불이 한 단계 더 어두워지고 인트로 음악과 함께 스크린이 켜지지 않았더라면, 궁금함을 참지 못하고 눈치 없이 몇 가지 더 물었을지도 몰랐다. 저, 근데 2차가 무슨 말이에요? 추철선이 우리 애들 2차 보낸대요? 2차 가서 우리 애들이 사귀게 된 거예요? 그러라고 시켰대요? 아무리 망해간다고 해도 그렇지 이 기획사 진짜 너무한 거 아니에요? 이런 웃지 못할 질문들을. 분명 어벙하게 분노한 표정으로 묻고 또 물어서 그를 난처하고 곤란하게 만들었겠지.

*

끝없이 물이 차오르고 산봉우리마다 섬이 되었다.

그 일을 기억하는 소년들은 언제나 떠 있는 기분으로 살았다.

비가 쏟아지는 장면과 함께 스크린에 일렁이듯 자막이 올라오고 멤버들이 하나둘 총총 걸어나왔다. 〈구름 호텔〉이라는 서브곡부터 시작하려는 듯했다. 민트색 셔츠에 밤색 보타이를 매고 흰 면바지를 입은 호빈이 먼저 눈에 들어왔다. 반바지에 서스펜더를 착용한 멤버들도 보였다. 페이지 보이 콘셉트라도 하려는 건가? 때마침 리더 다울이 세상에 마지막 남은 산꼭대기 호텔의 호스트가 콘셉트라며 곡 소개를 했다. 정말 호텔이 배경이었다니…… 나는 스읍, 하고 숨을 들이마셨다.

"흰 구름 위를 걸어, 너를 기다리는 매일, 푸른 민트 잎을 파도 위에 띄워, 웰컴, 웰컴 드링크……."

가사가 유난히 귀에 잘 들어오는 발랄한 듯 음울한 멜로디의 묘하게 힘 빠지는 댄스곡. "네가 와주기만 한다면 레이트 체크인이어도 괜찮아"라고, 하필 내가 속한 업계 용어를 내지르는 호빈의 '싸비' 부분에서 나는 관자놀이를 지그시 눌렀다. 타이틀곡이 아니어서 다행이었다. 그러니까 끝없이 비가 쏟아지는 세계, 해수면은 자꾸만 높아져 아주 높은 산봉우리 일곱 군데만 발 디딜 공간으로 남은 지구, 일곱 명의 멤버가 일곱 개 대륙의 높은 산봉우리에 홀로 남겨진 가까운 미래의 어느 날. 이번 정규 2집의 세계관은 난감한 아포칼립스였다. 이것은 만듦새의 좋고 나쁘고의 문제가 아니었다. 우리 애들 이러다 산으로 가는 거 아닐까, 걱정한 나날들이 스쳐지나갔다. 정말 곧이곧대로 산으로 올라갈 줄이야. 콘셉트 포토와 티저 영상만 봤을 때는 그래도 희망적인 부분이 분명 있었는데…… 아니, 전국에 두 달 넘도록 이어지던 장마가 간신히 그친 게 엊그제인데, 수해 복구 작업으로 여기저기 난리인데, 무대에 물 폭탄과 대홍수를 뿌려버리면 어쩌자는 거야.

나는 쇼케이스 초반 몇 분은 내내 망원경을 들고 보다가, 팔뚝이 저리고 손목이 시려와 들었다 내렸다 하며 부스럭거렸다. 초록 머리가 "언니, 삼각대 빌려드릴까요?" 하고 작게 속삭인 뒤로는 어쩐지 민폐가 되는 것 같아 망원경을 아예 백팩에 넣었다. 세 가지 버전의 앨범 구성품 소개를 듣고, 준비된 영상과 수록곡 무대를 차례로 보면서 차츰 망원경을 들 마음이 사라지기도 했고……. 팬들이 누누이 빼달라고 토로했던 요소들을 알뜰히 넣은 타이틀곡까지 확인한 뒤로는 설렁설렁 흔들던 야호봉까지 아예 정리하고, 이마를 짚거나 턱을 괸 채 무대를 바라보았다.

저녁 일곱 시에 시작한 쇼케이스는 예상보다 늦게 끝났다. 초록 머리와 나는 인사할 타이밍을 놓친 채 통로로 줄지어 나오는 사람들에 떠밀리듯 콘서트홀을 나왔다. 관람 전 들떴던 마음은 차분히 가라앉았고, 잠시 길에 눕고 싶을 만큼 몸이 무거워졌다. 며칠 정신이 없기는 했다. 갑자기 연차를 쓸 수 있게 되어 급하게 양도 표를 구하고, 서둘러 김포행 항공권을 예매하고, 콘서트홀에서 멀지 않은 곳에 대충 숙소를 잡은 것이 어제와 그제의 일이었다. 오늘 오전에도 백오피스 회의를 마친 뒤에야 서귀포에서 제주공항으로 이동해 서울로 올라올 수 있었다. 가끔 우리 크레스타 멤버들보다 내가 더 바쁜 건 아닐까, 싶은 날이 있었는데 그게 최근 며칠이었다. 무거운 발을 옮기고 옮겨 지하철역까지 걸어내려가다가 다시 초록 머리를 마주쳤다.

"강릉은 이렇게까지 안 더운데 오늘 서울 날씨 돌았네요."

초록 머리가 휴대용 선풍기를 대뜸 내 얼굴에 갖다대더니 먼저 말을 붙였다.

"서귀포도 요샌 이렇게까지 안 더워요."

"오, 언니도 바다 근처 사시네요."

"그렇네요. 우리 애들 세계관에서는 수몰 지역이겠지요?"

"무대 열심히 보셨나봐요. 저는 최애 얼굴만 보다 끝났는데."

우리는 말없이 몇 블록 더 걸었다. 아가미로도 숨 쉴 수 있을 듯 공기는 축축한데 이상하게 입안은 바짝 말라 말을 이어갈 엄두가 나지 않았다. 수제 맥주를 파는 작은 멕시코 식당 옆을 지날 무렵, 초록 머리가 다시 말을 꺼냈다.

"언니, 맥주 한잔 괜찮아요?"

그러자고 대답하는 나의 목소리가 퍼석하게 갈라져나왔

다. 깊게 생각할 것도 없이 당장 맥주를 목구멍에 들이붓고 싶었다. 콘서트홀의 후미진 좌석과는 달리 운 좋게 창가에 자리잡은 우리는 부리또 볼을 시키고 나초를 추가했다. 막상 음식 냄새를 맡으니 허기가 졌다. 오전에 호텔 카페에서 당근 스콘에 아이스 아메리카노를 마신 뒤로는 아무것도 먹지 못했다. 초록 머리는 500cc 맥주를 단번에 비웠다. 그의 맞은편에 앉아 식당 조명을 사이에 두고 보니 깨끗한 눈자위에 통통한 뺨이 생각보다 더 앳되어 보였다.

"혹시 미성년자는 아니시죠? 요새는 두발 자유라고 하니까."

"저 대학 졸업반이에요."

"정말요?"

초록 머리는 국문과 4학년이라고 했다. 이야기를 조금 나누다 보니 나와 태어난 연도 끝자리가 같았다. 잠시 정적이 찾아와서 "국문과면 소설 같은 것을 쓰는 것이냐"는 재미없는 질문을 내뱉었는데, 그는 의외로 순순히 그렇다고 대답했다.

"국문과라고 다 소설 쓰고 그러는 건 아닌데…… 그 비슷한 걸 쓰고는 있어요."

초록 머리는 손을 흔들어 맥주 한 잔을 더 시키고서는 말을 이었다.

"뭐, 막 떠들 수 있는 건 아니고요, 그냥 꼴리는 대로 이것저것……."

초록 머리가 말끝을 얼버무렸다. 곤란한 대답을 어쩔 수 없이 하는 것인지, 은근히 더 물어봐주기를 바라는 것인지 진의를 파악할 수 없어 다른 이야기로 말을 돌렸다. 누구라도 붙잡고 나누고 싶던 이야기를 바로 꺼냈다.

"오늘 쇼케이스 어땠어요? 이번 앨범 괜찮을 것 같아요?"

"네, 저는 오늘 죽어도 괜찮을 것 같은데요."

"예?"

"우리 진일이가 반바지를 입었잖아요. 예쁜 종아리도 보여줬고. 거기다 서스펜더에, 베레모까지 써줬잖아요."

"아니, 앨범 말이에요."

"흠, 앨범이요? 글쎄요, 애초에 음악에는 큰 기대 안 해서요. 뭐 그만하면 잘 뽑은 것 같기도 하고. 보통 듣는 음악은 따로 있지 않나요?"

과연 '음소거 무대 장인'의 팬이 맞구나, 싶었다. 괜한 말을 꺼냈나 싶었지만 그래도 의견을 구할 사람은 눈앞의 초록 머리뿐이었기에, 앞접시에 부리또를 조금 덜어 담으며 조심스레 생각을 읊었다.

"들어봐요. 크레스타가 스페인어로 산봉우리라는 뜻이잖아요. 팬덤명 니벨도 산의 고도, 물의 수위로 쓰이는 용어라고 하고요. 응원봉도 야호봉이라는 산 관련 이름이고. 이건 데뷔 때부터 픽스된 거잖아요. 근데 왜 그동안 한 번도 이런 세계관 이야기를 안 풀어줬던 걸까요. 데뷔 앨범, 미니 앨범 세 장 다 그냥 지나치고, 정규 1집도 관련 없는 이야기로 앨범을 꾸리더니 애매하게 정규 2집에 와서야 뮤비에 산봉우리를 등장시켰잖아요. 그것도 세상이 곧 끝날 것 같은 대홍수 콘셉트로. 마무리를 짓겠다는 걸까요? 투자 접겠다는 걸까요? 그렇지 않아도 한참 방치하다 가까스로 정규 2집 내준 건데."

"언니…… 그건 너무 과몰입이에요. 아직 계약 기간 남았잖아요."

"아니, 이번 활동도 생각보다 짧게 하고, 음방도 몇 개 안 나온다고 하니까……."

그간의 앨범들은 수익을 내지 못했으니까, 차트에 진입하지 못했으니까 활동이 줄어드는 것도 이해는 갔다. 무엇보다 얼마 전 데뷔한 소속사 후배 그룹의 앨범 판매량이 크레스타 정규 1집의 두 배, 아니 세 배를 넘어서면서 기획사의 분위기가 완전히 바뀌었다. 크레스타에 대한 투자가 노골적으로 줄어드는 것이 무심히 '덕질'하는 편인 내 눈에도 보였다. 쇼케이스 티켓도 이틀 전 급하게 양도받고 난 뒤에야 알았다. 그냥 티켓 사이트에서 예매했어도 더 좋은 자리를 구할 수 있었다는 것을. 덕질을 함께할 사람이 없어 정보가 더디다 보니 그새 팬들이 많이 빠져나간 것도 눈치채지 못했던 것이다.

"언니, 올해 이상기후로 장마가 더럽게 길었잖아요. 여기저기 물에 잠기고, 쓸려가고. 저희 이모네 새로 지은 펜션도 통째로 떠내려가고 난리였어요. 뭐, 여차저차 이런 분위기 속에서 추철선이 문득 잊고 있던 우리 애들 세계관을 떠올리고 별안간 이걸로 함 꾸려봐, 했겠죠. 그게 어쩌다 보니 좀 비관적으로 표현된 것 아닐까요? 우리 애들을 버리든 방치하든 그런 것과는 상관없어요."

"하긴, 비관은 우리의 지문 같은 거였죠."

추철선은 크레스타가 소속되어 있는 아이언쉽 기획사의 대표이사였다. 드러난 전과는 없지만 피의자 신분이 되어본 적은 있는, 경찰의 압수수색을 두어 번쯤 경험한. 내가 이 아이돌을 좋아해도 되는 걸까, 이들의 음악과 콘텐츠를 소비해도 괜찮은 걸까…… 문득 떠올리면 죄책감과 자괴감에 빠져들게 만들어 평소에는 모르는 척 깊이 묻어두는 이름.

"근본은 별생각 없었을 거예요. 기후 위기가 이슈로 자주 떠오르니까 말이 나오게 된 거겠죠. 그게 트렌드라고 생각하는 거예요."

"기후 위기가 트렌드다? 대홍수가 트렌드다? 그게 말이 돼요?"

"왜, 에코백이랑 텀블러도 수집하는 사람 많잖아요. 패션인 거죠 뭐. 그룹 이름 정해질 무렵에도 그냥 자기가 한창 등산에 빠져 있어서 그렇게 지었던 것일 뿐이잖아요. 그때 스페인에서 만난 애인이 등산복 디자이너여서 애들 첫 무대 등산복 입혀서 내보냈던 거 아시죠? 그냥 지구 어디선가 전쟁 난 사건에 꽂히면 애들 밀리터리룩에 장난감 총 쥐여서 무대 세울 사람인 거예요. 아, 이건 선배 그룹이 '해피 솔저'에서 이미 했던 건가……."

데뷔 앨범은 주로 귀로만 들어 잠시 잊고 있었다. '등산돌'로 반짝 화제가 되었던 무대를. 데뷔곡은 산과 아무런 관련이 없는 곡이었는데도 등산복을 입고 나와서 나도 의아했었다. 특히 데뷔 첫 주에 돌았던 음악방송 무대들은 나도 두 번 이상 본 적이 없었다. 호빈은 500ml 생수병을 꽂은 등산 배낭을 메고 나와 노래를 불렀고, 래퍼인 스티브는 페이즐리 문양의 손수건을 두른 등산 스틱을 휘두르며 무대를 누볐다. 격한 춤을 많이 춰야 했던 진일은 뜬금없이 래시가드를 입었는데, 제일 마르고 왜소한 멤버에게 난데없이 그런 의상을 입힌 이유는 여전히 아무도 알아내지 못했다.

"그냥 추철선이 문제인 거예요. 다 그 또라이 새끼 탓이지 우리 애들은 잘못 없어요. 막말로, 조금 망했을 뿐이지 상한 건 아니잖아요? 아직 사고 친 애들도 없고요."

"상한 건 아니라고요? 마음이 상했잖아요!"

"언니, 너무 깊이 생각하지 말아요. 우리는 즐겁게 덕질만 하면 되는 거예요. 우리가 무얼 할 수 있겠어요? 다른 방법이 없잖아요?"

그는 별안간 그렇게 결론지으며 맥주잔을 내 잔에 가볍게 부딪쳤다. '뜰' 것 같지는 않다는 느낌, 음원 차트 끝자락에 들락 말락 하다 결국 근처도 못 가보고 활동을 마무리할 거라는 예감에는 면역이 되어 있었다. 다만 이번 앨범이 마지막이 될지도 모른다는 불안감, 무대 위 최애를 볼 날이 점점 줄어들다 곧 사라질 거라는 걱정만큼은 좀처럼 가볍게 떨쳐지지 않았다.

초록 머리와 나는 생맥주를 세 잔씩 들이켰고, 부리또 볼과 나초는 반 이상 남긴 채 일어섰다. 다시 후덥지근한 바깥으로 나왔다. 속이 더부룩했다. 식당 앞의 담배 연기를 피해 빠르게 몇 블록을 걸었다. 타닥타닥, 벌레 퇴치기에 날벌레 타는 소리가 들려오는 편의점 앞에 멈추어 서서 물었다.

"지금 고터 가면 강릉 가는 버스 있어요?"

"24시 카페에서 아침까지 놀다 첫차 타려고요."

"뭐 하고 놀게요? 근처에 숙소 잡았는데 눈 좀 붙이고 가죠. 밖에서 혼자 밤새우는 건 위험하잖아요."

혼자 호텔에 들어가고 싶지는 않았다. 쇼케이스 티켓을 구하고 급하게 비즈니스호텔을 잡아두기는 했지만, 시간적 여유가 있었다면 다른 방법을 찾았을 것이다. 이 시간에 로

비에 들어서면 늦은 밤 출근하는 기분이 들 것 같았으니까.

명동의 호텔에서 프런트 데스크를 볼 때, 잠이 없다는 이유로 자진해서 나이트를 많이 섰다. 쓸쓸한 일들은 대체로 늦은 밤에 일어난다는 사실을 잘 모르던 시절이었다. 어디선가 탄내가 난다는 콜을 받고 해당 층으로 뛰어올라갔던 밤. 종아리 근육이 녹아버린 듯 발이 떨어지지 않아 무릎으로 복도를 기었던 날. 청테이프를 붙인 욕실 문을 뜯어내듯 열고 무엇을 보았더라……. 그 일을 겪은 뒤로는 굽 있는 구두를 신지 않았다. 누군가 나의 팔을 잡아 일으키고 슬리퍼를 신겨주던 감각, 뿌옇게 번지던 연기의 잔상만 남았다. 묘하게 가볍고 우울한 댄스곡 〈구름 호텔〉의 "웰컴, 웰컴 드링크" 부분의 멜로디가 귓가에 맴돌았다. "네가 와주기만 한다면 레이트 체크인이어도 괜찮아"라는 가사가 호빈 파트였지, 아마.

"같이 가주실 거죠?"

초록 머리를 한 번 더 붙잡았다. 객실은 더블 침대 하나만으로도 꽉 차서 엑스트라베드를 넣을 만한 공간은 없어 보였다. 어느 정도 예상은 했지만 막상 방 안에 들어서고 보니 초록 머리에게 미안했다. 누군가와 함께 올 줄 알았더라면 분명 트윈 베드, 아니 다른 호텔을 예약했을 것이었다. 침대 옆 객실 전화기의 수화기를 들고 0번을 누르려다 잠시 망설였다. 무턱대고 룸 업그레이드를 요청하거나 사소한 트집을 잡아 방을 바꾸어

달라는 손님들에게 얼마나 시달렸던가. 요금을 더 지불할 테니 옮겨달라고 하는 것도 귀찮기는 마찬가지였다. 어쨌든 손님이 문을 한 번 열었던 방은 다시 점검해야 했으니까.

"오, 침대 완전 넓네요."

초록 머리가 에코백과 굿즈들이 들어 있는 쇼핑백을 바닥에 툭, 내려놓으며 넉살 좋게 말했다.

"반어법인가요?"

"왜요. 우리 나란히 앉았던 콘서트홀 좌석 두 자리보다 훨씬 넓잖아요."

초록 머리는 진심인지 장난인지 모를 표정으로 웃어 보였다. 하기는 저 애나 나나 아침 일찍 객실을 나서야 하니까, 차례로 씻고 나면 어차피 몇 시간 잘 수도 없을 것이었다. 화장실 앞 옷장을 열어 샤워 가운 하나를 그에게 건넸다.

"옷 챙겨온 거 없죠? 이거 잠옷으로 입어요."

"다 벗고 입는 거예요?"

"좋을 대로요."

초록 머리가 먼저 샤워하러 간 사이, 나는 미니바에서 생수 한 통을 꺼내어 화장대 앞으로 갔다. 스툴에 걸터앉아 휴대폰을 열었다. 트위터에 들어가 홈마들이 올려준 쇼케이스 사진들을 살폈다. 프리뷰를 깔끔하게 보정한 사진이 벌써 한두 장씩 올라오고 있었다. 멤버들이 콘서트홀에서 나와 밴에 올라

타는 영상까지 찍어 올렸던데, 대체 언제 오늘 무대 사진 보정까지 한 걸까. 홈마들의 속도는 언제나 놀라웠다. 오로지 최애를 좋아하는 일에 자신을 던진 사람들답게 빨랐다. 초록 머리의 말이 맞겠지. 지금의 즐거움, 그 이상의 고민은 내 영역 밖의 문제다. 애초에 덕질을 왜 하고 있는지를 생각해보면 명확해진다. 올라오는 사진마다 리트윗을 하고 그중 마음에 드는 사진을 열 장쯤 휴대폰에 저장했을 무렵 초록 머리가 욕실에서 나왔다. 수건으로 머리를 털며 옆으로 다가왔다.

"사진 좀 떴어요?"

"봐요, 진일이."

홈마가 찍은 진일의 사진 하나를 보여줬다. 밤색 베레모에 민트색 반바지, 하얀색 니삭스를 신은 진일의 전신사진이었다. 엄지와 검지로 화면을 확대하자, 눈 밑에 바른 푸른색 펄과 큐빅이 박힌 인이어가 조명을 받아 함께 반짝이는 얼굴이 화면 가득 들어찼다. 지나친 반짝임 탓에 사슴같이 둥글고 커다란 눈 아래에 눈물이 고여 있는 것처럼 보였다. 초록 머리가 나른한 목소리로 중얼거렸다.

"하…… 나 오늘 자살할래."

"네?"

"오늘 죽고 싶다고요."

"무슨 말이에요, 갑자기?"

내가 휴대폰을 내려두고 갑자기 정색하자 초록 머리가 오히려 놀란 듯 나를 내려다봤다.

"왜요. 좋아서 죽겠다고요. 그냥 흔한 감탄사 같은 거잖아요."

"그래도 그렇지. 그런 말 함부로 쓰지 마요. 진짜요. 진짜 그러면 안 돼요."

"……."

"알아들었어요? 약속해요. 새끼손 내밀어봐요."

초록 머리는 미간을 찌푸리면서도 내가 내민 손가락에 새끼손가락을 걸었다.

"언니도 참. 꼰대 기질 있으시네요."

"맞아요. 저 꼰대 맞으니까, 약속은 꼭 지키기로 해요."

뒤돌아 바로 욕실로 들어왔다. 세면대 옆에 땀이 서늘하게 식은 셔츠를 벗어두고 거울을 봤다. 가르마를 따라 올라온 새치 두 가닥을 뽑고, 바닥에 떨어진 해초 줄기 같은 머리카락 몇 가닥을 주워 휴지통에 버렸다. 샤워 부스에 들어가 유리문을 닫고 물을 세게 틀었다. 내가 너무 진지하게 정색했나 싶었지만, 아닌 건 아닌 거였다. 자주 읊는 단어는 입에 붙는다. 우리의 비관이 지문처럼 남았듯이. 씻는 동안 그가 말없이 방을 나갈지도 모른다는 불안감과, 그러지 않았으면 하는 생각이 동시에 들었다. 찬물로 몸 안에 남아 있는 더운 기운을 완전히 씻어내고, 체온에 가까운 미지근한 물을 오래 맞았다.

샤워 가운을 여미고 침실로 나가자, 초록 머리는 휴대폰을 손에 꼭 쥔 채 잠들어 있었다. 이른 아침부터 강릉에서 버스 타고 올라와 머리를 초록으로 염색하고, 콘서트홀 앞에서 홈마가 선착순으로 나눠주는 슬로건을 받고, '진일이 노루 인형' 한정판 굿즈도 사고⋯⋯. 고단하기는 했을 것이다. 초록 머리가 깨지 않도록 조심스레 이불 안으로 들어갔다. 그와 등을 지고 모로 누워 휴대폰 화면의 조도를 낮추었다. 공식 팬카페의 'from 크레스타' 게시판에 리더 다울이 쓴 편지가 올라와 있었다. '너무 사랑하는 니벨, 오늘 쇼케이스 와주셔서 너무너무 고맙구요'로 시작하는 '너무'가 너무 많이 들어가는 글을 무심한 눈으로 읽어 내려가는데, 호빈의 프라이빗 메시지 창이 떴다.

– 아줌마, 자?
– 나 아줌마 보고 싶어서 잠깐 왔어.
– 〈구름 호텔〉 가사 내가 썼는데 어땠어? 좋았어?

〈구름 호텔〉을 호빈이 썼다고? 세상에 마지막 남은 호텔의 호스트가 콘셉트인 요상한 곡을? 갑자기 심장이 뛰어 일어나 앉았다. 작곡이든 작사든 누가 만들었는지 꼼꼼히 살펴보지 않았던 건, 그동안 호빈이 그런 작업에 참여한 적이 없었기 때문이다. 어쩐지 이상하리만큼 귀에 잘 들어오더라니. 그럼 저작권료도 받는 건가? 나는 '그 곡이 타이틀이 되었어야 했는데!' 하고 새로운 진심을 채팅창에 입력했다. 최애가 보는 채팅창에는 내 글이 빠르게 올라가는 수백 개의 문장에 파묻혀 있겠지만, '이번 앨범 대박이야, 완전 기대 돼' 같은 마음에 없던 문장들도 몇 개 더 전송했다. 호빈은 잠시 밀려 올라오는 채팅창을 읽는 듯 뜸을 들이다가 말을 이었다.

- 밤에도 낮에도 내 생각 계속 해줘야 돼. 우리 노래 들으면서.
- 아줌마 오래 만나려면 나 이번에 정말 잘돼야 하거든.
- 아줌마, 오늘도 사랑해요, 꿈에서 만나.

나는 잠시 은은한 오렌지빛 객실 천장을 보며 멍하니 누워 있다가, 프라이빗 메시지 애플리케이션에 다시 들어갔다. 매달 7900원의 구독료를 지불하면 멤버 1인을 선택해 메시지를 받을 수 있었다. 호칭을 마음대로 설정하는 것도 가능했다. 최애가 보내는 메시지는 미리 입력해둔 호칭으로 변환되어 나의 채팅창에 전달되었다. 아무때나 바꿀 수도 있었다. 처음엔 멋모르고 곧이곧대로 내 이름을 적었다가, 어쩐지 민망하고 어색해서 한동안 그냥 팬덤명으로 해두었다. 아줌마로 바꾼 건 최근이었다. 얼마 전 어떤 숙박객이 컴플레인을 해오며 불렀던 호칭을 씻어내고 싶었기 때문이었다. 다시 아줌마를 지우고 니벨로 바꾸었다. 나의 최애 덕분에 이제는 완전히 괜찮아졌으니까.

이 정도가 좋았다. 호칭 따위 설정에 들어가 아무때나 바꿀 수 있는. 20구경 50배율의 망원 렌즈를 통해야만 표정을 읽을 수 있는. 마음에 드는 모습만 골라 저장할 수 있고, 나의 시간에 맞추어 꺼내볼 수 있는. 똑같이 휴대폰을 들어도 그쪽에서 나를 찍을 리 없고, 불쾌하게 뜨거운 체온과 끈적이는 체액을 공유할 일 없고, HPV 고위험군 바이러스 같은 것을 나누지 않아도 되는. 언제든 내키지 않으면 그만둘 수 있는. 그래서 더 달콤하고 안전한. 이만큼의 거리가 이제는 좋고 편했다.

백팩 앞주머니에서 에어팟을 꺼내 양쪽 귀에 꼈다. 음원 사이트에 들어가 정규 2집 앨범을 전곡 반복으로 설정해두고 재생 버튼을 눌렀다. 이번 앨범은 몇 번이나 듣게 되려나……. 세 번째 미니 앨범까지만 해도 진지하게 스트리밍을 돌렸다. 음원사이트 계정 세 개를 파서 밤낮없이 음소거로 음악을 틀어놓았다. 백오피스 회의 때, K-POP도 이제는 적극적으로 활용해야 한다며 호텔 카페 배경음악에 BTS와 블랙핑크와 세븐틴 사이 은근슬쩍 크레스타를 끼워넣기도 했다. 음원 차트에 진입할 수 있을 거라고 진지하게 믿었던 때였으니 그럴 수 있었지만. 헛된 욕심과 갈망을 내려둔 뒤로는 최애가 뭐라고 하소연을 하든 냉정하게 듣고 싶을 때만 들었다. 최애를 좋아하는 일은 되도록 좋아하는 일로만 채우고 싶었으니까.

문득 콘서트홀에서 초록 머리가 말했던 홉일이 떠올랐다. 그때 그의 눈이 그랬다. 좋아하는 것을 집요하고 성실하게 좋아온 사람의 눈. '홉일'을 검색창에 넣어보았다. 역시 팬픽의 한 구절을 떼어낸 것 같은 짤막한 글과, 호빈과 진일이 함께 나온 사진 같은 것들이 드문드문 떴다. 내친김에 초록 머리가 말했던 '2차'도 검색창에 넣어보았다. 1차 창작물을 바탕으로 새로 만든 이야기나 그림, 만화 같은 것을 2차 창작물이라고 하는 것 같았다. 그걸 왜 아이돌 판에서도 쓰는 걸까. 아이돌의 캐릭터와 보여주는 행위도 이미 창작된 거라고 생각해서? 그것까지 만들어진 퍼포먼스로 보니까? 실제 사람으로 창작한다는 의미가 더 강해지면 '리얼 퍼슨 슬래시(Real Person Slash)'에서 따온 알페스가 되는 듯했는데, 내가 보기에는 그 말이 그 말이었다.

그냥 다 편하게 '문학'이라고 부르지, 싶었는데 이미 그렇게 사용하는 사람들이 있었다. 선생님, 이건 문학입니다! 제발 더 써주세요, 더 써달라고요, 하며 독촉받는 작가들이 있었다. 그럼 초록 머리가 쓴다는 글은 '홉일 문학'이 되는 건가. 홉일 문학이라니, 세상에서 가장 사랑하는 아이와 그다음으로 사랑하는 아이, 그러니까 최애와 차애가 등장하는 문학이라니.

"2차에서는 무슨 일이든 일어날 수 있잖아요."

초록 머리가 그랬던가. 그래서 죽고 싶다는 감탄사가 습관이 된 건가. 최애와 차애가 내가 보고 싶은 모습으로 살아 돌아다니는 세계. 그런 것을 만들고 있었으니까.

*

타닥타닥 소리에 가까스로 눈을 떴다. 자가드 커튼이 걷힌 한 뼘 틈으로 햇살이 들어와 화장대 스툴에 앉아 있는 초록 머리의 등을 비추고 있었다. 아침부터 뭘 저렇게 쓰는 걸까. 휴대폰을 찾아 시간을 확인하니 오전 열한 시였다. 탑승했어야 할 아홉 시 비행기는 이미 제주에 착륙하고도 남을 시간이었다.

"아…… 이런."

"일어나셨어요?"

초록 머리가 뒤돌아보며 노트북 덮개를 닫았다. 옷도 다 입었고 머리도 빗은 듯 단정했고 노트북 옆에는 나가서 테이크아웃으로 사온 듯한 커피가 놓여 있었다. 새벽 여섯 시에 내가 맞춰놓은 알람이 한참 울렸을 텐데, 일어날 때까지 기다려준 건가.

"오후에 알바 있다고 하지 않았어요? 그래서 꼭 첫차 타야 된다고."

"괜찮아요. 그렇잖아도 오늘 째고 싶었어요."

"죄송해서 어쩌죠."

"저 배고파요. 냉모밀 먹고 싶어요."

호텔 지하는 백화점과 이어져 있었다. 푸드코트의 퓨전 일식집에서 냉모밀 두 그릇을 먹고, 에스컬레이터를 타고 한 층 더 내려갔다. 지하철로 연결되는 지하 2층에는 액세서리 숍과 문구점, 캐주얼 의류 매장들이 있었다. 들릴 듯 말 듯 노래를 흥얼거리며 걷던 초록 머리가 갑자기 "미친!" 하며 손으로 어딘가를 가리켰다. 그의 손끝을 따라 어느 의류 매장 안에 서 있는 마네킹을 보았다. 눈, 코, 입 없는 허연 얼굴의 마네킹이 입은 티셔츠를 보고 나도 동시에 "어⋯⋯!" 하며 자연스레 그 앞으로 다가갔다.

파도가 부서지는 드넓은 해변에 히비스커스가 그려진 서핑 보드, 빨간 페라리가 프린트된 하늘색 오버핏 티셔츠. 우리는 그것이 무엇인지 거의 동시에 알아보았다. 기획사에서 만들어준 자체 콘텐츠 영상에서 호빈과 진일이 맞추어 입었던 옷이었다. 그 영상은 십오 분씩 잘게 쪼개어져 일주일에 한 번씩 네 번에 나누어 업로드되었다. 덕질할 거리가 부족한 활동 공백기에 거의 한 달 동안 같은 옷차림의 최애를 보았던 것이다. 매장 안으로 들어가 마네킹이 입은 티셔츠의 옷감을 만져보았다. 면이 탄탄하면서도 얇고 부드러웠다. 초록 머리가 가격표를 확인하더니 제안했다.

"이거 두 장 사서 나눠 입을래요? 어제오늘 신세도 졌고, 제가 사드릴게요."

그러고 보니 우리 둘 다 어제 땀에 절었던 옷차림 그대로였다. 문득 매장 앞에 '두 벌 사면 20% 할인'이라는 글귀가 눈에 들어와 흔쾌히 좋다고 했다. 내친김에 바로 갈아입기로 하고 피팅룸에 들어갔다. 단정하지만 지루한 디자인의 출근용 셔츠를 벗고 하늘색 티에 얼굴을 넣으려다 동작을 멈추었다. 티셔츠 뒷면에 파도 거품을 따라 뿌연 흰색 필기체로 적혀 있던 글씨가 갑자기 눈에 들어왔다.

It's no real pleasure in life.*

나는 정색하고 그 문장을 바라보았다. 인생에 진짜 즐거움은 없다? 티셔츠를 입고 나온 영상을 몇 번씩 돌려 보면서도 알아차리지 못했는데. 나의 최애와 차애는 어째서 이런

---

* 플래너리 오코너, 〈A Good Man Is Hard To Find〉 마지막 대사 인용.

문구가 적힌 옷을 입었을까. 다른 직종도 아닌 아이돌이. 오로지 즐거움 그 자체여야 할 존재들이.

잠시 이 옷을 입을지 말지 고민하다가, 초록 머리의 발갛게 들뜬 얼굴이 떠올라 그냥 티셔츠에 머리를 넣었다. 추철선이라는 상징적 존재를 외면하는 마음과 크게 다르지 않다고 생각하면 여느 때처럼 괜찮을 것이었다. 어차피 백팩을 메면 가려질 부위이기도 했고, 추후에는 잠옷으로 입으면 될 일이고. 서랍 깊숙한 곳에 방치해두면 그만인 티셔츠 한 장일 뿐이었다.

지하철 스크린도어 앞에서 초록 머리가 내 팔을 잡고 유리에 비친 모습을 가리켰다.

"우리 꼭 커플 같아요."

커플이라는 단어를 듣고 보니 잠들기 전 찾아보던 생소한 단어들이 떠올랐다.

"어제, 그, 홉일이요. 왜 여쭤보셨던 거예요?"

"아…… 그거요? 그냥 반갑고 싶어서요. 이제 남은 사람이 한 줌이거든요."

반가워서도 아니고 반갑고 싶어서라니. 하기는 세상에 몇 안 되는 니벨들 중 진일과 호빈이라는 멤버를 특히 좋아하고, 그 둘을 엮어서 홉일까지 하는 사람이 몇이나 될까. 초록 머리의 말 그대로 한 줌이겠지. 그마저도 하나둘 사라져 없던 일처럼 고요해지겠지. 문득 끝없이 물이 차올라 섬이 되어버린 산봉우리, 그 끝에 홀로 서 누군가 와주기를 하염없이 기다리던 뮤직비디오 속 진일이 떠올랐다. 나의 최애가 쓴 가사도 함께.

"레이트 체크인도 괜찮아요?"

초록 머리는 풉, 웃더니 "이 언니 과몰입이 습관이셨네" 하고 자신의 트위터 계정 주소를 알려주었다. 그가 알려준 주소를 찍으니 흰 노루 인형이 프로필 사진인 팔로워 스물두 명의 계정이 떴다. 노루 사진 아래로는 P로 시작하는 어떤 홈페이지 주소가 걸려 있고 #크레스타 #홉일 같은 태그가 올라가 있었다. 계정 이름은 슈진. '홉일 문학'의 필명인 걸까. 본명은 주인이나 수진쯤 되려나. 궁금증이 일었지만 물어보지는 않았다. 우선 팔로우 버튼부터 눌렀다.

"호빵님?"

휴대폰 화면을 보던 슈진이 그렇게 부른 뒤에야 구독만 하던 나의 계정 이름이 호빵이었던 걸 새삼 기억해냈다. 이직할 곳을 구하지 못한 상태에서 명동의 호텔을 그만두던 날, 크레스타를 덕질하기 위해 처음 트위터 계정을 만들었다. 짐을 다 챙기고 로비를 나서려는데 호텔에서 오래 일한 룸메이드 언니가 휴게실 전자레인지에서 쪄왔다며 호빵을 건넸다. 다리에 힘이 풀려 복도를 무릎으로 기어가던 밤, 린넨실에서 뛰어

나와 내 팔을 잡아 일으키고 연기가 자욱하던 객실의 청소를 맡았던, 그 룸메이드 언니에게 받은 호빵은 따뜻하고 보드라운, 작은 짐승의 하얀 엉덩이 같았다. 그 보송보송한 겉면을 조금씩 떼어 먹다가, 마침 호빵이 호빈이와 앞 글자가 겹친다는 발견에 계정 이름을 호빵으로 적어넣었다. 다만 누구에게도 그 이름으로 불린 적이 없다 보니 잊고 있었다.

"호빵님, 쪽지 보내요."

슈진도 나의 본명이나 휴대폰 번호 같은 것은 물어보지 않았다. 우리가 다시 볼 날이 있을까. 확신할 수는 없지만 그의 2차 세계에는 한 번쯤 들어가볼 것 같았다. 슈진이 만들어낸 세계에서 나의 최애는 어떤 얼굴로 지내려나. 웃고 있을까. 울고 있을까. 표정이 완전히 사라진 얼굴로 웅크려 있는 건 아니겠지. 오늘 죽겠다는 말 같은 걸 입에 달고서. 고속버스터미널 방향의 지하철이 먼저 도착했다. 전동차 안으로 들어가는 슈진의 뒷모습을 물끄러미 바라보았다. 파도를 따라 흩어지듯 등에 새겨진 문장을 미처 다 읽기 전에 슈진이 뒤돌아 손을 흔들었다.

인물과
식물

1

이제 소형은 더 이상 타냐를 생각하지 않았다.

엘우디, 컬럼나리스, 이본느, 반펠츠블루……. 2년생에서 3년생 사이의 사이프러스 묘목들과 씨앗부터 키워 아직 목질화되지 않은 잣나무와 가문비나무 새싹들. 그 바늘처럼 가느다란 잎들이 타냐의 빈자리를 촘촘히 메워주었으니까. 하늘로 솟구치는 줄기와 바람에 가지런히 일렁이는 이파리들. 어둔 밤 멀리서 바라보면 교회의 지붕인지 원추형 교목인지 언뜻 구별되지 않는 첨탑 같은 실루엣. 그런 웅장한 생물의 유년을 창가에 두고 볼 수 있다는 건 그 자체로 벅차고 충만한 일이었으니까.

15층 아파트로 이사 오기 전날, 귀중품은 미리 챙겨두라는 이삿짐센터의 말에 소형은 침엽수 화분들만 따로 차에 실었다. 나중에 저것들을 다 어떻게 감당할 거냐고 원재가 물었을 때, 소형은 무슨 그런 당연한 질문을 하냐는 듯한 얼굴로 대답했다.

"땅으로 옮겨 심어줘야지."

유묘 때는 성장이 멎은 듯 더디게 크다가 십 년쯤 지나면 화분으로는 감당할 수 없을 만큼 자란다는 침엽수의 특성을 어디선가 읽은 날, 소형은 2년생 서양측백나무 한 그루를 집에 들였다. 나무젓가락을 흙에 푹 꽂아둔 것 같은 볼품없는 아이를 들여다보며 물었다. 정말이냐, 너도 십 년만 버티면 노지의 위압적인 거목처럼 무섭게 솟아오를 수 있는 거냐. 창문 사이로 불어든 바람에 여린 가지와 뾰족한 잎들이 반응하듯 살랑살랑 흔들렸고, 순간 주변 공기가 맑고 서늘하게 바뀌었다. 소형은 눈앞에 펼쳐진 낯선 공간을 가만히 내다보았다. 사람이 사라진 깊은 숲속, 부드러운 흙에 발을 묻고 아무도 만나지 않고 아무것도 쓰지 않고, 오로지 빛과 물과 바람에 대해서만 골똘히 생각하는 나무가 되어서.

고질적인 불면에 두 시간 이상 못 자던 무렵, 시차가 열다섯 시간 떨어진 곳에 사는 지원이 카톡으로 원예 활동을 추천했다. 식물을 키우면 해를 볼 일이 많아서 잠을 푹 잘 수 있다고, 언젠가부터 꿈에 인간 아닌 식물이 나와서 좋다고 했다. 지원은 식물이 인격을 갖고 등장하는 지루한 꿈 이야기를 두서없이 늘어놓았다. 말을 끊고, 그래서 뭘 키우느냐고 물었더니 미키와 마일리라는 대답이 돌아왔다.

　"뭐? 미키? 마일리?"

　"미키는 상추고, 마일리는 깻잎이야."

　소형은 뭐라고 반응해야 할지 몰라 입만 크게 벌린 동물 이모티콘을 메시지 창에 찍어 보냈다. 그쪽 정신과 의사가 추천한 취미 활동이었다는 설명은 눈에 들어오지도 않았다. 칼정장 차림으로 여의도에 출퇴근하던 지원이 상추와 깻잎이라니. 반짝이는 금속 같던 친구가 쌈 채소에 이름을 붙이고 흙을 만지고 있다니. 결혼이 발단이었다. 잘 다니던 증권회사를 때려치우고 만난 지 두 달 된 남자와 미국 몬태나주로 들어가더니……. 아니, 아무리 그래도 그렇지.

　문득 지원을 처음 만난 중학교 3학년 때, 딸을 잃고 우울증 약을 먹던 담임선생이 떠올랐다. 씨앗이 빠져나간 마른 종피 같던 눈, 감각이 둔해진 듯 힘없이 벌어진 입. 학급 임원이었던 둘은 함께 담임의 병문안을 다녀오면서, 도대체 정신과 약은 무슨 기능을 하는 거냐며 철없는 성토를 하기도 했다. 그해 다시 몸을 일으켜 돌아온 담임은 늦가을 학교 화단 한쪽에 마늘같이 생긴 야구공만 한 구근 몇 알을 심었다.

'꽃이 자라고 있으니 건드리지 마시오.'

나무푯말에 유성 매직으로 경고문을 적는 담임을 보고 지원이 중얼거렸다.

"여전히 많이 아파 보이시네."

아마 학생들이 거의 하교한 늦은 오후였을 것이다. 소형은 운동장 스탠드에 앉아 화단을 정리하는 담임을 유심히 살펴보았다. 흙에 박힌 자갈을 골라내고 죽은 풀을 뽑고 물을 뿌려 땅을 다지는 모습을. 걷어붙인 소매 아래 드러난 그을린 팔과, 쪼그려앉을 때마다 근육이 도드라지는 허벅지. 대체 어디가 아프다는 걸까. 담임 입으로도 이제 괜찮아졌다고 교단에 서서 말하기까지 했잖아. 단지 저 얼굴, 실패한 표정이 문제라는 거야? 열여섯의 소형은 지원이 괜히 알은척하는 거라고, 친한 척하는 거라고, 편애받는 학생의 무의식적인 과시라고 여겼다. 다음해 화단에 우두커니 선 커다란 보라색 꽃을 보기 전까지는.

소형은 지원의 권유를 한참 잊고 지내다가, 우연히 마트 앞 꽃 트럭에서 그 새벽의 카톡 대화를 기억해냈다. 손톱만

한 연두색 다육질 잎에 채도 높은 분홍 테두리를 두른 앙증맞은 잎. 한 포트에 3천 원인 그 낯선 풀을 본 순간 소형은 이 아이가 어떤 새로운 시작점이 될 거라는 막연한 예감에 사로잡혔다. 어울리는 이름도 바로 떠올랐다. 안톤 체호프의 〈검은 수사〉에 나오는 원예가 예고르 세묘니치의 딸, 타냐. 근심이 깃들어 있는 듯한 창백하고 자그마한 잎사귀가 묘하게 타냐라는 인물과 겹쳐 보였다. 좀처럼 외출하지 않는 소형이 원예 단지까지 버스를 타고 가 화분을 사오게 만드는 사랑스러움이 타냐에게는 분명 있었다.

식물등이라든가 가습기, 에어서큘레이터 같은 장비와 각종 영양제와 살충제, 살균제 등을 종류별로 구비하기 시작한 것은 그로부터 두 번의 겨울을 보내고 난 뒤였다. 어린 침엽수를 하나둘 들이기 시작할 무렵, 때 아닌 식물의 성장에 대해 진지한 생각을 거듭하게 되면서 막연하기만 했던 먼 미래도 그려보기에 이르렀다. 소형은 종종 창가에 서서 중얼거렸다. 십 년 안에 정원 딸린 단독주택으로 이사 가야지. 우선 담벼락을 사이프러스로 두르고, 그 앞에 여러 종의 수려한 침엽수를 줄 세우고, 정원에 앉아 하늘을 찌를 듯 높아지는 수세를 감상하며 늙어가야지.

물론 그 일이 가능하리라는 장담은 할 수 없었다. 지금 이사 온 이십 년 된 아파트도 내 집이 아닌데 나무를 심을 수 있는 내 땅이라니. 전세 대출을 갚기 전에 계약 만료일이 돌아오고, 다시 대출을 갚기 전에 계약 만료일이 돌아오는 사이클을 성실히 따라가다 보면 침엽수 뿌리가 화분 찢는 모습을 보게 될 것이었다. 생각이 현실로 돌아오면 소형은 침울해졌다. 현실이 아닌 먼 미래로 가도 마찬가지였다. 나무의 수명은 인간의 수명보다 몇십 배, 아니 몇백 배나 더 길다고 하니까. 안면도 없는 미지의 존재에게 시간과 돈과 마음, 즉 인생을 할애하고 싶지 않아 자연스레 딩크로 살게 된 것, 그래서 아이가 없고, 아이의 아이도, 아이의 아이의 아이도 없을 거라는 사실이 아쉬운 것은 오로지 화분 속 아기 나무의 긴 생을 염려할 때뿐이었다. 그 말을 진지하게 믿어주는 사람은 단 한 명도 없었지만.

2

처음 이 15층 아파트가 부동산 사이트에 올라왔을 때, 소형은 의아했다. 시세보다 말도 안 되게 저렴했기 때문이었다. 동네에 재개발이 본격적으로 시작되면서 매매가가 담합한 듯 오르고, 실거래가 없어 전세가도 떨어지지 않는 상황에서 이런 가격의 급전세라니. 부동산 측의 설명을 들어도 수긍이 갈 듯 말 듯했다. 아무리 세입자가 사정이 생겨 계약 만료 전에 나가게 되었다지만⋯⋯. 사정이란 것이 무얼까. 소형은 언뜻 떠오른 한 가지 생각에 진지하게 빠져들었다. 죽음. 그것도 소문나면 집값이 떨어질 형태의 죽음. 그래서 주인도 이웃도 부동산업자도 함께 작당하고 쉬쉬하는 그런 죽음. 대단지 아파트 속 홀로 염가를 자처한 미심쩍은 매물 앞에서, 소형은 그런 결론을 내릴 수밖에 없었다.

그러거나 말거나 원재는 서둘러 집을 보고 싶어 했다. 이런 조건이 아니고서야 우리가 어떻게 아파트에 들어갈 수 있겠느냐며 어지간하면 계약을 하겠다고 했다. 세 들어 있던 쓰러져가는 빌라를 하루바삐 공가로 비워줘야 하는 상황이었다. 좁은 골목으로 매일 이삿짐 차가 드나들었다. 쓰리엠 귀마개 없이는 노트북을 펼칠 수 없는 날들이 이어지고 있었다. 오전 내내 심란한 마음으로 부엌 냉장고 앞에 기대어 앉아 있던 소형은 반차를 내고 퇴근한 원재를 따라 주섬주섬 외출복을 걸치고 나섰다.

남자 혼자 일 년쯤 살았다는 아파트는 석연치 않은 방식으로 단출했다. 냉장고는 있는데 세탁기가 없다든지, 전자레인지는 있는데 가스레인지가 없다든지, 짐을 반쯤 뺀 건지 아니면 거의 살지 않았던 건지 좀처럼 가늠하기 어려웠다. 무엇보다 하루에 한 장씩 뜯어 쓰는 일력은 반년 전에 멈추어 있고, 식탁 위 어수선하게 놓인 조미김 몇 봉지는 유통기한이 몇 달쯤 지난 것이었다.

"사람 살았던 집 맞아요?"

부동산 실장에게 소형이 묻자, 실장은 "그럼요, 다만 출장이 잦은 분이라 집을 자주 비우셨다네요, 보세요, 지금도 출장 중이시잖아요." 대답하며 어색하게 웃어 보였다. 눈은 그대로인데 입꼬리만 바짝 당겨 올린 표정이었다.

"아…… 그렇군요."

소형은 속아주는 척했다. 하지만 싱글 돌침대와 낡은 베레모, 청자 화분에 심겨 있는 죽은 난초와 말라가는 소나무 분재들……. 이 집에 살았다는 남자는 아마도 해가 쨍하게 들어오는 한낮의 고즈넉한 거실에 앉아 난초 잎을 닦고, 돋보기안경을 쓰고 테두리가 바랜 고서를 몇 장 읽다가, 아파트 단지를 산책하고 초저녁에 잠드는 노인이었을 것이다. 그러니까 바쁘게 출장 다닐 나이대는 아닌……. 소형이 한 노령의 인물을 상상하며 화장실에 들어가 변기 물을 내려보고 온수를 틀어보는데, 한참 다른 방을 둘러보던 원재가 들뜬 목소리로 소형을 불렀다.

"뭔데 그래?"

수도꼭지를 잠그고 원재가 있는 방으로 들어간 소형은 묘하게 달라진 공기에 소름 돋은 팔뚝을 문질렀다. 방은 완전히 비어 있었다. 벽에 흔한 못 자국 하나 보이지 않는, 가구가 닿았던 얼룩조차 없는 소독한 듯 깨끗한 방. 소형은 이 집에 살던 세입자가 방 하나를 아예 쓰지 않았다거나, 이 방만 먼저 짐을 뺐다고 추측하는 대신, 이 방이었구나, 생각했다. 이 집에 무슨 일이 났었더라면, 장소는 분명 이 방이었다. 흰 방, 하얀 방, A4용지로 도배한 듯 꺼림칙한 빈방.

소형은 늘 흙을 만져 까슬해진 손으로 얼굴을 쓸어내리며 천천히 창가로 향했다. 원재가 기다렸다는 듯 창문을 열어젖혔다.

"참 높지?"

"그럼, 높지. 15층인데."

바람에 머리카락이 마구 나부껴 소형은 손목에 차고 있던 고무줄로 머리를 바짝 묶어야 했다. 먼지로 뒤덮인 뿌연 풍경이 눈앞에 펼쳐졌다. 아파트는 지하철역에서 완만한 경사로를 따라 십 분쯤 올라온 언덕 꼭대기에 있었다. 언덕 아래로 재개발을 준비하는 풍경이 광활하게 내려다보였다. 제1구역부터 제13구역까지. 이 어중간하게 낡은 아파트 단지만 제외하고 어마어마하게 넓은 터가 빈집 무덤이 되었다. 이미 공사가 시작돼 크레인이 들어오고 철근을 올리는 구역도 눈에 띄었다. 먼 곳에서 희미하게 들려오는 뚱땅뚱땅 소리에 원재의 목소리가 섞여들었다.

"저 부지에 전부 아파트 들어서면, 여기는 좀 떨어질까?"

"떨어지긴. 오히려 오르지."

"그래도 새 아파트보단 싸겠지? 그때 대출 끌어모아 사면 되겠다."

"여길 사겠다고? 여기를?"

"재건축 들어갈 거 아냐."

"아니 그게 언제가 될 줄 알고."

"그런 게 아니고서야 우리가 외벌이로 어떻게 돈을 모으겠어? 부동산이 아니고서야 우리가 방법이 있어?"

"으, 응."

외벌이라는 단어에 소형은 입을 닫았다. 도대체 글이란 걸 써서 돈다운 돈을 가져와본 적이 없다 보니 외벌이란 말을 들으면 위축되고 눈치가 보였다. 처지가 또렷이 자각되어 헛구역질이 나왔다. 소형은 바람을 맞아 불그스름해진 눈을 손등으로 문질렀다. 아직 부수지 않은 낮은 집들 사이로 곧 잘릴 나무들이 삐죽 솟은 동네. 그 안엔 소형과 원재가 살던 집도 있었다. 멋모를 때 둘이서 발품 팔아가며 구한 신혼집. 집주인이 보일러를 고쳐주지 않아 사 년간 미지근한 물로만 씻어온 낡은 빌라. 주차 문제, 택배 문제, 쓰레기 문제로 이웃과 언성을 높인 적도 몇 차례 있었다. 아파트에 살았더라면 신경쓰지 않아도 되었을 문제라며 원재는 종종 한숨을 내쉬곤 했다.

"저, 사장님, 집 보러 오겠다는 전화가 자꾸 오는데요, 어떻게, 마음의 결정은 좀 하셨을까요?"

다른 방에서 전화를 받던 부동산 실장이 들어와 물었고, 소형은 당장 가계약금을 입금하겠다는 원재를 차마 말리지 못했다. 끌어모을 수 있는 한계치를 생각하면 사람이 줄줄이 죽어나갔다 하더라도 트집 잡을 수 없는 매물이기는 했다. 부엌에 창문이 없는 방 한 칸짜리 빌라에서 스무 평 아파트로의 이사였으니까. 게다가 넓은 창으로 해가 쏟아져들어오는 남동향의 베란다와 드디어 갖게 될 '자기만의 방'까지. 가드닝과 글쓰기, 어쩌면 모든 게 순조롭게 풀릴지도 모를 일이었다.

그래, 집을 화분이라고 생각해보자. 식물이 죽어나간다고 화분의 수명이 끝나는 것은 아니었으니까. 깨끗이 화분을 닦고 또 다른 식물을 담으면 화분은 완전히 다른 풍경을 보여주곤 하지 않나. 타냐가 살던 화분도 그랬다. 통통한 아기 천사 다섯이 포도 넝쿨을 두른 살구색 이태리 테라코타 토분. 멋모를 때 원예 단지까지 버스를 타고 가 흥정도 하지 않고 집어온 12만 8천 원짜리 식물의 집. 사실 그 토분은 서양 측백나무인 써니스마라그에 더 잘 어울렸다. 타냐를 비운 그 공간에 써니를 옮겨 담자 토분은 그제야 꼭 맞는 주인을 찾은 듯 생기를 띠었으니까. 아기 천사들의 포동포동한 살결이 금방이라도 만져질 듯 부드럽게 살아나는 느낌이랄까. 그러니까 타냐가 심겨 있을 때와는 완전히 다른 산뜻하고 우아한 분위기로.

3

아마 침엽으로 관심이 조금씩 기울어가던 무렵이었을까.

어느 날 타냐가 눈에 띄게 시무룩해 보여 잎을 들추어 보았더니 뒷면에 까만 진딧물이 붙어 있었다. 수십 마리가 다닥다닥 붙어 타냐의 몸을 빨아먹고 있었다. 소형은 소리를 지르고 주저앉았다가, 이내 마음을 추스르고 집을 나섰다. 오월의 저녁이라 늦도록 문 연 꽃집은 많았는데 그날따라 식물용 살충제를 파는 곳은 없었다. 결국 일일이 핀셋으로 진딧물을 잡아주고, 식초를 희석한 물로 한 장 한 장 잎을 닦아주고, 밤새 부채질을 해주었다. 며칠 서늘한 그늘에 두고 요양시켜 가까스로 진딧물은 퇴치했지만, 그 일을 겪은 타냐는 더 이상 이전의 타냐가 아니었다.

앙증맞은 분홍빛 띠가 서서히 흐려지더니, 그늘에서 웃자란 줄기들이 녹은 치즈처럼 흉하게 넝쿨졌고, 토분 테두리에 닿는 부위마다 짓물러 징그러운 흉터가 생겼다. 잔잔한 감동을 안겨주던 특유의 기민함도 다르게 보이기 시작했다. 해가 지면 잎을 오므리고 해가 뜨면 잎을 활짝 펼치던 그 신비로운 움직임은 분홍색 띠를 두르고 있을 때나 예뻤지, 물 빠진 녹색이 되어버린 뒤로는 아무런 감흥을 불러일으키지 못했다. 무엇보다 늘 사랑스럽다고 여겨왔던 통통한 작은 잎이 어느 순간 돌나물이나 톳과 겹쳐 보이면서 곧 삶아서 무쳐 먹을 채소, 극단적으로 말하면 언젠가 도축할 가축을 집 안에 들여 키우는 듯한 껄끄러운 기분마저 들게 했으니까.

소형은 그제야 타냐에 대해 제대로 찾아보았다. 두 종을 개량해서 만든 원예종. 남아메리카와 동아시아. 생육 환경이 극과 극인 종을 교잡하다 보니 관리가 까다로워 오래 키우는 사람이 없었다. 다 자라도 20cm나 될까. 한해살이 식물로 보는 것이 적당하다는 것이 실내 가드너들의 지배적인 의견이었다. 순간적으로 눈길은 끌지만 뒷감당이 안 되는 식물, 한철 포트째 두고 감상하다 겨울이 오기 전 처분하는 식물. 어쩌면 타냐의 꽃말 '순진'은 타냐를 개발했다는 원예가가 지었을지도 몰랐다.

"하긴 순진하기라도 해야지. 뭘 모르는 척이라도 해야지. 그래야 동정이라도 받아 살아남을 수 있지 않겠니."

소형은 머릿속에 맴돌던 말을 무심코 내뱉고 입술을 잘근잘근 씹었다. 언젠가부터 타냐가 듣지도 보지도 못할 것처럼 행동하고 있었다. 저 애는 식물이니까, 식물일 뿐이니까, 중얼중얼 되뇌면서. 흙에 뿌리를 박고 있어 홀로 떠날 수도 없고 귀를 막을 수도 없는 타냐 앞에서 상처 될 말을 많이 했다. 역시 타냐는 식물이어서, 소형이 그러거나 말거나 생존에만 골몰했다. 학대에 가까운 방치에도 좀처럼 죽지 않았다. 고의로 물때를 놓쳐도 공중 습도만으로 버텼고, 침엽 유묘가 반 이상 죽어나가던 폭염에도 익거나 퍼지지 않았다. 그저 더 처참해진 몰골로 질기게 살아남을 뿐이었다.

여름이 끝나갈 무렵, 소형은 창문을 열기 위해 베란다에 나갔다가 기이한 현상을 목격했다. 해가 쨍한 한낮인데도 타냐가 잎을 펼치지 않아 처음엔 드디어 죽었구나, 생각했다. 환자의 코밑에 손가락을 대보는 심정으로 얼굴을 가까이 가져갔더니, 피기도 전에 시든 꽃봉오리처럼 잔뜩 웅크린 채 잎마다 방울방울 이슬을 달고 있었다. 분명 일액현상이 없는 품종인데 습도 22%의 건조한 날씨에 잎맥에서 물방울을 뽑아내고 있었다. 청승맞게도 자신과 도무지 어울리지 않는 12만 8천 원짜리 아기 천사 토분 안에서.

소형은 참을 수 없이 괴롭고 불편해져 화분을 집어들었다. 집 밖으로 나가 몇십 미터쯤 걸어 주민센터 근처에 도착했다. 아무도 없을 때를 틈타 회양목 다섯 그루가 늘어선 작은 화단 뒤편에 화분을 뒤집어엎었다. 과자 껍질과 담배꽁초가 버려진 그늘지고 오염된 땅에 타냐가 툭, 소리를 내며 떨어졌다. 화분 모양으로 굳은 지렁이 같은 허연 뿌리 덩어리가 빛과 공기에 노출되었다. 흙은 일부러 덮어주지 않았다. 어차피 겨울을 못 넘길 한해살이 식물이니까. 집으로 돌아와 화분 속에 달라붙은 잔뿌리를 칫솔로 긁어내며 헛구역질을 했다. 그것이 타냐와의 마지막 사건이었다.

4

원재가 출근하고 없는 15층 아파트에서, 소형은 냉동 피자를 데워 먹고 커피 한 잔을 내려 책상 앞에 앉았다. 하얀 방, 무슨 일이 났다면 이곳일 거라 확신했던 꺼림칙한 빈방은 자연스레 소형의 서재가 되었다. 큰 방엔 침대를 넣어야 했고 작은 방엔 책장이 들어가지 않았으니까. 물론 전보다는 나았다. 귀마개를 하고 음식 냄새가 고인 부엌에서 노트북을 펼치는 생활은 끝낼 수 있었으니까. 다만 책상 앞에만 앉으면 표백한 듯 새하얀 벽지가 자꾸만 불쾌하게 눈길을 빼앗았다. 한참 넋 놓고 벽을 바라보다 소설로 돌아오면 숨이 턱 막혔다. 빼곡히 들어찬 활자들이 흙 속에서 꿈틀대는 벌레로 보였다. 화분에 알을 까고 뿌리를 갉아먹는 뿌리파리 유충 같은 벌레. 백스페이스로 쓸어내지 않으면 견딜 수 없이 징그러운 활자들이 인물이 되어 밖으로 기어나왔다. 쓰다 만 소설, 써놓은 소설, 모조리 찾아내어 백스페이스로 지워야 간신히 정체 모를 두려움이 진정되었다. 소형은 빈 문서만 남은 노트북을 앞에 두고 책상 위에 머리를 박았다. 어떤 수상한 소리가 귀에 들어오기 전까지 이마를 찧었다.

툭, 툭, 투둑, 툭.

불규칙하게 무언가를 두드리는 소리였다. 아주 가까운 곳에서 어딘가를 치는 소리. 그 툭, 툭, 사이에 소형아, 속삭이는 소리가 엷게 깔렸다. 소형은 책상에서 이마를 떼지 못한 채로 청각만 곤두세웠다. 상황이 어렴풋이 그려지는 듯했다. 천장에 매달린 무지근한 몸이, 흔들흔들 벽을 두드리는 늘어진 발이, 소형아, 하고 갈라지는 소리를 만들어내는 까만 입술이. 소형은 문득 돌아가신 할아버지를 생각했다. 오 년쯤 홀로 지내던 그가 갑작스레 병원에 입원하던 날, 부탁받은 물건을 챙기러 그의 집에 들렀다가 한복 배자에서 금 단추 다섯 알을 뜯었다. 묵직한 순금이었다. 그날 종로3가에서 단추를 팔고 용산으로 넘어가 새 노트북을 장만했다. 역시나 일정한 수입 없이 습작하던 시절, 은퇴한 부모와 직장인 친구에게 돈을 빌리거나 밥을 얻어먹던 무렵의 일이었다. 그때 자괴감으로 한 번 목을 매었다. 천장 벽지가 뜯겨나가 도배하는 것으로 일단락되었던 해프닝. 소형은 조심스레 노트북을 덮고 뒤를 돌아보았다. 망상이었을까. 등 뒤엔 아무것도 없었다. 천장엔 무엇도 매달려 있지 않았다. 책상에 손을 짚고 가까스로 몸을 일으키고 난 뒤에야 창밖 풍경이 눈에 들어왔다.

소나기였다. 창문 옆 파이프에 빗방울이 떨어져 부딪히는 소리였다. 비였다니, 빗소리도 구분하지 못할 만큼 정신이 쇠약해졌다니. 소형은 땀으로 축축해진 이마를 닦으며 거실로 나왔고, 창문과 방충망을 열어젖혔다. 들이치는 비를 맞으며 침엽수들을 베란다 화분 걸이대 위에 올렸다. 빗물을 받을 양동이도 화분 옆에 얹었다. 천둥번개를 기다렸다. 수돗물만 먹던 화분 속 아이들에게는 빗물이 보약이었다. 번개의 강한 에너지에 질소가 충분히 녹아든 빗물이어야 했다. 소형은 어느 블로그에서 읽은 정보를 되새기며 기억과 망상을 내리눌렀고, 오로지 번개를 기다리는 일에만 골몰하려 했다. 하지만 소나기는 이내 그쳤고, 대신 현관벨이 울렸다. 벨소리와 함께 바깥에서 누군가 소리쳤다.

"택배요!"

주문한 것도 없는데 무슨 택배? 원재가 시켰나? 소형은 현관 앞에 서서 잠자코 기다리다 택배기사가 엘리베이터를 타는 소리까지 듣고서야 조심스레 현관문을 열었다. 납작한 비닐 포장이 아무렇게나 바닥에 던져져 있었다. 손대고 싶지 않아 쪼그리고 앉아 눈으로 주소를 살폈다. 동, 호수는 맞는데 이름이 달랐다. 김달진. 전 세입자의 이름인가? 겉봉에 '사람과 산'이라고 적힌 것을 보아 정기 구독하던 잡지인 듯했다. 어떤 상황인지 알 것 같았다. 잡지사까지 부고가 가지는 않았을 테니까. 소형은 천천히 허리를 펴고 일어나 발끝으로 물건을 밀었다. 현관에서 조금 떨어진 계단 쪽으로.

열 시가 넘어 퇴근한 원재는 죽은 이의 택배를 태연히 집 안으로 들였다.

"종일 집에서 뭐 했어? 택배도 안 챙기고."

"그걸 왜 가지고 들어와. 우리가 시킨 것도 아닌데."

"우리 것이 아니니 더 챙겨놔야지."

"대체 그런 걸 누가 가져간다고."

"이것도 한 장 한 장이 다 돈이고, 다 그놈의 나무 죽여 만든 거야. 전 세입자가 곧 찾으러 오지 않겠어? 나중에 변상할 일 생기면 그땐 어쩔 거야?"

원재는 자신이 상상할 수 있는 가장 두려운 일이 변상이라는 듯 엄하고 진지한 표정으로 대꾸했고, 기어이 죽은 이의 물건을 집 안으로 들였다. 그 뒤로 김달진 이름이 찍힌 택배는 몇 번 더 왔다.《월간 붕어》《난과 생활》《낚시 춘추》…….택배는 주로 취미와 관련된 월간지나 계간지였는데, 김달진 이름이 적힌 고지서나 브로셔 같은 것들과 함께 우편함에 꽂혀 있기도 했다. 원재는 그 물건들을 모조리 챙겨와 신발장 옆 철제 선반 위에 차곡차곡 쌓아두었다. 왜 전 세입자는 주소지 변경을 아직도 하지 않는지, 어르신이라서 주소 변경 통합 신청을 모르는 것인지, 몇 번이나 투덜대면서도 그것들을 하나도 빠뜨리지 않고 집 안으로 들였다.

몇 주가 흐르고, 침엽수들의 촘촘한 잎 사이사이를 붓으로 털어주던 오후였다. 누군가 벨을 눌렀고, 소형은 평소처럼 대답하지 않았다. 모든 택배는 배송 요청 사항에 '부재 시 현관 앞'이라고 짧게 적어두고 집에 없는 척했기에 여느 때처럼 그냥 던져두고 갈 줄 알았다. 몇 번 더 벨이 울려 마지못해 인터폰 수화기를 들었더니, 화면에 빨간 동그라미가 떠올랐다. 고개를 푹 숙인 빨간색 엠엘비 모자의 정수리였다. 상대는 전에 살던 사람이라고 자신을 소개했다.

"살던…… 사람이요?"

소형은 수화기를 든 채 잠시 심호흡했다. 아니 그럼, 전 세입자가 살아 있었다는 말인가? 현관 걸쇠를 빼지 않은 채로 문을 한 뼘만 열자, 왜소한 체격의 남자가 갈라지는 쇳소리로 물었다.

"혹시 택배나 우편물 온 거 있습니까?"

"아…… 택배요. 네, 있어요, 택배."

소형은 엉겁결에 고개를 끄덕이고 철제 선반에 쌓여 있는 물건들을 챙겨 현관 걸쇠 틈으로 하나씩 둘씩 건넸다. 남자는 군소리 없이 일일이 물건을 받아 천 가방에 넣더니 등을 돌려 엘리베이터 앞으로 갔다. 소형도 바로 현관문을 걸어 잠갔다. 신발장에 기대어 가늘게 한숨을 내쉬는데 이상하게 속이 답답했다. 왜 거슬리던 물건을 치워버린 개운함보다 석연찮은 찝찝함이 앞설까. 텅 빈 철제 선반을 보고서야 묘하게 어긋난 문제를 깨달았다. 주름 없는 매끈한 손과 날렵한 하관, 맨투맨 티셔츠에 무릎이 찢어진 청바지, 많이 잡아도 삼십대 중반이었다. 어째서 젊은 남자가 왔을까? 돌침대, 베레모, 식물과 화분에 대한 취향, 월간 붕어……. 단순한 편견으로 치부하기에는 표지가 지나치게 많지 않나? 소형은 다시 현관문을 열어젖혔다. 남자가 탄 엘리베이터는 막 문이 닫히고 내려가는 중이었다. 아파트 입구의 버스정거장까지 가서야 남자를 불러 세울 수 있었다. 소형은 숨을 몰아쉬며 입을 뗐다.

"저, 실례지만 설마해서 그러는데……."

"그런데요?"

"김달진 본인 맞으세요? 생각해보니 제가 확인도 안 하고 덜컥 물건을 드렸어요."

남자는 푹 꺼진 얇은 눈꺼풀을 천천히 감았다 뜨며 아니요, 하더니 덧붙였다.

"제 친구 이름입니다."

"친구? 친구요? 그럼 그 친구라는 분은 어디로 가셨는데요?"

소형은 대뜸 큰 소리로 묻고, 순간 멈칫했다. 새댁, 어디로 가는데? 낡은 빌라에서 짐을 빼던 날, 아직 나갈 집을 구하지 못한 이웃 몇이 소형에게 어디로 가느냐고, 좋은 동네로 가느냐고 물었다. 이사 갈 집에 대해 떠들고 싶지 않아 둘러댈 말을 찾는데, 생뚱맞은 질문이 불쑥 들어왔다. 혹시 생리가 불순이냐, 시험관은 해봤느냐, 신랑과는 같은 집으로 가는 것이 맞느냐, 등의 자기들끼리 쑥덕여오던 말들을 기다렸다는 듯 쏟아냈다. 소형은 아연해서 잠시 듣고만 있다가 뾰족하게 대꾸했다. "굳이 저까지 나서서 번식할 필요 있나요? 지구에 인간만 칠십억이 넘는다는데."

그런데 그 친구라는 분은 어디로 가셨느냐니……. 소형은 자신이 그런 질문의 도입부를 꺼내게 될 줄은 몰랐다. 그런 무례를 자신이 학습하게 되었을 줄은. 정차했다 떠나는 버스를 바라보며 아랫 입술 각질을 윗니로 만지작거리는데, 남자가 우물우물 입을 열었다.

"더 좋은 곳으로 가셨어요."

그리고 고개를 살짝 들어 힘없이 웃어 보였다.

"아아, 그러셨군요."

소형은 아아, 그러셨군요, 뒤에 마땅히 이을 말을 찾지 못해 머쓱하게 고개를 숙여 인사하고 등을 돌렸다. 도망치듯 빠른 걸음으로 아파트 단지를 가로질렀다. 땀으로 축축해진 앞머리를 쓸어넘기며, 남자의 쿙한 미소를 곱씹었다. 다시 안 볼 사람 앞이어서 오히려 드러내 보일 수 있는 어떤 실패한 미소를.

하필 아득한 그 얼굴이 다시 어른거렸다. 학교 일에도 학생들에게도 무성의했던 중학교 3학년 때의 담임선생. 담임은 늘 그런 얼굴이었다. 단 한 명 지원에게만은 그렇지 않았지만. 지원에게만 내보이는 담임의 모습은 어린 소형의 눈에도 티가 났다. 공부 잘하는 모범생을 단순히 편애하는 선생들과는 결이 달랐다고 해야 할까. 각 반에 한 명만 대표로 나가는 백일장을 앞두고 담임은 소형을 따로 불러 물었다.

"너는 왜 글을 쓰려는 거야?"

"저요? 갑자기 무슨 말씀이세요?"

"선생님이 보기에는 지원이가 대신 나가는 게 어떨까 싶어서."

"네?"

아니, 글 쓰는 사람이 따로 있다고 여긴 것은 아니었지만, 그래도 지난 글짓기 대회에서 수상한 이력으로 정당히 나가는 건데…… 소형은 부당하다고 생각했다. 지원이야말로 공부도 잘하고, 반장이고, 미술이라든가 체육이라든가 못하는 것이 없는데, 어째서 글까지 쓰겠다는 걸까. 선생의 행동도 지원의 욕심도 이해할 수 없었다. 다른 반 학생 하나가 불참해 결국 지원도 백일장에 나갈 수 있게 되었지만. 소형은 그 소식을 전하던 순간 담임의 얼굴을 잊을 수 없었다. 저 사람에게도 저런 표정이 있구나, 저렇게 생기 넘치도록 웃을 수 있구나, 싶어서.

어느 날 종례를 앞두고, 담임 심부름으로 교무실에 들렀다가 알게 되었다. 책상에 출석부가 보이지 않아 서랍을 열었는데 그 안에 여권만 한 크기의 나무 액자가 눕혀져 있었다. 액자 속 또래 아이, 담임이 3학년 반을 맡기 전 죽었다는 중학생 딸. 사진 속 그 애는 해사하게 웃고 있었다. 그 애도 지원과 같은 둥글둥글한 커트 머리에, 동공이 사라지게 눈꺼풀을 접고 웃는 눈이 있었다. 아, 그래서 그랬구나……. 소형은 담임의 유난한 편애의 인과를 이해하게 되었고, 그래서 부당하다는 생각을 오히려 굳혔다. 나이 지긋한 어른이, 모범을 보여야 할 선생이, 세금으로 월급 받아가는 교육공무원이 공과 사를 구별 못하고 저래도 되는 거야? 그때는 그렇게 생각했다. 한 인물의 슬픔과 혼란을 상상할 능력도 의지도 없었다.

고등학생이 되어 카네이션을 들고 찾아간 학교에 선생은 없었다. 애초에 그해 계약된 3학년까지만 맡고 그만두기로 했다고. 교무실을 나와 운동장을 가로지르다 화단 한쪽에 우두커니 선 보라색 꽃을 보았다. 소형의 키만 한 줄기에 자그마한 꽃 수백 개가 방사형으로 피어 마치 둥그런 사람 머리 같은 꽃을. 소형은 푯말이 한 문장에서 한 단어로 바뀐 것을 보았다. 알리움. 선생은 떠나고 그가 심어둔 알리움이라는 꽃만 남은 학교에서, 소형은 자신이 너무했던 것은 아닌지 돌이켜보았다. 딱히 그럴 만한 일이 없었는데도 감정을 되짚었다. 현실감 없이 섬뜩하고 아름다운 꽃을 한동안 멍하니 바라보다 가까스로 알게 되었다. 이유 없이 담임을 좋아했다는 것을. 액자 속 죽은 딸의 사진을 훔친 것도 그 때문이었음을.

소형은 그날 자정 넘어 지원에게 전화를 걸었다. 새벽녘 가끔 카톡만 주고받다 전화를 했더니 지원은 놀란 목소리로 받았다. 한국어로 대화하는 것이 얼마만인지 모르겠다고, 그게 네 목소리여서 얼마나 기쁜지 모르겠다고 했다. 그러더니 이내 무슨 일이냐고 물었다. 무슨 일이라도 있느냐며 다그치듯 물었다.

"무슨 일은."

소형은 정말 이렇다 할 말이 떠오르지 않아 아무 일도 없다고 했고, 다만 최근에 이사했다, 드디어 서재가 생겼다, 등의 소소한 근황을 전하다가 문득 궁금해진 것을 물었다.

"근데 미키와 마일리는 잘 지내?"

"미키와 마일리?"

"상추랑 깻잎 말야."

"아, 그거 뜯어 먹은 지가 언젠데."

"아……."

"요새는, 요샌 도끼 게임을 해. 집에서 몇 마일쯤 운전해 가면 도끼 게임장이 있거든. 두 시간에 칠십 불, 그걸 내고 과녁에다 도끼를 던져 맞추는 게임인데……."

거기까지 얘기하고 지원은 말을 끊었다. 휴대폰을 내려놓기라도 한 듯 갑자기 아무 말도 하지 않았다.

"야, 갑자기 뭔데. 내가 지금 당장 그리로 갈까?"

정적을 깨고 소형이 묻자, 별안간 수화기 너머로 흐느끼는 소리가 들려왔다. 소형은 깜짝 놀랐다. 지원이 울다니, 다른 사람도 아닌 잘 깎은 금속 같던 지원이. 간헐적으로 훌쩍이는 소리가 들려오는 휴대폰을 들고서, 소형은 그제야 지원이 많이 아팠구나, 짐작했다. 매번 자신의 마음은 대수롭지 않은 듯 말해서 좀처럼 눈치채지 못했다. 병원에 다녀왔다는 소식을 전할 때도 상추와 깻잎 이야기로 에둘러 말하던 지원이었으니까.

"그러니까 도끼는 여기서 무기도 아닌 거야."

지원은 하다 만 이야기를 마저 했고, 소형은 "그렇지, 도끼는 무기가 아니지, 그냥 나무를 패는 연장일 뿐이지 무기라고 할 수는 없지" 하고 담담한 목소리로 대꾸했다.

지원과 통화를 마치고, 소형은 아직 많이 아프신가보네, 하고 무심히 읊조리던 열여섯의 지원을 떠올렸다. 키 큰 초식동물처럼 긴 목과 곡률이 깊어 유난히 반짝이던 눈. 학교 화단에 구근을 심고 있는 한 인간의 뒷모습만 보고도 바로 마음을 알아본 아이. 지원은 담임이 아니었더라도 편애받을 수밖에 없는 학생이었다. 소형은 그때로 다시 되돌아간다 하더라도 모를 것이었다. 백일장을 치르는 서오릉의 느티나무 아래서, 소형은 결국 원고지를 탁, 내려두고 물었다. "넌 어차피 놀기만 할 거면서 왜 백일장 보내달라고 한 거냐?" 하고 화를 냈을 때, 지원은 대뜸 소형의 허벅지에 머리를 베고 누워 배시시 웃었다. "너 쓰는 거 보고 싶어 그랬지" 하고 동공이 사라지도록 눈꼬리를 접으면서.

그해 담임은 진심 어린 조언을 했던 것일지도 몰랐다. 그 백일장에서 분에 넘치는 상을 받지만 않았더라도 여기까지 오는 일은 없었을 테니까. 책상 앞에 앉아 노트북을 열었다.

버리지 못한 빈 문서가 덕지덕지 붙은 바탕화면을 멀거니 바라보았다. 마음에 들지 않는 인물들을 죽이고 내쫓아 공가(空家)로 만들어버린 소설들을. 아무도 시키지 않은 일에 나는 왜 그렇게까지 매달렸을까. 어째서 이 일을 좋아하게 되었는지 도무지 그 시작점이 기억나지 않았다. 담임의 죽은 딸을 질투해 밤새 울던 그날처럼, 임종을 앞둔 조부의 단추를 뜯어 노트북을 샀던 그때처럼, 모든 일이 까마득하게만 느껴졌다. 중장비로 밀어버린 집처럼 돌이킬 수 없는 황폐한 마음이 빈 문서 안에 있었다.

'멀어지는 마음과 무한한 슬픔'

소형은 키보드에 손을 반쯤 걸치고, 꺼진 노트북 화면에 알리움의 꽃말을 쳐보았다.

5

다시 비가 내렸다. 더 떨어질 낙엽도 없는데 열대지방의 스콜처럼 비가 쏟아졌다. 소형은 여느 비 오는 날처럼 침엽수 화분과 양동이를 베란다 화분 걸이대에 올리고, 데운 우유에 홍차를 우려 따뜻한 밀크티 한 잔을 만들었다. 소파에 깊숙이 앉아 밀크티를 마시며 모서리가 닳은 소설집 한 권을 집어들었다.

코브린과 이야기를 나누던 예고르 세묘니치가 갑자기 무서운 얼굴로 저쪽으로 달려간다. 영혼을 찢어내는 듯한 절망적인 목소리로 소리친다. "도대체 어떤 개자식 협잡꾼이 감히 사과나무에 말을 매어둔 게야? 맙소사, 다 망쳤어. 다 더럽히고 다 망쳐서 엉망을 만들었어! 이 정원은 이제 끝이야! 이 정원은 이제 죽어버렸다고!"

〈검은 수사〉에서 가장 아름다운 장면이었다. 정원 일꾼이 사과나무에 고삐를 매어 나무껍질이 세 군데나 벗겨졌다며 예고르 세묘니치가 욕을 쏟아내고 울먹이는 대목을 읽을 때면, 소형은 활짝 핀 꽃을 아주 멀리서 마주한 듯한 기분이 되었다. 텅 빈 운동장 한가운데서 두둥실 떠 있는 꽃을 홀로 목격한 듯한, 도무지 뭐라 말할 수 없는 쓸쓸함에 빠지곤 했다. 소형은 벽에 걸린 그림을 감상하듯 그 대목이 인쇄된 지면을 무연히 바라보다가, 소파 팔걸이에 머리를 기대어 눈을 감았다.

잠결에 하늘이 깨지는 소리가 들려왔다. 그 소리에 팔과 다리가, 손마디 하나하나가 몸에서 뚝뚝 잘려나갔다. 쉬지 않고 천둥번개가 내리치는 숲속으로 조각난 몸이 흩어졌다. 비바람이 불었다. 해가 뜨겁게 내리쬐어 풀들이 말랐고, 흰눈이 내려 땅속으로 스며들었다. 다시 따사로운 바람이 불었다. 나누어진 조각들에 간질간질 감각이 생겨났다. 발은 어둡고 습기 찬 땅속으로 뻗어갔고, 허리는 허공으로 솟구쳐올랐으며, 가느다란 팔은 바람을 타고 이리저리 흔들렸다. 소형은 자신의 분신들을 찬찬히 둘러보았다. 이상한 형태의 번식이었지만 소형은 알 수 있었다. 어린 나무들로 이루어진 유령림(幼齡林) 안에서 그 애들은 모두 편안해 보였다. 나 따위 것을 왜 세상에 내놓았느냐고, 탐나는 것을 왜 보이는 곳에 두었느냐고, 소형을 무섭게 탓하지 않았다.

그사이 쏟아지던 비가 그쳤다. 소형은 미지근하게 식은 밀크티를 마시고, 빗물로 찰방거리는 양동이를 안으로 들였다. 어린 침엽수들은 화분 걸이대에 그대로 놔두고 반나절쯤 바람을 더 쐬어줄 계획이었다. 구름이 걷히고 먼지가 씻겨나간 풍경은 먼 곳까지 또렷했다. 눈이 시리도록 맑았다. 화분 걸이대 끝에 놓아둔 써니스마라그가 언뜻 기괴해 보이는 이유도 그 때문인 줄 알았다. 책상에 머리를 박고 잠든 사람 같은, 천장에 목을 매 죽은 노인 같은, 그 아이를 안으로 들여 살펴보니 연필 굵기만 한 목대가 완전히 꺾여 있었다. 소형은 탄식했다. 생장점이 잘린 묘목은 절대 소형이 생각한 그림으로 성장할 수 없었다. 대성당의 지붕 같은 위엄은커녕, 십 년이 지나도록 화분에 자기 몸을 끼워 맞춰 살아가는 볼품없는 상록수가 될 것이었다. 일찌감치 기대를 저버린 아이, 그저 죽지 않아 데리고 있는 것일 뿐인 애물단지로 남을 것이었다.

소형은 까슬한 손으로 마른세수를 하고 써니를 툭, 건드려보았다. 이 가느다란 나무가 번개를 맞았을 리는 없고, 비바람이 목대를 끊을 만큼 불지는 않았을 테고, 살찐 비둘기가 앉았다 가기라도 한 걸까. 소형은 써니가 심긴 토분을 무심코 어루만지다 문득 동작을 멈추었다. 포도 넝쿨을 두른 아기 천사들의 사납고 강퍅한 얼굴을 유심히 들여다보았다. 이 아이들이 원래 이렇게 생겼었나……. 소형은 어쩌면 이 화분이 원인일 수도 있겠다는 이상한 가정에 사로잡혔다. 사람이 쫓겨나가는 집처럼, 인물이 무너져가는 소설처럼, 식물이 줄줄이 시들어가는 화분도 분명 존재하지 않을까.

소형은 목대가 부러진 써니를 화분째 안고 오랜만에 집 밖으로 나왔다. 경비실 앞에 몰래 화분을 유기하려다 CCTV가 눈에 띄어 조금 더 걷기로 했다. 아파트 단지를 벗어나 언덕을 내려가다 보니 어느 순간 공기의 냄새가 달라져 있었다. 신혼집 빌라가 있던 재개발 구역의 초입에서 소형은 숨을 한 번 크게 들이마셨다. 끝없이 빈집이 늘어선 황량한 골목으로 천천히 걸음을 옮겼다. 인간이 떠나간 자리엔 역시 인간이 있었다. 공가라는 것을 표시하기 위해 집마다 창과 문을 모조리 부수고 뜯어놓았는데, 그 틀만 남은 창과 문은 텅 빈 동공과 힘없이 벌어진 입 같았다. 너무도 어디서 본 듯한 얼굴이었다.

쿵, 쿵, 나무 찍는 소리가 울려오기 시작할 즈음, 소형은 곧 철거될 주민센터 근처의 화단 앞에 도착했다. 관리해주는 이가 없어 네모반듯한 형태를 잃고 솟구쳐버린 회양목 앞에서, 소형은 그제야 안고 있던 화분을 바닥에 내려놓았다. 다섯 그루의 회양목은 간격 없이 붙어 견고한 녹색 담벼락처럼 보였다. 비밀을 품은 하나의 거대한 덤불이 되어 있었다. 소형은 눈앞을 막아선 나무를 헤집었다. 가지를 잡아 뜯고 몸을 들이밀었다. 간신히 틈을 만들어 화단 뒤편으로 들어섰을 때, 소형은 죽었다고 생각했던 그 아이를 만났다.

이파리를 만개한 꽃처럼 펼치고 하염없이 소형을 기다려온 타냐를. 두 번의 겨울을 어떻게 버텼는지 타냐는 개체수를 늘려 오염된 그늘을 뒤덮고 있었다. 꽃 트럭에서 첫눈에 반해 데려올 때의 채도 높은 분홍 띠를 두르고서. 소형은 자기도 모르게 허리를 굽히고 홀린 듯 팔을 뻗었다. 앙증맞고 사랑스러운 창백한 이파리에 손끝을 대었다. 체온이 전해지자 타냐는 물 닿은 솜사탕처럼 사라져버렸다. 필름이 넘어가듯 눈앞의 풍경이 완전히 바뀌었다. 녹슨 캔과 찢어진 비닐과 담배꽁초가 널린 더러운 공터만 고약한 악취와 함께 눈앞에 또렷했다.

'꽃이 자라고 있으니 건드리지 마시오.'

'건드리지 마시오.'

순간 어째서 그 문장이 맴돌았을까. 담임선생이 나무푯말에 유성 매직으로 눌러쓴 그 단순한 문장이. 소형은 젖은 땅에서 올라오는 냉기에 몸을 떨었다. 공기가 축축하게 가라앉고 있었다. 소형은 악취가 올라오는 공터에 주저앉았다. 땅의 습기가 마른 옷과 건조한 피부로 서서히 스며들었다. 처연하고 서늘한 기운이 몸 안으로 번져갔다. 겪어본 적 없는 이상한 통증에 말라가는 꽃봉오리처럼 몸을 쥐어짜듯 웅크리자, 손끝과 턱 끝과 귓불에 물방울이 맺혔다. 땀이 솟듯 신체의 말단마다 선뜩한 이슬이 매달렸다. 소형은 이것이 어떤 현상인지 알 것 같았다. 식물이 우는 방식이었다.

유료
분량

방어할 새도 없이 단어들이 쏟아져들어왔다. 학대, 수치, 세뇌, 능욕, 구속, 약물, 고문, 인권 타락, 노골적인 서술, 비윤리적 묘사……. 태그에 걸린 키워드를 스치듯 본 것만으로도 나는 충분히 고통받았다. 사전적으로 이해하고 읊을 수 있는 범주만 추려도 이 정도였으니까. 아예 해괴한 은어는 찾아보지 않았고, 끔찍한 몇 단어는 떠오를 때마다 의식적으로 몰아냈지만, 원고를 앞에 두면 어김없이 그것들이 머릿속을 엉망으로 휘젓는 순간이 왔고, 그러면 노트북을 덮고 일어나야 했다. 중요한 것은 그 메스꺼운 취향이 전시되었던 공간이 나의 계정이라는 사실이었다.

'머그컵'은 웹소설이나 웹툰, 팬픽, 에세이, 교육 자료 같은 다양한 창작물을 손쉽게 게시하고 사고팔 수 있는 온라인 플랫폼 웹사이트였다. 삼 년 전 그곳에 가입한 이유는 동료 작가의 글을 보기 위해서였다. 웹소설 수익으로 경차를 뽑았다는 그의 말에 궁금해졌다. 포털 사이트와 연동해서 손쉽게 머그컵에 가입하고, 그의 계정에 방문해 조회수가 높은 순서대로 무료분을 읽었다. 좀비가 등장하는 겨울 배경의 학원물은 풋풋한 위트와 생기로 가득했지만, 유료분까지 결제할 마음이 들지는 않았다. 공감이 안 갔던 탓이었다. 그 뒤로 머그컵에서 본 창작물은 없었다. 오랜만에 접속한 머그컵 계정의 구매함에는 내가 결제한 적 없는 창작물이 수십 페이지에 걸쳐 널려 있었다. 해킹한 사람의 목적은 오로지 계정이었다. 성인물을 열람하고 싶은 미성년자라든지, 인터넷 활동 기록을 신경써야 하는 직업군이라든지, 뭐가 됐든 자신의 개인정보로 가입한 곳에서 고수위 창작물을 보기 곤란한 사람의 짓인 듯했다. 무슨 장르인지 짐작도 가지 않는 제목 몇 개를 클릭했다. 정체 모를 글들은 모두 거창한 주의 문구로 '쿠션'이 깔려 있었다.

수위가 높습니다. 많이 폭력적입니다. 모두 현실이 아닌 픽션입니다. 등장인물은 전원 스무 살 이상입니다. 미성년자가 아닌 의무

교육을 마친 성인입니다. 범죄 요소가 들어가니 인지하고 봐주시길 바랍니다. 소설을 읽고 본인에게 발생하는 일에 대해서는 책임지지 않습니다. 유의 사항을 충분히 살핀 뒤 문제가 없다고 판단될 경우에만 결제해주십시오. 검열 문제로 게시물 발행이 취소될 수 있습니다. 그런 이유로 본 게시물이 삭제되었을 경우 환불이 어렵습니다. 그래도 괜찮으신 분만 구매해주십시오.

여기부터 유료 분량입니다.

3,600cup [구매하기]

1

지난해 마지막 월요일, 공유작업실 사물함의 짐을 빼고 연남동 길을 걷던 중이었다. 그달 나온 난방비와 전기료, 보험료, 작업실 사용료와 대출 이자 따위를 머릿속으로 계산하면서, 이따금 콧잔등이나 이마에 앉는 눈송이를 털어내면서. 중장비 트럭에 막힌 길을 피해 발을 돌린 골목으로 바람이 세게 불어들었다. 녹은 얼음이 살 속으로 스미는 것 같은 날씨였다. 이런 날은 아무리 껴입어도 소용없었다. 패딩 점퍼의 모자를 뒤집어쓰고 지퍼를 끝까지 올렸을 때, 미카가 나타났다. 정확히 말하면 미카의 등신대가.

홀린 듯 등신대 앞으로 다가갔다. 꼭 빛 받은 수면처럼 일렁이는 눈동자를 바라보았다. 오색 산호가 비치는 적도 근처의 바다색 같은……. 함께 간 진유가 여행지까지 끌고 온 잔업을 놓지 못하는 동안, 해가 지도록 홀로 바라보던 인도양 연안 물빛 같은 눈. 웹툰《미카》를 보던 때가 그 무렵이었을까. 눈앞의 미카는 죽는 순간 손을 내밀어줄 상상 속 천사의 모습 그대로였다. 누가 이 추운 곳에 천사를 세워둔 걸까.

등신대 뒤 카페가 눈에 들어왔다. 흰 날개 모양 풍선이 둥둥 떠 있는 내부가 들여다보였다. 유리창 너머로 크리스마스트리의 금빛 알전구가 꺼졌다 켜지는 것을 잠시 지켜보다 조심스레 문을 열었다. 카페 입구의 체온 측정계에 손목을 갖다대는데, 관리자로 보이는 사람이 다가왔다.

"예약하셨나요?"

"아…… 예약제인가요?"

"그럼요. 미카쨩의 생카인데요."

"아아, 생일 카페요……."

미카의 생일을 맞아 팬들이 카페를 빌린 듯했다. 미카라는 캐릭터가 정말 어느 날 태어나 언젠가 떠날 존재라도 되는 듯이. 나처럼 들어온 사람이 없지 않았는지 관리자가 테이크아웃은 가능하다고 안내했다. 음료를 기다리는 동안 카페 안을 천천히 둘러보았다. 케이크와 솜인형과 천사 날개를 단 피규어로 장식된 테이블을 중심으로 놓인 몇 안 되는 좌석은 만석이었다. 미술관 전시처럼 일러스트가 걸려 있는 벽과 손글씨가 적힌 포스트잇으로 빼곡한 기둥을 바라보는 사이 아메리카노가 나왔다.

테이크아웃으로 음료를 받아 카페를 나왔다. 컵홀더에는 '누구와도 아무와도 상관없던 너에게'라는 말풍선이 미카의 복슬복슬한 머리 옆에 걸려 있었다. 좀처럼 발이 떨어지지 않아 휴대폰 카메라로 미카의 등신대를 몇 장 찍었다. 따뜻한 컵 표면에 양손을 번갈아 녹여가며 아주 오랜만에 웹툰 사이트에 들어갔다. 《미카》는 사 년째 연재 중이었다. 안 본 사이 이야기가 많이 진행되었는지, 최신 회차의 미카는 거의 어른 인간에 가까운 모습이었다. 신당동 빌라로 돌아오는 길에 연재된 회차를 모두 읽었고, 미카의 그림 몇 장을 휴대폰 사진첩에 저장했다.

머그컵에 오랜만에 접속하게 된 것은 미카의 미공개 스케치 한 장을 보기 위해서였다. 작가가 그려준 그림의 최소 가격은 머그컵 결제 단위인 1컵. 결제는 후원의 개념이어서 1컵 이상 보내는 것도 가능했다. 작가는 수익금을 우크라이나 긴급 구호 모금에 보태겠다고 트위터에 공지했고, 나는 그와 상관없이 오로지 미카를 보려는 목적으로 1컵만 지불했다. 결제는 간편했다. 버튼을 누르자 다른 화면으로 넘어가는 일 없이 곧바로 처리되었다. 소액의 적립금은 회원가입을 하거나 홈페이지 접속만 해도 발급해주는 곳이 적지 않아서, 200원쯤 바로 결제된 일에 대해 의문을 가지지 않았다.

사건은 두 번째 결제에서 터졌다. 이번에는 강원도 산불 모금에 보태겠다는 취지로 작가가 미카의 채색 일러스트를 준비했고, 나는 역시나 미카를 보겠다는 목적만으로 1컵을 지불했다. 문득 일러스트를 보기만 하고 저장하지 않은 것을 깨닫고 몇 시간 뒤 다시 머그컵에 접속하자, 화면이 래그 걸린 듯 버벅거렸다. 새로 고침과 함께 머그컵에서 튕겨나올 때까지만 해도 대수롭지 않게 여겼다. 인터넷을 하다 보면 이따금 겪는 일이었으니까. 그런데 다시 접속하려고 아이디와 비밀번호를 넣자, 비밀번호가 틀렸다는 팝업창이 떴다.

뭐지?

잠시 화면을 응시하다가, 본인 인증을 받아 머그컵에 접속하고 비밀번호를 재설정한 뒤에야 환경 설정과 구매함을 확인했다. 그때 보았다. 학대, 세뇌, 윤간, 고문 등의 태그가 걸린 창작물들을. 얼빠진 얼굴로 구매 목록을 넘기던 중 다시 사이트에서 튕겨나왔다. 랜선 너머에 누군가 있다는 걸 그제야 자각했다. 다시 본인 인증을 받아 비밀번호를 바꾸었고, 또 곧바로 차단되었다. 다시 접속하고 또다시 차단되었다. 다시 접속하고 차단, 다시 차단, 다시, 다시……

눈이 뜨거워진 상태로 정체 모를 상대와 그 짓을 주고받다 문득 시계를 보니 새벽 두 시 사십구 분이었다. 덜컥 두려워졌다. 상대는 절대 먼저 그만둘 생각이 없어 보였으니까. 그에 대해 아는 것이라고는 고수위 창작물에 절여져 남의 계정까지 뚫었다는 사실뿐이었다. 그마저 그가 사들인 것 중 반은 심의에 걸려 제목 대신 삭제되었다는 안내 문구만 남아 있었으니. 그 구렁의 바닥이 어디까지일지는 감히 짐작조차 할 수 없었다. 그런 그가 마음먹고 일을 벌인다면 내가 적절히 대응할 수 있을까? 나처럼 허술하고 대책 없는 사람이? 일단 후퇴하기로 마음먹었다. 서둘러 탈퇴 버튼을 누르고 상황을 일단락했다고 여기면서.

2

별일 없이 3월을 맞았고, 나는 운 좋게 새로운 작업실로 터를 옮겼다. 아는 선배가 갑자기 외국에 나가게 되면서 화분을 돌보는 대가로 공간을 빌려준 덕분이었다. 그곳에서 나는 당장 써야 할 소설 대신 어느 신생 디퓨저 브랜드의 상품 설명서를 작성했다. 찝찝한 일도 있었고 마감도 급했지만 이번 달에도 대출 이자를 메꾸지 못하면 또 진유에게 돈을 빌려야 할지도 모르니까. 작업실 앞을 지나는 대통령 선거 유세 차량 소리에 귀마개를 하고, 폭설이 내린 하얀 숲과 오래된 책으로 가득한 별장의 스토브와, 럼주를 마시며 만년필로 편지 쓰는 밤이 환기하는 디퓨저의 향에 대해 꾸며내고 있을 때, 마우스 옆에 둔 휴대폰이 진동했다. 이메일 수신 알림이었다.

발신자는 조이서, 메일 제목은 '변신영 선생님께'. 조이서는 처음 본 이름이었지만 '변신영 선생님께'는 처음이 아니었기에 경계심 없이 클릭했다. 내용은 짧은 의문문 한 줄뿐이었다.

'뭐 하자는 짓이죠?'

하던 일을 놓고 그 한 줄짜리 메일을 보았다. 보란 듯 내 이름을 호명하고 던진 호전적인 문장. 그는 부러 선생님이라는 호칭까지 붙였다. 내 머그컵 계정을 함부로 쓰고 멋대로 비밀번호를 바꿔댄 해킹범이 분명했다. 다만 상대도 이름과 메일 주소(본인 것이 아닐 수도 있겠지만)를 기꺼이 노출했다는 점, 굳이 메일까지 보내서 나를 찔러봤다는 점을 참작해보았을 때 대화 가능성이 아주 없지는 않을 듯했다. 프로필 사진이 노출되지 않는 임시 채팅방을 만들어서 링크를 답장에 첨부했다.

'제 머그컵 해킹하신 분이시죠? 이서 님, 저희 대화 좀 할 까요?'

이메일을 보내고 한 시간 반쯤 지났을 무렵 채팅방 알림 이 울렸다.

'해킹을 당한 게 선생님이시라고요?'

조이서의 첫마디였다. 그는 반년 전 자신의 이메일로 머 그컵에 가입하려고 봤더니 이미 가입되어 있어서 자연스레 계정을 사용해왔다고 주장했다. 메일 주소가 꼬인 것 같다고 했다. '말이 돼?'라는 말을 삼키고 침착하게 물었다.

'비번은 어떻게 바꾸셨어요? 저는 본인 인증으로 바꿨는 데. 대한민국은 본인 인증으로 본인을 증명하는 국가잖아요.'

비밀번호를 뚫고 해킹한 자에게 뚫은 방법을 묻는 것이 과연 마땅한가, 싶었지만 일단 들어는 봐야 할 것 같았다. 조 이서는 뜸을 들이더니 콘텐츠를 구매한 카드 사용 내역서를 머그컵 측에 보내 인증받았다고 했다. 비밀번호를 한두 번 바꾼 것도 아니고, 휴일 새벽 서버 관리자가 바로바로 인증 처리를 해주었다는 사실이 믿기지 않았지만, 이어지는 추궁 에 생각할 겨를 없이 말려들었다.

'탈퇴 버튼 누른 거 변신영 선생님 본인이신가요?'

'네, 그렇죠.'

'아, 역시 그러셨군요.'

조이서는 내가 계정을 멋대로 탈퇴하는 바람에, 자신이 그동안 구매해온 콘텐츠가 모두 날아갔다며 오히려 억울해했다. 그는 놀랍게도 진심으로 그 쓰레기들을 아까워했다.

'변신영 선생님, 저 거기 3,600컵 부었습니다. 3,600컵이 얼마인 줄 아세요? 72만 원이에요. 72만 원, 허풍이 아닙니다. 제 72만 원어치 자료 날려버린 거 어떻게 보상하실 겁니까? 검색도 안 되는 것들 하나하나 어렵게 모았는데 어떻게 책임지실 거냐고요.'

책임? 가만있다 당한 것은 나인데, 어째서 책임이란 말을 쓰지? 황당함을 누르고 침착하게 대답했다.

'……이서 님, 제 계정이 해킹을 당했고, 정체 모를 고수위 음란물로 뒤덮여 있고, 한밤중에 비밀번호가 분 단위로 바뀌는데 이서 님이라면 어떻게 하시겠어요? 차마 뭐라고 부를 수도 없는 그 오물들이, 이서 님께 그렇게까지 소중한 것이었나요?'

'변 선생님, 수위라는 건 당신이 판단할 문제가 아닙니다. 저는 혼탁한 인간의 심연을 들여다보길 주저하지 않고 즐기는 사람일 뿐입니다. 순진한 콘텐츠로는 만족이 안 되는 사람도 세상엔 존재할 수 있는 겁니다. 그보다 저는 지금 제가 당했을 가능성을 보고 있어요.'

'당했다니 뭘 당해요?'

'제 돈으로 그림 두 장 사셨지요? 미카였던가요? 전 그래서 해킹범치고 참, 인류애가 있구나, 생각했다니까요?ㅋㅋ'

문장 끝에 찍힌 'ㅋㅋ'를 바라보는데 휴대폰을 쥔 손이 후들후들 떨려왔다. 이런 것을 직감이라고 해야 할까. 순간 기묘할 정도로 오싹한 기운에 실시간으로 체온이 떨어지는 경험을 했다. 3월의 작업실은 오후 내내 들어온 햇살에 25도까지 올랐고, 나는 기모 후드티에 도톰한 패딩 조끼까지 걸치고 있었지만, 손끝으로 상반신의 열이 싹 빠져나간 듯 이가 딱딱 부딪히기 시작했다. 몇 분의 정적 뒤, 조이서가 먼저 입을 열었다.

'업무가 좀 바쁘네요. 이따 밤에 다시 접선합시다.'

채팅은 사흘에 걸쳐 띄엄띄엄 이어졌다. 말이 오갈수록 나의 결백은 선명해졌고, 조이서도 그 사실을 분명히 인지하고 있다는 걸 숨기지 않았다. 조이서의 주장도 거짓이 아니라고 가정한다면, 그도 나도 정당하게 머그컵을 썼는데 중간에 시스템이 꼬여버린 탓이다. 완전히 이해되지는 않았지만 눈 감고 믿어보기로 했다. 끝까지 의심을 놓지 않는 데는 끈기와 체력이 필요했고, 나는 한정된 에너지를 이 일에 할애하고 싶지 않았다. 솔직히 말하면 조이서라는 인간이 낯설고 버거웠다. 어서 치워버리고 싶었다. 결론을 내리는 과정에서 오랜만에 진유에게 전화를 걸어 조언도 구했다.

"그래, 버그는 어디에나 생길 수 있지. 프로그램도 결국 사람이 짜는 거니까. 제아무리 카카오든 구글이든 버그에서 자유로울 수는 없는데, 하물며 뭐, 머그샷? 아, 머그컵이라고 그랬나?"

전 애인이자 현 친구이자 잘나가는 개발자인 진유는 조이서의 주장이 아주 불가능한 이야기는 아니라며 내가 편하게 도망칠 구실을 마련해주더니 대뜸 물었다.

"넌 뭘 본 건데?"

"그건……."

나는 바로 대답하지 못했다. 미카의 미공개 사진을 봤다고 말하면 될 일인데 입이 떨어지지 않았다. 분 단위로 계획을 짜서 하루를 꾸리는 진유는 분명 이해하지 못할 마음이었다. 싸늘하게 비웃을 것이었다. 잇달아 "요즘 대체 뭘 하고 다니는 거야?"라는 물음에는 "뭘 하기는. 네가 저주한 대로 똑같이 살고 있지" 하고 쓰게 웃을 수밖에 없었다.

진유와 통화한 다음날, 작업실 앞 편의점에서 간단히 점심을 때우고 조이서와 마지막 채팅을 나누었다. 나는 나의 가치 판단과 상관없이 조이서의 72만 원어치 '혼탁한 인간의 심연'이 조속히 복구될 수 있도록 머그컵 측에 최대한 협조하겠다는 방향으로 결론을 내렸고, 그 의사를 채팅창에 입력했다.

그의 말마따나 가슴에 '인류애'를 품은 사람답게 뜻이 곡해되지 않도록 주의하며 진심을 전했다. 조이서도 고맙다는 말로 예의를 차렸고, 비교적 훈훈하게 대화가 마무리되는 듯했다.

창밖이 어둑해질 무렵, 정리된 줄 알았던 채팅방 알림음이 다시 울렸다. 퇴근하려고 백팩에 노트북을 챙겨 넣던 나는 다시 작업실 책상 앞에 걸터앉았다.

'그 돈, 조금이라도 보상해주실 생각은 없으신가요?'

'네?'

'변신영 선생님, 제가 기회를 드릴게요.'

'……'

나는 진절머리가 나서 계좌번호를 묻고 72만 원을 입금할 뻔했지만, 꾹 참고 침착하게 문장을 찍었다.

'저는 제 명의 계정을 정당하게 썼고, 이서 님은 이서 님 말씀대로 떳떳하게 쓰셨는데, 제가 보상할 근거가 뭐죠?'

'그럼 신고하겠습니다.'

'신고요? 무슨 신고요?'

답은 정확히 37분 뒤에 왔다.

'소비자 신고요.'

순간 차가운 것이라도 스친 듯 목덜미에 소름이 돋아났다. 양손으로 목을 감싸고 심호흡을 한 뒤, 인내심을 발휘해서 답을 찍어 보냈다.

'가능한 것들은 협조하겠습니다. 잘 해결되시기를 바랍니다.'

백팩을 메고 작업실을 나와 지하철역까지 걸었다. 며칠 동안 일을 전혀 못했다. 소설도 시작하지 못했고, 디퓨저 설명서 아르바이트도 약속한 기한을 넘겼다. 걸을 때마다 한 번씩 위장에서 신물이 올라왔다. 자꾸만 누군가 부르는 것 같은 착각에 이유 없이 몇 번 뒤를 돌아보기도 했다. 늘 북적이는 홍대 앞은 그날따라 귀가 따갑도록 시끄러웠다. 공터에선 어떤 소수 정당 후보가 소리를 질러가며 선거 운동을 하고 있었다. 귀에 에어팟을 끼려다 멈추었다.

당신이 누구든 기본소득 65만 원! 저희 당은 국민 모두에게 매월 65만 원의 기본소득을 제안합니다! 모두에게 조건 없이 매달 주어지는 65만 원! 국가가 보장해야 할 최소한의 삶 65만 원!

65만 원이면 72만 원보다 7만 원이나 적은 돈인데. 7만 원이면 늘 사는 김밥을 스무 번 먹을 수 있고, 컵라면은 마흔 번 먹을 수 있는데……. 65만 원이면 몇 컵쯤 될까. 3,000컵은 넘으려나……. 나는 멀거니 서서 이번 20대 대통령으로는 절대 당선될 일 없을 것 같은 모르는 당의 후보 연설을 들었다. 꽝꽝거리는 음악을 틀어놓은 클럽 길 건너편에서 얼빠진 얼굴로 전자담배를 피우는 사람처럼.

3

그로부터 두 달은 정신없이 흘렀다. 《세모》여름호에 가벼운 터치로 쓴 짧은 소설을 보냈고, 그사이 코로나에 한 번 걸렸다. 자가격리로 집에 머무는 동안에는 도저히 앉을 힘이 나지 않아 누운 채로 미카만 보았다. 마침《미카》도 작가의 건강 악화로 무기한 휴재에 들어가는 바람에 나는 봤던 것을 보고 또 볼 수밖에 없었다. 약 기운에 미카를 보다 잠들고, 다시 깨서 미카를 보고 잠들다 보면, 한 번씩 달콤한 보상처럼 휴대폰에 갇혀 있던 미카가 꿈에 나왔다. 바다 물빛 같은 눈을 깜빡이며, 이마에 앉은 눈송이를 털어주며, 패딩 점퍼의 지퍼를 올려주면서.

격리 해제와 함께 반소매 티셔츠를 꺼내 입는 날씨가 왔고, 해킹 사건은 자연스레 종료된 듯했다. 조이서도 이해할 수 없는 음침한 취미가 있기는 했지만, 남의 계정까지 써가며 삶을 철저히 관리했던 사람인데 지켜야 할 일상이란 것이 있지 않을까. 늘 잃어버린 72만 원어치 '혼탁한 인간의 심연'만 생각하고 지낼 수는 없지 않을까. 가끔 누군가와 전화나 카톡으로 안부를 나눌 때면 그런 일이 있었다, 당신도 가입한 웹사이트 계정들 잘 살펴봐라, 정도로 가볍게 말을 꺼낼 만큼 무감해졌을 무렵이었다.

오랜만에 작업실에 출근했다 들어오는 길에 우편함을 열어보았다. 언제부터 쌓였는지 모를 고지서와 광고지 몇 장을 별생각 없이 집어들고 빌라 4층까지 올라갔다. 현관 안으로 들어와 여느 때처럼 신발장 위에 대충 쌓아두려다 문득 우편물을 살펴보았다. 카드회사와 보험공단에서 보낸 고지서 사이 푸르스름한 낯선 봉투가 끼어 있었다. 보낸 곳의 주소는 경찰서, 수신인은 변신영. 현관에서 신발도 벗지 않은 채로 봉투를 뜯었다.

출석 요구서

변신영 귀하에 대한 정보통신망이용촉진및정보보호등에관한법률위반 진정사건의 참고인으로 사이버범죄수사팀으로 출석하여주시기 바랍니다. 귀하께 머그컵 정보통신망침해 등 진정사건 접수되었으니 02-XXX-XXXX로 전화 주시기 바랍니다.

띄어쓰기를 생략한 숨 막히는 전문용어에서 한 번, 머그컵이라는 단어에서 한 번, 나는 물에 억지로 담갔다 수면으로 끌어올려진 사람처럼 입을 크게 벌리고 숨을 헉, 들이마셨다. 출석 요구서 뒷장에는 경찰서의 약도와 수사 과정에 도움 된다는 변호인 참여제도, 심의신청 제도, 국가인권위원회, 무료 법률상담 서비스의 전화번호 따위가 소개되어 있었다.

순간 나는 스물아홉 해 전, 초등학교에 입학해서 짝에게 배웠던 말, 집으로 돌아와 언니에게 썼다가 엄마에게 파리채로 맞고 단 한 번도 뱉어본 적 없던 말, 앞으로도 나의 체면과 주변의 시선과 나름의 소신으로 영원히 쓸 일 없을 줄 알았던 비속어를 입에서 반쯤 흘렸다.

"시ㅂ⋯⋯."

좁은 현관 위의 센서등이 다시 한번 꺼졌다 켜지는 사이, 운동화를 벗고 집 안으로 들어와 식탁 위의 생수병을 집어들었다. 물을 1리터쯤 들이켜고 할아버지 장례 때 마지막으로 본 사촌동생을 떠올렸다. 사법고시에서 일곱 번 떨어지고 여러 직업을 전전하다 스마트스토어에서 양말을 팔고 있는 민주를. 늦게라도 로스쿨에 가라는 친척 어른의 말에, 넉살 좋게 웃으며 빈소에서 검은 양말을 나누어주던 모습이 선연했다. 주변에 법을 접해본 유일한 사람이자 법 이야기를 꺼내기 가장 곤란한 사람 민주. 그래서 더 민망하고 난감했다. 어떻게 입을 떼어야 할까. 책이라도 나왔다고 할까. 마침, 정말 책이 나온 참이었다. 단행본이 아닌 정기간행물이었지만, 아무튼 《세모》에 소설을 싣긴 실었으니까. 민주는 책을 좋아했다. 15년도 더 된 일이기는 하지만, 자신이 사는 지역 구립 도서관에서 책을 가장 많이 빌린 학생으로 뽑힌 적도 있었다.

"민주야, 언니 책이 나왔거든."

"정말? 축하해!"

민주는 오랜만에, 아니 번호를 교환하고 난생처음 연락한 내가 그 사실을 잊을 만큼 반갑게 받아주었다.

"책을 보내고 싶은데 주소 좀 알려줄래? 아직 외삼촌 사는 거기 맞지?"

"신기하네. 안 그래도 마침 소설이 읽고 싶었는데. 사실 나 언니 데뷔했단 소식 들은 뒤로 계속 출간 기다리고 있었어. 이런 날이 오네."

"하하, 그랬구나."

민주는 장사가 너무 바빠서 올해 들어 처음 쉰다고 했다. 초여름이 되어서야 겨우 쉰다는 동생에게 이런 일로 연락한 내 모습이 수치스러웠지만, 당장 경찰의 초대장을 받은 마당에 서두를 더 끌 수는 없었다. 민주는 내 이야기를 차분히 듣더니 바로 말을 꺼냈다.

"딱히 사건이라고 할 수도 없겠는데? 물론 평범한 사람이 경찰서에 가는 게 편하지는 않겠지만 경찰도 알고 보면 평범한 사람이잖아. 그냥 목격자로 간다고 생각해. 언니가 편한 시간에 가서, 편하게 대답하면 돼. 참, 그 전에 먼저 전화해서 신고자가 누구인지, 사실관계가 어떻게 되는지 팩트 체크부터 해봐. 물어보면 수사관이 대답해주겠지? 만약 혐의 사실이 납득되지 않으면, 그건 제가 정리해봐야 할 것 같은데요? 라고 대응하고, 영 이상하게 나오면 변호사 선임하겠다고 해."

"변호사? 내 형편에 변호사는 좀······."

"법대 동기들 중에 싸게 해줄 만한 사람 한번 알아볼게."

"뭐? 아냐, 그러지 마. 너한테 이렇게 물어보는 게 아니었는데. 경황이 없다 보니 내가 실수했네."

"무슨, 언니 일인데. 그리고 난 그쪽에 미련 없어. 이제 진짜 괜찮아."

"하······."

"참, 책 보내준다며? 언니 그것 때문에 전화한 거 아냐?"

"어, 그래, 그랬지······. 근데 그게 내 책이라기보단《세모》라는 잡지고, 그 안에 내 건 정말 짧게 들어가 있어. 사실 온전한 내 책은 아냐."

"에이, 아무리 많은 재소자가 수감돼 있더라도 각각의 죄수에게 교도소는 온전한 자신의 감옥이지."

"와, 그러네."

"좋다. 나 작가와의 대화 처음 해보거든. 양말 팔면서 언제 그런 걸 해보겠어. 언니, 책 꼭 보내줘야 해."

민주가 외갓집 다락방에서 오래된 책을 뒤적이던 시절처럼 산뜻하게 웃었다. '언니, 이 책 읽어봤어? 이 책은?' 호기심 어린 눈으로 물어볼 때마다 대답하지 못하고 주춤대던 기억이 아득하게 떠올랐다 흩어져갔다.

4

민주가 어째서 '편하게'를 강조했는지는 최수진 수사관을 대하면서 깨달았다. 흔한 분노나 적의 한 톨 없이 권태로운 의심만으로 이루어진 서늘한 벽 앞에서 편할 사람이 얼마나 되려나. 신고자는 조이서가 맞았다. 다만 수사관이 사실관계를 완전히 다르게 파악하고 있었다. 그럴 수밖에 없었겠지. 곧이곧대로 설명하면 신고가 성립될 수 없었을 테니까. 수사관에게 내가 겪은 일을 진술하자, 그는 들은 이야기와 다르다며 증거를 요구했다. '증거 있어요?'를 수사관에게 들으니 가진 모든 것이 증거인데도 승모근이 뻣뻣하게 굳었다. '죄인 취급'이라는 말의 무게를 경험으로 깨닫고 싶지는 않았는데⋯⋯. 증거 자료를 메일로 전달하고 일주일 뒤, 최수진 수사관에게 문자메시지가 왔다.

'일단 선생님 입장은 잘 알겠습니다만 여전히 수상한 점이 없지 않아서, 머그컵 측과 포털 사이트 측에 관련 사실을 확인한 뒤 다시 연락드리겠습니다.'

수상한 점? 여기서 수상한 점이 뭐지? 파헤칠수록 혐의가 없다는 사실만 드러날 텐데 어째서 쓸데없는 일에 시간을 낭비하지? 떠오르는 의문을 삼키고 '알겠습니다, 수사관님' 하고, 짧은 답신을 보냈다.

다시 열흘 뒤, 최수진 수사관이 전화해서 몇 가지를 추궁했다. 개인의 인터넷 사용기록은 5년 전 것까지 남는다는 사실을 이때 처음 알았다. 사이버 범죄 수사팀에 신고접수가 들어가면 나의 결백과 상관없이 5년 동안 내가 인터넷에서 어떤 활동을 했는지 모조리 캐낼 수 있는 듯했다. 언젠가 스페인어를 배우는 애플리케이션에 가입한 것, 처음 들어본 중고 명품 매매 사이트에 가입한 것, 딱 한 번 이용한 OTT 스트리밍 플랫폼에 가입한 것. 수사관은 내가 아예 하지 않거나, 좀처럼 확신할 수 없는 일들을 물었다. 내 포털 계정의 임시 연락망이 조이서의 것으로 설정되었다는 것이 이유였다. '아니, 그럼 제 포털이 털린 건데, 오히려 저쪽을 수사해야 하는 것 아닌가요? 먼저 치는 놈이 이기는 게임도 아니고, 이게 맞는 거예요?' 나는 떠오르는 의문을 다시 꾹 누르며, 수사관의 물음에만 대답을 이어갔다.

동시에 나의 포털 사이트를 떠올렸다. 환경설정에 기입된 개인정보 말고도 구매리스트에 기록된 것들, 어떤 기종의 휴대폰을 쓰고, 무슨 색의 속옷을 선호하며, 탐폰은 어느 회사 것을 쓰는지, 생수는 얼마나 자주 주문하는지…… 그리고 거의 십수 년 같은 주소로 써온 메일함의 각종 전자 명세서와, 주고받은 내밀한 문서와 중국에 있어 카톡을 할 수 없는 언니의 안부와…… 또, 포털 사이트에 연계된 비공개 블로그에

끄적인 일기와 쓰다 만 엉터리 소설과 죽을 때까지 안고 가려 했던 비밀 들……. 최수진 수사관도 봤을까. 조이서도 봤을까. 어지럼증과 함께 휴대폰을 쥔 손이 미세하게 떨렸다.

"저, 수사관님."

"네, 말씀하세요."

"신고자요. 이런 사람들이 실제로 좀 있나요?"

"무슨 말씀이십니까?"

'피해자를 신고하는 가해자 말입니다. 이렇게 대담할 수 있다는 게 상식적으로 이해가 안 가서요. 사람을 공공 변기 취급하는 콘텐츠에 72만 원 쓴 자가 천사의 얼굴에 400원 쓴 사람을 무고하게 신고했잖아요. 계정을 훔친 쪽이 계정주를 신고하는 사건이 흔하지는 않을 것 아닙니까.' 나는 그런 의문을 이번에도 속으로만 생각하고 말았다. 이상하게도 수사관 앞에서는 입이 떨어지지 않았다. 누군가 입에 테이프라도 붙인 듯 말이 나오지 않았다. 믿어줄 의지가 전혀 없는 상대에게 말을 꺼내는 일이 이렇게 어렵고 곤욕스러울 줄은 몰랐다. 대신 아무런 법적 효력 없는 말만 들릴 듯 말듯 우물거렸다.

"그냥, 느낌이 좋지 않아서요."

최수진 수사관은 대답도 첨언도 하지 않았다. 듣지 않고 다른 일을 하는 것 같기도 했다. 부스럭거리는 소리가 들려왔다. 아마도 빵 봉지를 뜯는 것 같았다. 통화 종료 버튼을 누르고 냉장고 문을 열려다 문득 뒤를 돌아보았다. 좁은 집 안에는 아무도 없었다. 냉장고에 등을 기대고 주저앉아 중얼 거렸다. 느낌이 좋지 않다고. 서늘해진 목덜미를 양손으로 문지르면서 몇 번이나 허공에 중얼거렸다.

5

주중에 다시 연락 주겠다던 최수진 수사관은 보름이 지나 도록 연락이 없었다. 하루하루 멀쩡한 머리를 뽑아가며 날짜 를 세던 중에 머그컵 계정이 암암리에 사고팔린다는 사실을 알게 되었다. 주로 오랫동안 접속 없는 휴면 계정이 해킹되 어 거래된다고. 조이서가 내 계정을 돈 주고 산 거라면 72만 원에서 돈을 더 썼겠지. 어쩐지 그의 앙심과 원한은 아무리 생각해도 72만 원어치 이상이었다. 얼마나 더 썼을까. 그가 차마 내뱉지 못한 액수가 얼마였을까. 내가 범인이 아니라 는 것을 알면서도 위험을 무릅쓰고 대담하게 경찰에 신고한 이유는 그 때문일 수도 있겠지.

따지고 보면 나야말로 신고하고도 남을 상황이었지만, 당 장 현실적인 문제로 숨 돌릴 여유가 없었다. 진유와 살림을 정리하면서 신당동 빌라에는 내가 남기로 했다. 집 살 때 빌

린 대출금도 자연스레 내 몫이 되었다. 막상 닥치니 대출 이
자를 내는 것만으로도 버거웠지만, 집이 팔리기 전까지는 방
법이 없었다. 사정을 알고 형편이 되는 이가 진유뿐이라는
이유로, 비참한 마음을 누르고 몇 번 손을 벌렸다. 휴대폰을
만지작거리다 진유에게 전화했다. 어디냐고 물었더니 할머
니가 돌아가셔서 진주에 갔다고 했다. "할머니가? 왜 말 안
했어⋯⋯." 바로 인터넷 브라우저를 띄워 기차표를 알아보
려는데 진유가 됐다고 했다. 장례는 모두 마쳤고, 곧 정리하
고 올라올 거라고.

"근데 화장터에서 그런 걸 봤어. 화장터 여덟 칸 중 단 두
칸만 화장을 하고 있었거든. 우리 할머니랑 또 누군가. 근데
할머니 이름 적힌 곳 옆에 이름 대신 '아기'가 적혀 있는 거야.
이름이 아기였을까? 아니겠지? 그러니까 백 세를 이 년 앞두
고 돌아가신 할머니 옆에 아직 이름도 못 붙인 아기가 나란히
화장되고 있었던 거야. 지키고 있는 유족 한 명 없이."

이런 이야기를 나에게 왜 할까, 생각하던 중에 진유가 말
을 이었다.

"이거 한번 소설로 써보라고."

아무런 악의 없는 말투여서, "그래." 나도 순순히 대답했다.

"내 사촌 제우 알지?"

"제우? 알지. 많이 컸겠네. 첨 봤을 때 보이스카우트였잖아."

"응. 올 초에 제대하고 복학 전에 등록금 벌겠다며 공사장 알바를 했는데, 사다리 같은 철골 구조물에서 전기 충전기가 떨어지는 바람에 뇌진탕 걸리고 목뼈 갈비뼈 여럿 나갔대. 수술비까지는 산재 처리가 됐는데 재활은 산재로 인정 안 되나 보더라. 반년 넘게 거의 누워만 있느라 할머니 장례식도 못 왔잖아."

"세상에……."

"이것도 한번 써봐."

"뭐? 나한테 왜 그래…… 내가 언제 누구 얘기 쓴 적 있어?"

"그러니까 좀 써보라고."

"……."

"이번엔 얼마나 필요한데?"

돈 빌릴 목적으로 전화한 것은 맞았지만, 이런 식의 대화 끝에 말을 꺼내려니 입이 떨어지지 않았다. 나도 모르게 생각해둔 액수가 아닌 다른 말이 입에서 나왔다.

"72만 원."

"72만 원? ……왜?"

지난번 빌린 돈과 그 전에 빌린 돈에서 크게 벗어나지 않은 금액을 예상했겠지. 나는 말을 돌렸다.

"얼마 전 A출판사에 원고 추려서 보냈어.《세모》에 실린 단편 보고 연락하셨다더라고. 알바도 계속 구하고 있어."

"그래, 잘됐네."

"좋아하는 사람도 생겼어."

"누구? 내가 아는 사람?"

"미카라고, 넌 몰라. 일 년 좀 안 됐어."

미카가 사람은 아니었지만, 그런 말을 늘어놓은 것은 진유와의 통화가 이번이 마지막일 것 같아서였다. 살면서 그런 느낌은 이상하리만큼 대체로 맞았다. 진유와 대화할 때마다 느껴지던 위화감이 나도 모르는 새 잔류한 애정을 넘어선 탓인지도 모르겠다. 한 시절 그렇게 가까웠던 사람이 이제는 디지털 드로잉으로 탄생한 캐릭터보다 궁금하지 않았다. 빌라를 처분하고 빌린 돈을 송금하면 진유와는 완전히 끝일 것이다. 인스타그램 비공개 계정에 들어가 언젠가 백업해두었던 진유의 사진들을 모두 지웠다.

6

진유에게 72만 원을 빌리고 두 달 뒤, A출판사에서 연락이 왔다. 전화도 메일도 문자도 아닌 카톡 메시지였다.

'소설들이 너무 무거워서 좀 어렵겠다는 내부 의견이에

요. 소설집 내시려면 식물이든 아이돌이든 콘셉트를 잡아서 다 다시 쓰셔야 할 것 같은데. 다른 원고는 더 없으신 거죠? 아예 다시 쓰실 생각은요? 선생님과 꼭 일하고 싶었는데, 정말 아쉬워용ㅠ.'

문장 끝자락의 'ㅇ'과 'ㅠ'를 한참 바라보다가, 나도 '그러게용ㅠ'으로 답을 보내는 위트와 유연함을 발휘해야 할까, 잠시 고민하다가, 모두 헛짓이라는 생각에 그냥 '감사합니다. 평안한 저녁 되세요' 하고 찍어 보냈다. 소설이 무겁다는 말에 동의할 수 없었지만, 구리다는 의견을 자비와 배려로 돌려 말해준 것일 수도 있었기에 진지하게 생각하지 않겠다고 다짐했다. 그러나 살면서 무너지지 않은 다짐이 손에 꼽혔던 만큼, 나는 관성적으로 무겁다는 말에 무너지듯 침잠할 수밖에 없었다.

그도 그럴 수밖에 없었던 것이, 진유를 포함해 친한 소설가 C와 방송 작가 B, 공무원 친구 K와 얼마 전 레터링 케이크 가게를 연 친구 J, 중국 주재원으로 간 언니와 엄마까지 무려 일곱 명에게 A출판사에서 책이 나온다고 나불댄 일과, 오로지 65만 원이라는 말에 꽂혀서 대통령이 누가 되든 기본 소득 월 65만 원을 보장해주겠다는 후보를 찍은 일과, 러시아가 우크라이나에 어떤 공격을 퍼붓든, 강원도에 수백 년 된 나무가 타들어가든 말든, 오로지 미카의 새로운 모습 한 장을 보기 위해 해킹범의 적립금으로 1컵을 결제한 일. 나라는 인간은 한결같이 가벼운 곳으로 흐르고 있는데, 소설이 무겁다니 말이 되는 소리인가. 모두 내 안에서 쏟아져나온 것들인데. 단 한 문장도 내가 쓰지 않은 것이 없는데.

마을버스에서 내려 언덕을 오르는 두 발이 괜히 무겁게 느껴졌다. 공기가 제법 써늘했다. 이제는 티셔츠 하나만 입기엔 날이 추웠다. 내일은 카디건이라도 하나 걸쳐야지, 생각하며 써늘해진 목덜미를 문질렀다. 빌라 건물 안으로 들어오자마자 우편함에 손을 넣어 휘저었다. 집으로 올라가기 전에 우편함을 확인하는 버릇이 생긴 탓이었다. 마침 경찰서에서 보내온 우편물이 있었다. 갑작스러웠지만 이번에는 놀라지 않았고, 그 자리에서 바로 봉투를 뜯었다.

※ 귀하와 관련된 사건에 대하여 다음과 같이 결정하였음을
  알려드립니다.
  죄명 : 정보통신망이용촉진및정보보호등에관한법률위반
  결정 종류 : 불입건
  주요 내용 : 귀하의 범죄혐의 인정되지 않아 불입건 결정하였습니다.

푸릇한 봉투를 든 채 숨 막히는 문장 사이 끼어 있는 생소

한 단어를 곱씹었다.

불입건.

허술한 신고에 휘둘려 무고한 시민을 멋대로 참고인으로 불렀다가 피혐의자로 불렀다가 한마디 사과 없이 수식어를 거두어주겠다는 통보라니. 공권력의 맛에 입안이 썼다. 문득 오전의 부재중 전화가 떠올랐다. 역시 최수진 수사관의 번호였다. 모르는 번호여서 받지 않았는데 연락처에 저장하지 않아 몰랐던 것이었다.

"저, 머그컵 사건의 변신영입니다. 정말 다 끝난 거 맞습니까?"

"예. 선생님, 그간 고생 많으셨지요."

다른 사람이 받았다고 착각할 만큼 다정하고 부드러운 음성이었다. 불입건으로 결정 난 사람에게만 들려주는 목소리인가. 평범하게, 그가 정말 편한 사람들과 있을 때의 모습이 눈앞에 그려졌고, 비로소 혐의를 모두 벗었다는 실감이 났다. 온몸에 힘이 풀렸다. 우편함 옆 콘크리트 기둥에 몸을 기대고 길게 한숨을 내쉬었다. 긴장이 누그러지니 그제야 입이 열렸다.

"수사관님, 그런데요. 이런 빤히 보이는 사건에 경찰 인력이 쓰이고, 세금이 쓰이고, 수사관님 휴일 없이 출근하시고, 저녁에 빵 드시고, 이게, 이러는 게 맞는 건가요? 정말 이렇게 될 줄 모르셨나요?"

최수진 수사관은 대답이 없었다. 대답하지 않는 것이 매뉴얼인가 싶게 아무 말이 없었다. 휴대폰 너머로 희미하게 풍선에서 바람 빠지는 듯한 웃음소리만 들려왔다. 내 말은 아마 녹음되고 있겠지. 체념하고 마무리 인사를 건넸다.

"수사관님도 고생하셨습니다. 평안한 저녁 되세요."

전화를 끊고 통화 목록까지 삭제하고 나니, 새삼 경찰서에 출석하지 않았다는 사실이 믿기지 않았다. 모든 일은 비대면으로 진행되었다. 머그컵에서 미카의 그림을 사고, 해킹범에게 해킹범 취급을 당하고, 경찰의 초대장을 받고, 법조인의 길을 포기한 동생을 들쑤시고, 수사관의 연락을 손꼽아 기다리고, 헤어진 애인에게 수치를 무릅쓰고, 작품을 요구당했다가 거부당하고, 일련의 모든 과정은 누구와도 직접 만나는 일 없이 이루어졌다. 얼굴을 마주하지 않아도 충분히 고통과 농락을 주고받을 수 있었다.

"하……."

빌라 4층까지 계단을 오르는 동안에는 저녁 메뉴만 생각하기로 했다. 우선 따뜻하고 부드러운 것으로 속을 풀어야겠다. 간장도 참기름도 없이 넓은 접시에 담백한 두부만 올리고서, 교도소에서 막 출소한 사람처럼 포근한 두부에 얼굴을 파묻고 입만 움직여 삼켜야겠다. 한 달 전 투 플러스 원으로 사둔 두부의 상태가 어떨지 모르겠지만, 끓는 물에 조금 오래 데치면 괜찮지 않을까.

올해만 세 번 바꾼 현관문 비밀번호를 누르고 집으로 한 발 들였을 때, 어두컴컴한 계단에서 낯선 목소리가 들려왔다.

"변신영 선생님?"

고개를 돌리자 드르륵 소리와 함께 어둠 속에서 날카로운 것이 빛났다. 그것은 망설임 없이 뻗어와 내 목을 죽 그었다. 검은 그림자가 계단 아래로 빠르게 멀어져갔다.

'뭐지…….'

살가죽이 길게 갈라지는 감각과 함께 미지근한 체액이 위로 솟구쳤다. 목빗근을 양손으로 꾹 틀어막자 현기증이 일었다. 몸이 현관으로 기우뚱 기울었다. 아무렇게나 벗어둔 낡은 구두 위로 구겨지듯 앉았다. 엉덩이가 배겼다. 엉덩이가 배긴다는 감각만 현실 같았다.

좁은 거실 벽은 앞집 형광등 불빛으로 희부옇게 밝았다. 목을 틀어막은 손에 자꾸만 힘이 풀렸다. 벌어진 손가락 틈으로 핏줄기가 쏟아져나가 연녹색 벽지에 얼룩을 남기고 있었다. 심장이 이렇게나 펄떡이는 장기였나……. 살아 있는 장기를 가만히 느끼는 것 외에 할 수 있는 일이 없었다.

이렇게,

커터칼로 경동맥 긋는 장면을 써야겠다. 5분 안에 의식을 잃고 10분 안에 죽는 일에 대해서. 무겁지도 가볍지도 않은 마음으로. 현관에 기대어 잠시 생각했다. 발표는 머그컵에 하면 되겠지. 가격은 1컵으로 걸어두고. '쿠션' 문구는 길게 까는 것이 좋겠다. 수위가 높지 않습니다. 픽션이 아닌 현실입니다. 소설을 읽고 아무 일이 일어나지 않아도 책임지지 않습니다. 다만 혼탁한 인간의 심연에 베일 수 있으니 인지하고 봐주시길 바랍니다. 이유 없이 게시물 발행이 취소되어도 환불은 해드리지 않습니다. 그래도 괜찮으신 분만 구매해주십시오.

여기부터 유료 분량입니다.

나 나

그 장면은 오래 생각하고 그린 마지막 컷 같았어. 난간에 앉은 나나의 뒷모습을 보는데 차마 내려오라고 할 수 없었지. 물탱크 옆 수도관에 걸터앉아 기다렸어. 발아래 엉켜 있는 것이 식물 줄기인지 전선인지도 구분되지 않던 캄캄한 밤이었지. 한참 먼 곳을 바라보던 나나가 한숨을 내쉬는데 입에서 말풍선이 나오는 것 같더라. 천천히 흩어져 옅어진 숨 위로 몇 글자가 선명하게 떠올랐어.

나나를 잘 돌봐야 해.

그러니까 나는 그 말을 눈으로 본 셈이지. 나나의 입에서 나온 말이 맞는지 확인해야 했어.

잘 돌보라니, 어떻게?

나나가 가만히 고개를 돌리고 나를 보더라. 표정이 어땠는지는 미처 살피지 못했어. 들어야 할 대답이 있었거든. 몰아붙였어. 내가 때마다 주사기로 사료를 먹이고 항문을 닦아주고 병원도 데리고 다녔는데 여기서 어떻게 더 잘 돌보라는 말이냐며, 가끔 캔이나 던져주던 인간이 할 말이냐며 언성을 높였어. 나나가 이미 뛰어내린 줄도 모르고 소리를 질러댔네.

그날 밤 나는 무얼 했느냐고 물었지. 말리지 않고 대체 뭘 했느냐고. 글쎄, 아무것도 하지 않은 내게 재우쳐 묻는다면 방관이란 것을 했다고 대답할 수밖에 없겠구나. 다만 눈을 감고 서서 중얼거렸어.

끝났구나, 드디어.

빈 난간에서 불어오는 바람을 맞으며 가볍게 스트레칭을 했어. 차가운 수도관에 너무 오래 앉아 있었거든. 깊게 들이마신 숨을 다시 내쉬는데 아주 홀가분하더라. 같은 지점에서 뛰면 나는 추락하지 않고 가뿐히 착지할 수 있겠다는 착각에 휩싸였지. 아마 나나도 그랬을 거야. 분명 그 순간에는 그런 기분으로 나를 버렸을 거라 생각해. 마른 가지에서 떨어져 나간 나뭇잎 같은 마음.

나나를 처음 본 날이 언제였을까, 나나가 퇴원한 지 얼마

안 된 날이었으니 계절은 아마 이맘때쯤이었을 텐데. 담당의가 나나에게 꼭 햇빛을 보여줘야 한다기에 아파트 단지를 산책하던 중이었어. 늘 그렇듯 한 손으로 나나의 축축한 손을 잡고, 괜찮아? 좀 어때? 같은 말을 수시로 건네며 나나의 표정을 살피고 있었지.

기분이 조금도 나아지지 않아.

조금만 걸었으니 그렇지.

나는 땀이 나도록 걸어야 효과가 있을 거라고 말하며 나나의 손을 잡아끌었어. 마지못해 걸음의 속도를 따라 높이던 나나가 돌연 내 손을 쳐내더니 파란 트럭 앞에 쪼그려앉더라. 주차된 트럭 아래에는 고양이 한 마리가 있었어. 머리를 까딱까딱 흔들며 우리를 올려다보는 새끼 고양이가 부스러진 낙엽을 깔고 앉아 있었지.

연주야, 이 애 좀 봐.

온몸이 풍성한 흰 털인데 꼬리만 고등어 비늘 무늬인 머그컵만 한 짐승. 보드라운 솜뭉치에 미꾸라지가 머리를 박고 있는 것 같았지. 그건 단순한 생김의 문제가 아닌 듯했어. 유기된 품종묘와 길고양이 사이에서 태어났을까. 네 발이 고사리처럼 안으로 꺾여 있고 머리를 잘 가누지 못했거든. 한 눈에도 어떤 심각한 병에 걸려 어미에게 버려진 것 같았지. 나나는 내가 챙겨주지 않으면 아무것도 못하는 주제에 그 병든 짐승을 집으로 데려가자고 조르더라. 무려 입양이라는 말을 쓰면서 말이야.

얘는 이제 네 동생이야.

나나는 밝게 웃었지만 나는 따라 웃을 수 없었어. 입양이란 말을 쉽게 입에 올리는 모습에 마음이 상했거든. 길에서 짐승을 데려오는 일에 우리 일을 빗대어 말하는 태도가 이해되지 않았지. 무엇보다 나나는 고양이를 좋아하지 않았어. 지민이 너도 알잖아. 네 이모가 꼬리 달린 것은 다 징그러워했던 거. 나는 모른 척하려 했어. 그런데 그 요망한 짐승이 나를 빤히 보더구나. 마치 내가 무슨 생각을 하는지 다 알고 있다는 듯 고개를 바짝 젖히더라고. 꺼림칙했어. 그 뿌연 겨울 아침 하늘 같은 두 눈동자가, 징그러울 만큼 매끄럽고 윤기 나는 꼬리가, 자동차 대시보드에 붙인 플라스틱 인형처럼 까딱까딱 흔들흔들. 한 걸음 떨어져 그냥 알겠다고 했어.

그러자, 그렇게 하자.

언젠가부터 나는 알겠다는 말을 달고 살았으니 그날의 알겠다가 특별한 알겠다는 아니었지. 당장 감당할 일이 짐작되더라도 기분이 끝없이 가라앉더라도 우선 받아들이는 쪽을 택하는 것이 습관이 되어 있었으니까.

나나는 그 새끼 고양이에게 자기 이름을 붙이고는 바로 내게 떠맡겨버렸어. 충분히 각오한 일이었는데도 어쩔 줄 모르겠더라. 그 작은 나나는 쉼 없이 머리를 움직이는 탓에 스스로 물도 마시지 못했거든. 병원에 데려가서 뇌성마비라는 진단을 받았어. 습식사료를 오래 불려 끼니때마다 주사기로 입에 넣어주고 대소변도 매번 닦아줘야 한다고. 지금껏 어떻게 살아남을 수 있었는지 의아할 만큼 스스로 할 수 있는 일이 없더라. 마치 네 이모 나나처럼 말이야. 장난감 같은 바늘 없는 주사기와 사료 한 포대를 사들고 집으로 오는데 헛웃음이 나오더라. 그 모든 번거로운 과정은 내 몫이었으니까. 나나와 또 다른 나나. 나에게는 돌보아야 할 것이 둘이 되어버린 거야. 귀찮은 것이 둘.

지민아, 그런데 그 나나가 죽었어.

이제야 나는 둘 모두에게서 벗어나게 된 거야. 나나와 함께 살던 아파트는 법적 양자인 내 소유가 되었고, 여관방을 전전하며 죽을 날만 기다리던 나의 생모를 이 집으로 데려오게 되었지. 평생 볼 일 없을 거라 생각했던 엄마와 함께 지내게 되었지만 그래도 이 노인은 손 갈 일이 없어 견딜 만해. 오히려 내가 돌봄을 받는 쪽이 되었지. 책장으로 둘러싸인 작은 방에 종일 누워 있으면 노인이 끼니때마다 쟁반에 음식을 담아오거든. 오랫동안 술집 주방에만 있어서인지 하나같이 싸구려 안줏거리 같지만 그래도 못 먹을 정도는 아니야.

나는 고양이 나나를 돌보는 일만 신경쓰면 되었어. 그런데 그 꺼림칙한 짐승이 죽어버린 거야.

집에 쌓여 있던 만화책을 헌책방에 모두 처분한 날이었어. 돌아와 보니 나나가 빈 책장 맨 아래 칸에 들어가 웅크리고 있더라. 여느 고양이들처럼 앞발을 가지런히 모으고 얌전히 있기에 오히려 문제가 생겼다는 것을 알았지. 작은 몸통을 집어드는데 뻣뻣한 개의 몸 같더라. 아, 개를 만져본 적 없었으니 플라스틱 인형에 더 가까웠다고 해야 할까. 스프링이 망가진 고양이 흔들인형 말이야. 손가락으로 더는 움직이지 않는 머리를 툭 건드려봤어. 섬유탈취제 냄새가 올라오더라. 털이 군데군데 젖어 있었지. 축축한 몸뚱이를 안고 방을 나갔더니 개 사료 봉투를 뜯고 있던 노인이 먼저 말을 꺼냈어.

그 병신, 장 보고 와보니 죽어 있더라.

죽은 식물과 병든 동물은 집에 들이는 것이 아니라고 떠들어오던 노인이 내 눈치를 살피며 물었어.

설마 내가 죽였다고 생각하니?

대꾸 없이 거실을 가로지르는데 갈색 개가 꼬리를 말고 소파 밑으로 들어가더라. 이 집에 온 첫날부터 배변을 가리던 영민한 개, 뾰족한 주둥이로 사료를 와그작와그작 씹어 먹던 건강한 개. 노인이 술집을 나올 때 몰래 들고 온 유일한 짐. 그 개는 나나만 보면 이를 드러내고 으르렁거렸지. 나는 아무것도 물어보지 않았어. 나나의 털을 헤집어 개 이빨자국 따위를 찾아볼 생각도 하지 않았지. 어쩌다 나나를 죽이고 피를 씻어내고 섬유탈취제를 뿌리게 되었는지 따져 물을 여력이 없었거든. 여력이 없으니 궁금증도 일지 않더라. 나나를 안은 채 현관문을 열고 나왔어.

이것은 자연사다. 책의 맨 마지막 장에서 기다리고 있는 우울한 결말 같은 것이다. 고양이가 되어 높은 곳에 올라갈 능력이 없다면, 몸을 피할 수 있는 곳이 겨우 책장 맨 아래 칸일 뿐이라면, 자연사나 다름없는 것이다. 엘리베이터를 기다리며 그렇게 중얼중얼 되뇌었어. 그리고 그날을 생각했지. 나나의 죽음도 마찬가지였다고. 자연사만큼이나 자연스러운 결말이었다고. 깊게 잠겨 바람만 겨우 새어나오는 칼칼한 목으로 중얼거렸어. 몸이 떠오르는 듯한 기분 탓일까. 엘리베이터에 올랐는데 자연스레 20층 버튼으로 손이 향하더라. 어디가 되었든 꼭대기로 올라가지 않으면 안 될 것 같은 기분으로 옥상에 내렸어.

늘 지니고 다니던 옥상 열쇠 복사본이 자물쇠 구멍에 그대로 들어맞더라. 사람들은 참 나태하기도 하지. 그런 재수 없는 사건이 있었는데도 자물쇠를 바꾸지 않고 두다니. 그렇게 나는 모든 나나가 떠난 뒤에야 처음 다시 그곳에 올라가게 된 거야. 난간에 기대어 한동안 둘러보았지. 특정한 지점을 본 것은 아니고 그냥 여기저기를. 멀리 뿌옇게 내다보이는 빌딩과 앙상한 나무들이 서 있는 뒷산과 아이들이 소리를 지르는 놀이터, 그 옆의 좁다란 공터를……. 느닷없이 궁금해지더라.

나나를 잘 돌봐야 해.

나나가 왜 그런 하나 마나 한 말을 던지고 떠났는지 알고 싶어지더라고. 너도 아마 그랬겠지. 몸이 아프도록 궁금증이 일었으니 그렇게 무섭게 쏘아댔겠지.

지민아, 만화에는 홈통이라는 개념이 있어. 칸과 칸 사이를 띄어놓아 생겨난 흰 공간, 그러니까 어떤 칸에서 다음 칸에 이르기까지 상상으로 뛰어넘어야 하는 시간의 틈 말이야. 알다시피 네 이모와 내가 함께 지낸 시간은 삼십 년에 가까워. 네가 살아온 시간보다 더 긴 기간이지. 나의 떠오르는 모든 기억을 털어놓는다 하더라도 홈통의 면적이 더 넓을 수밖에 없어. 네 멋대로 상상하게 될 몫이 생각보다 더 비대할 거라는 의미야. 자신이 없었어. 너에게 신뢰를 얻지 못했으니까. 너의 물음에 어떤 그림을 그려서 내밀어야 할지 엄두가 나지 않더라. 아무리 세심하게 정지된 순간을 배열한다 하더라도 나나와 나의 시간들을, 그리고 우리의 홈통을 엉망으로 만들 것 같았지. 그때는 그게 싫었어. 내키지 않았지. 이상하게도 네 앞에서는 입이 떨어지지 않더라.

그래서인가, 장례를 치르는 동안 네가 쏟아낸 물음에 도무지 제대로 대답한 것이 없었어. 스스로를 방어해야 했거든. 나나를 빼닮은 네 입에서 쉼 없이 떠오르는 말풍선을 바늘로 터뜨리듯 소리를 질렀지. 몰랐어, 나는 몰랐다고! 누군가 다가와 내 어깨를 흔들어 말릴 때까지 몰랐다는 말만 반복했어. 물론 무얼 몰랐다는 것인지 생각하고 말한 것은 아니었어. 네 의혹에 대한 적절한 대답도 아니었고 사실도 아니었지. 변명하자면 나는 네 엄마와 외삼촌, 경찰 같은 껄끄러운 이들에게 우리의 마지막 순간에 대한 묘사를 몇 번이나 되풀이한 상태였거든. 고단하고 두렵고 괴로워 어서 그 장소를 벗어나고 싶은 마음뿐이었지.

다시 옥상에 올라와 서성이는데 네가 했던 말들이 떠오르더라. 하나하나 고스란히 되살아나 눈앞에 어른거리더라고. 네 말대로 이 아파트 옥상은 복잡한 구조로 되어 있어. 드러나지 않는 곳에 있다 보니 정리가 되지 않아 어수선하기도 하지. 낮 외출도 쉽지 않은 나나가 그 밤에 난간까지 넘어간다? 분명 혼자 계획했다고 상상하기 어렵겠지. 자물쇠로 잠겨 있는 옥상 문을 따고 나무도 차도 없는 공터로 정확히 뛰어내린 행동은 사전답사 없이 했다고 믿기 힘들 거야. 무엇보다 내가 늘 나나 옆에 붙어 있다는 사실을 누구보다 잘 알고 있었으니 몰랐다는 변명이 더 미심쩍게 느껴졌겠지.

다 맞는 얘기야. 충동적인 행동이었다면 그냥 베란다에서 뛰었을 거야. 하지만 나나는 옥상을 택했어. 나는 몇 번이나 동행했지. 나나의 부탁으로 열쇠를 구해 복사한 것도 내가 한 짓이 맞아. 다만 처음 그곳에 간 것은 나무를 심기 위해서였어. 나나라는 이름의 나무를. 믿기지 않겠지만 그랬지.

연주야, 우리 옥상에 나무 한 그루만 심고 오자.

나무?

응, 나무. 내 이름이 들어간 나무가 있더라.

뭔데 그런 나무가 있어?

유칼립투스. 유칼립투스 중에 나나라는 종이 있더라. 그래서 유칼립투스 나나. 나나 나무.

나는 심호흡을 하고 짜증 섞인 목소리로 대답했어.

아……, 나나야, 알겠어. 잘 알겠는데. 옥상은 우리 소유가 아니야. 여기는 아파트잖아.

딱 한 그루만 심고 오자. 그럼 다 괜찮아질 것 같거든. 잠도 잘 자고 네 말도 잘 듣고 이상한 소리도 안 하고, 응? 응?

나나는 어린애처럼 졸라대기 시작했어. 20층 아파트 옥상에 나무를 심겠다는 말이 도저히 실현 가능한 일로 다가오지 않았지만 그냥 알겠다고 해버렸어.

그러자, 그렇게 하자.

병든 고양이를 내게 떠넘긴 것과 비슷한 행동 중 하나라고 여겼지. 집에 들인 화분이 하나둘 죽어갈 때마다 나나의 상태가 어떻게 악화됐는지 지켜봐왔으니 그런 기행도 해볼 만하겠다 싶었거든. 높은 곳에서 해를 받고, 창문을 열어주지 않아도 바람을 쐴 수 있다면, 그래서 그 나나라는 이름의 유칼립투스가 죽지 않고 잎을 무성하게 틔워만 준다면, 보는 것만으로도 무력감에 젖게 하는 병든 고양이 나나보다는 낫지 않을까……. 어처구니없게도 내가 그런 식으로 자신을 설득하고 있더라고.

옥상의 구조는 너도 봐서 알겠지만 물탱크와 굵은 파이프, 난간에 쉽게 접근하지 못하도록 군데군데 세워놓은 합판, 그밖에도 알 수 없는 시설들로 복잡하게 얽혀 있어. 두어 번 그곳을 답사하고서야 흙을 채울 만한 곳을 찾았지. 어쩌다 마감이 그렇게 되었는지는 모르겠지만 배수구를 근처에 둔 오목한 공간이 마침 눈에 들어오더라. 뿌리가 제법 묵직한 유칼립투스 나나 묘목과 흙 포대를 어깨에 이고 옥상에 올라갔던 밤이었어. 나나가 좁은 난간에 기대어 바깥을 내다보더니 혼잣말처럼 중얼거리더구나.

여기서 같이 뛰면 되겠다.

뭐?

내가 반응을 보이자 나나는 곧 뒤를 돌아보며 동의를 구하듯 물었지.

어때, 손잡고 뛰면 끝내주겠지?

해맑게 웃으며 양팔을 휘젓더라. 뛰어내리는 시늉을 하는
거였지. 나는 들고 있던 유칼립투스 묘목을 바닥에 던져버렸
어. 양손으로 불그스름한 나무줄기를 주워서 부러뜨렸지. 잔
가지도 손에 잡히는 대로 잡아뜯고 얇은 포트 화분도 생수병
찌그러뜨리듯 마구 밟아버렸어. 그리고 나나를 엘리베이터
까지 끌고 왔지. 화를 내려 했어. 못된 버릇이 든 아이를 훈
육하듯 아주 엄하게. 마음을 약해지게 만든 그 모습을 보기
전까지는 분명 그럴 생각이었지. 그런데 나나가 쪼그리고 앉
아 부러진 나뭇가지를 쓰다듬더라. 나뭇가지의 단면에서 배
어나온 수액이 자신의 몸에서 흐른 체액이라도 되는 듯 아프
고 쓸쓸한 얼굴로. 결국 나는 나나를 안아 일으키며 늘 하던
말을 뱉을 수밖에 없었어.

알겠어, 그러자. 그렇게 하자, 우리.

오해는 마. 말만 그렇게 내뱉은 것뿐이니까. 그날 나나는
얌전히 집으로 내려갔고, 오랜만에 뜨거운 물로 목욕도 했
어. 야식으로 만들어준 콩국수 한 그릇을 비운 뒤엔 병원에
서 처방받은 약을 삼키고 금세 잠이 들었지. 다음날 해가 뜨
면 먼저 산책이라도 가자고 할 듯 컨디션이 좋아 보였단 말
이야.

다만 나나가 일하는 것을 오랫동안 보지 못해 한 가지 놓친 것이 있었어. 너도 알겠지만 스크립트를 쓸 땐 정확한 상을 머릿속에 지녀야 해. 만화가가 바로 그림으로 표현할 수 있도록 구체적인 문장으로 묘사해줘야 하거든. 나나는 이야기를 구상하기 전에 꼭 사전답사를 했어. 외출을 그렇게 귀찮아하면서도 그때만큼은 분주하게 움직였지. 매번 나들이라는 핑계로 나를 어딘가 데려가곤 했는데, 나는 출판된 만화책을 접하고 나서야 그 나들이가 사전답사였다는 것을 알게 되곤 했지. 와, 우리 나나 정말 대단하네, 거기서 언제 그런 생각을 했어? 내가 만화를 보고 놀라는 순간을 나나는 즐겨 기다렸던 것 같아.

그러니까 나나는 유칼립투스 나나를 심겠다는 말로 나의 주의를 흩뜨려놓고는 자신의 다음 할 일을 구상했던 거야. 어느 지점에서 뛰면 차와 나무가 없는 시멘트 바닥으로 정확히 떨어질 수 있을지 구조를 살펴본 것이지. 구체적인 그림을 머릿속에 스케치한 다음엔 궁금해했어. 같이 뛰어내리자고 했을 때 나라는 캐릭터가 내보일 반응을. 그 뿌연 겨울 아침 하늘 같은 눈동자에 내가 무심코 짓는 표정을 담으려 했지.

네가 그랬지. 이모들은 말하는 것이 꼭 스무 살짜리 애들 같다고. 세상과 고립된 시간이 길어지면서 어리숙해졌다고.

틀린 말은 아니지. 나나와 나는 어느 시점에 중요한 것을 놓친 채로 몸만 늙어버렸으니까. 만년필과 스크린 톤을 쓰던 때였으니 지나치게 오래전이긴 하지만, 우리에게도 관대했던 시절이 없지 않았어. 십 년, 이십 년, 삼십 년……. 우리가 이렇게까지 오래 살 줄 몰랐던 걸까. 그때의 스토리작가는 고용인의 개념이었어. 출판만화의 호시절이었고, 어쨌든 나나에게 일이 꾸준히 들어왔으니 이름을 드러내지 않아도 상관없다고 여겼지. 요즘 애들은 만화가를 '그작', 스토리작가를 '스작'이라고도 하더구나. '스작'의 이름을 올리는 일이 당연해졌잖아. 진작 당연해야 할 일이 이제야 당연해졌지만 나나는 당연해진 세계에 적응하지 못했지.

일이 완전히 끊기고 몇 해쯤 지났을까. 나나가 엉뚱한 말을 하더라. 자꾸 돈이 사라진다고, 누군가 통장에서 야금야금 돈을 빼돌리고 있다고. 의심되는 사람들의 리스트를 뽑았다는데, 옆집 할머니와 경비 아저씨, 상가의 약국 아르바이트생을 열거하는 거야. 당황했지만 차분히 상황을 읊어줬어. 돈이 왜 사라지냐고? 우리가 쓰기 때문이잖아. 버는 것 없이 쓰기만 하기 때문이잖아. 살아 있는 것만으로도 돈은 사라져. 하지만 나나는 내 설명을 이해하려 들지 않았지. 말을 배우는 어린애처럼 같은 질문을 반복하고 오래전 함께 작업했던 만화가들에게도 전화를 걸어 난감한 말을 해댔어. 우리

돈을 어디로 빼돌렸느냐고.

내가 떠나겠다는 말을 습관처럼 뱉던 무렵이었을까. 커다란 여행 가방을 챙겨 현관 앞으로 끌고 가면 나나는 달려와 무릎 꿇고 빌었어. 자기가 뭘 잘못했는지도 모르면서 다시는 안 그러겠다며 빌었지. 떠나겠다는 말이 괜찮은 협박이 된다는 걸 알게 되자 끊을 수가 없더라. 한바탕 소동을 치르고 나면 며칠은 지낼 만했으니까. 잘 먹고, 잘 자고, 이상한 말로 날 괴롭히지 않고……. 그 시기에 나나가 입양을 제안한 거야. 내가 자신보다 한 살 어리니까 가능할 거라고, 조건이 되더라고, 어느 레즈비언 커플이 그런 방식으로 가족이 되는 것을 봤다며 우리도 그렇게 하자더라고. 자신이 병원 치료를 받기 전에 우리는 그 문제부터 해결해야만 한다고.

연주야, 이제 엄마가 말 잘 들을게.

한동안 나나는 나를 딸이라고 부르며 안정을 찾아가는 듯했어. 나나의 상식으로 가족은 끊을 수 있는 무엇이 아니었거든. 그래서 나의 과거를 상기하기 전까지만 간신히 괜찮을 수 있었던 거지. 사실 난 가족을 떠나기 위해 만화를 시작한 것이나 다름없었어. 열아홉에 만년필 한 자루만 들고 집을 뛰쳐나온 뒤로 한 번도 그들을 찾지 않았으니까. 출판사에서 마련해준 문하생 숙소, 나나를 처음 만나게 된 그 연남동 벽돌집이 내게는 쉼터 같은 역할을 했던 거야. 나나는 불현듯 그 사실을 기억해내고는 눈에 띄게 의기소침해졌어. 상태도 더 악화되어 가까운 외출도 어렵게 됐지.

그런데 그 와중에 내 가족을 찾아내더라. 병원에 가는 일조차 녹록지 않은 몸으로 기어이 그들의 근황을 알아내더라고. 몇 해 전 병으로 죽은 아빠와 사기죄로 교도소에 복역 중인 오빠, 여관방을 전전하며 살고 있는 엄마에 대한 소식을 그 바람에 전해듣게 되었지. 칸과 칸 사이, 홈통에 두어야 마땅했을 것들을 기어이 그림 칸으로 올린 거야. 나나는 나의 엄마였던 노인에게 안부랍시고 전화를 걸기 시작했어. 내가 듣는 앞에서 우리에 대해 함부로 떠들어댔지. 우리의 과거, 현재, 또 그 이후의 일어나지 않을 이야기까지 마구잡이로 늘어놓았어. 무료했던 노인은 다른 이들처럼 전화를 차단하지 않았으니 그 행위는 지속해서 이어질 수 있었고. 변명하자면 노인은 내가 부른 것이 아니라 그 계기로 아파트까지 들어오게 된 거야.

되짚어보면 그날, 나는 침대 옆자리가 비어 있는 것을 깨닫고 다급히 1층으로 내려갔어. 너는 내가 곧장 놀이터로 향한 것이 이해가 안 된다고 했지만, 이렇게 얘기하면 설명이 될까. 놀이터에서는 나나가 떨어진 지점이 보여. 그때의 시점이니 떨어질 지점이라고 해야겠지. 주차된 차도 없고 나무도 풀도 없는 그 좁다란 공터 말이야. 나나가 말없이 밤에 사라진 건 처음이었으니 본능적으로 발이 그리로 향했지. 105동과 106동 사이, 아직 아무 일도 일어나지 않은 그 시멘트 바닥을 망연히 보고 서 있는데 그때 휴대폰 벨소리가 울린 거야.

내 딸, 잠시 이리로 와줄래?

그 캄캄한 밤에 20층 옥상에서 어떻게 나를 발견했는지 그렇게 말하더구나. 겨우 정신을 가다듬고 옥상으로 올라갔어. 휴대폰 불빛에 의지해 나나가 있을 거라고 짐작되는 곳으로 넘어갔지. 나나의 뒷모습을 봤어. 난간 밖으로 다리를 내놓고 앉아서 둥그스름한 등만 보이는 그 장면을. 막상 각오해온 순간을 마주하자 단단한 자갈로 들어차 있던 마음이 모래알처럼 부스러지더라. 꼭 움켜쥐고 있던 어떤 알맹이가 푸슬푸슬 흩어지더라고. 그러자 나나가 작은 칸 속 그림처럼 느껴졌어. 마치 제목 아래 '(완결)'이라고 적힌 만화책을 편 듯했지. 지겹도록 오래 연재한 이야기의 마지막 페이지 말이야.

나는 가까이 다가가지 않았어. 물탱크 옆 수도관에 걸터 앉았지. 서늘한 관 아래로 물의 흐름이 느껴지더라. 20층 아래 칸칸이 들어찬 영혼들을 먹이고 씻길 물이 하반신 아래로 흐르고 있었지. 그 자분자분한 물소리에 귀를 기울이며 나의 오랜 연인을 관망했어. 말하자면 방관. 어쩌면 기다렸다는 말로 내 행동을 순화해서 표현할 수도 있을 거야. 스스로 내려오기를 기다렸다고, 가까이 다가가면 무슨 일이 일어날지 몰라 거리를 두고 지켜봤다고. 하지만 기다린다는 행위는 관망과 다를 것이 없고 관망은 곧 방관과 한몸이라는 사실을 그 순간에도 나는 인지하고 있었어. 다만 그런 나 자신을 모른 척했지. 그때 그 말풍선을 보게 된 거야.

나나를 잘 돌봐야 해.

그 별것 아닌 텍스트가 흐릿하게 새겨진 말풍선을. 나는 여전히 그 말이 환각으로 머릿속에 각인된 문장인지 귀로 들은 현실 속 음성이었는지 확신이 안 돼. 그 하나 마나 한 부탁이 나나의 입에서 나온 것이 아니었더라면, '내 딸, 잠시 이리로 와줄래?'가 마지막으로 들은 말이 되겠지. 이제 와 그것을 따지는 것이 무슨 의미일까 싶지만 그 확인할 수 없는 사실이 불쑥 궁금해질 때면 온몸이 부스러질 듯 아파와.

오래전 그 비슷한 대화를 나눈 적이 있었지. 처음 같이 살 집을 구하고 반년쯤 지났을 무렵이었나. 마감을 앞둔 나나가 샌드위치를 먹고 싶다기에 삶은 감자와 달걀을 으깨고 절인 양파를 다져 넣어 마요네즈에 버무리고 있었어. 그 과정을 가만히 지켜보던 나나가 그 말을 꺼내더라.

나는 돈을 벌고, 너는 날 돌봐줘.

새삼 그게 무슨 말이냐고 물었지. 이미 그렇게 분담해서 살고 있는데 무슨 그런 노골적인 말을 하느냐고. 그러자 그냥 이렇게 오래 살았으면 좋겠다더라고. 나는 그 말을 청혼 비슷한 것으로 받아들였어. 뭐, 삼십 년 전의 연인들은 대체로 그렇게 살았으니, 우리도 그렇고 그렇게 흘러가나보다, 막연히 생각했지.

덕분에 나는 더 이상 만화 그리는 시늉을 하지 않아도 되었어. 나나가 다른 이름 있는 만화가들과 공동 작업을 해나가는 동안, 맞은편 책상에서 꾸역꾸역 출판사 투고용 그림을 준비하는 일을 그만두어도 되었지. 아주 시원하더라. 나는 그 출판만화의 호황기에 능력을 증명하지 못했고, 그걸 만회할 의지나 열정도 부족했으니까. 무엇보다 내가 없으면 과자로 끼니를 때우다 죽을 수도 있는 나의 연인이 자신을 돌봐달라는데, 만화를 그만둘 명분으로 그보다 더 아름다운 것이 있을까 싶었지.

네 키가 내 허리를 넘을 무렵이었나. 거실 벽에 붙어 있던 일러스트 기억하니? 처음 둘이 살게 된 빌라에는 욕실에 남향으로 작은 창이 나 있었어. 낮에 불을 켜지 않아도 창으로 빛이 환하게 들어오는. 나나는 샤워할 때 문을 활짝 여는 버릇이 있었어. 언젠가 나나가 비누칠하는 모습을 지켜보는데

욕조에 걸터앉은 뒷모습이 문득 섬뜩하게 느껴지더라. 척추를 따라 미끄러지는 하얀 비누거품 때문이었을까. 습관적인 불안인지 곁눈으로 미래를 본 것인지는 모르겠지만 덜컥 겁이 났어. 그래서 불렀지. 가라앉으려는 목소리를 겨우 끌어올려 소리를 질렀어.

나나야!

뒤늦게 돌아본 나나는 입에 물을 가득 머금은 채 웃더라. 장난기 가득한 얼굴로 샤워기 헤드를 입에 가져다대고서. 돌이켜보면 그때 처음으로 말풍선 비슷한 것을 본 것 같네.

괜찮아 연주야, 우리는 오래 괜찮을 거야.

입을 꼭 다문 채 말을 전하더라고. 주저앉아 가슴을 쓸어내렸어. 도토리를 가득 문 다람쥐 같은 나나의 양볼을 바라보면서. 그 장면을 잃고 싶지 않아 몰래 다람쥐 한 마리를 스케치해놓았는데…… 나나가 어디서 찾았는지 그걸 거실 벽에 붙이고, 신기하게도 네가 그걸 알아보았지. 아직 학교도 들어가지 않은 네가 그림을 가리키며 물었어.

우리 이모를 왜 저렇게 만들었어요?

같은 음식을 먹고, 한 침대를 쓰고, 만화가 친구들을 초대하고, 누군가 우리에 대해 물어보면 늘 유연하게 넘기곤 했는데, 나는 왜 그 별것도 아닌 질문에 허둥댔을까. 대충 둘러대도 됐을 일에 왜 못 들은 척 화제를 돌렸을까. 너는 그런 나를 빤히 올려다봤어. 대답을 기다리는 얼굴은 아니었지. 다만 나의 생각풍선이라도 읽은 사람처럼 천천히 고개를 끄덕일 뿐이었어. 위축되더라. 그 일러스트는 내가 오랜만에 만년필을 쥐고 그려본 것이었거든. 그 다람쥐를 꿰뚫어본 유일한 사람이 일곱 살의 너였지.

집으로 놀러와 종일 만화책을 보던 나나의 조카들이 스물이 되고 서른이 되고, 어느새 그 시절에 머물러 있는 우리보다 더 나이가 들어버렸네. 네 엄마와 미처 정리하지 못한 문제로 짧은 대화를 나누다 우연히 네 소식을 듣게 되었어. 학원을 차렸다고. 미술로 유학까지 다녀온 네가 학원을 차렸기에 당연히 미술학원일 거라 생각했는데 영어학원이라 하더라. 제대로 들은 건지 확인하고 싶었지만 그럴 분위기도 아니었고, 주제넘은 행동인 것 같아 되묻는 것을 참고 넘겼어. 전화를 끊고 한숨 돌리는데 잊고 있던 기억 하나가 떠오르더라.

오래전 네가 건우와 유민이와 둘러앉아 그림을 그렸던 적 있지 않니. 그때 내가 그 애들만 집요하게 칭찬했던 일을 기억하니? 나나는 조카들 중 너를 제일 예뻐했어. '지민이가 나중에 만화를 그리게 된다면……'으로 시작되는 말을 몇 번이나 늘어놓던지. 스토리 작가는 자신이 만든 세계를 만화가에게 전달해야 해. 그 자체로 온전한 결과물이 될 수는 없지.

그 나머지를 내가 채워줄 수 있을 거라 자만하던 시절이 있었어. 하나의 작품을 둘이서 습작하던 시절 말이야. 우리는 이상하리만큼 칸과 칸 사이, 흰 공간에 몰두하던 파트너였어. 드러내지 않은 표정과 꺼내지 못한 말과 저 아래로 흘러온 각각의 시간들, 칸보다는 홈통을 디자인하는 문제로 밤새 머리를 맞대고 놀았지. 그 꾹 눌러둔 장면이 너를 매개로 소환될 줄은 몰랐던 거야.

이제 와 고백하건대 그 애들 그림은 네 것에 비하면 낙서 수준이었어. 네 그림이 비교도 안 되게 좋았지. 나는 네가 도무지 이해가 안 된다는 표정으로 거실 구석에서 우는 것을 못 본 척했어. 빨갛게 충혈된 아이의 물 고인 눈을 외면했지. 나의 유치한 질투와 철없는 마음으로 네가 그림에 관심 갖지 않기를, 만화를 꿈꾸지 않기를 간절히 기도했어. 언젠가 한 번은 고백해야겠다고 생각했는데, 이렇게나 늦어질 줄은 몰랐네. 늦어도 너무 늦어버렸지.

지민아, 나는 요즘 병원 치료를 그만뒀어. 지금은 필요시 약을 먹고 간신히 기운을 차렸네. 그래서 이 주절거림이 헛소리가 될 수 있다는 걸 잘 알아. 내가 늘어놓은 모든 말을 홈통으로 처리해야 할 수도 있겠지. 하지만 어쩌겠니. 나는 이미 네 물음에 능력껏 응하기로 마음먹었고, 너는 재량껏 걸러 들을 수밖에. 다만 이 산만한 주절거림 속에서 어떤 장면을 선별할지, 단순 자살로 마무리된 그 일을 어떻게 해석할지, 각각의 페이지당 칸은 몇 개로 구성할 것이며 어떤 그림체로 표현할지는 모두 네 몫으로 떠넘길 생각이야. 물론 듣지 않고 그 자리에서 폐기하는 것도 네 선택지에 있지.

그날, 죽은 나나를 안고 다시 옥상에 올라갔던 날, 나는 기분 나쁜 홀가분함에 사로잡혀 있었어. 네 이모가 눈앞에서 사라진 날처럼 이상하게 몸이 가벼웠지. 이대로 난간에서 뛰면 나뭇잎처럼 바람을 타고 가다 고통 없는 곳에 사뿐히 착지할 수 있을 것만 같은 기분. 나나도 그런 마음으로 나를 떠났을까? 알고 싶어지더라. 견딜 수 없을 만큼 궁금해지더라. 써늘한 바닥에 굳어가는 고양이를 내려두고 난간에 올라가 앉았어. 105동과 106동 사이, 누군가 물을 뿌려 청소해야 했던 나무도 차도 없는 공터를 내려다보았네. 난간에 손을 짚고 몸을 한껏 밖으로 기울였어. 눈을 감지 않았지. 눈이 아프게 시려와도 깜빡이지 않고 아래를 보았어. 그런데 이상한 일이 일어나더라. 무게중심이 넘어가려던 순간 익숙한 목소리가 귓속으로 파고드는 거야.

나는 돈을 벌고, 너는 날 돌봐줘.

그 음성은 우리가 오래전 놓쳐버린 어떤 중요한 것에 대해 다급히 알리려는 듯했어. 그건 어리고 어리석은 두 영혼이 불안에 사로잡혀 필수적인 것을 도려내버린 사건이었다고. 스스로 서는 데 꼭 지녀야 할 기능을 하나씩 거세해버린 불우한 계약이었다고. 말하자면 우리가 우습게 여겨온 어떤 것, 이를테면 많은 이들이 의심 없이 받아들여왔던 '일반'의 방식 같은 것, 그 어색하고 불완전한 틀을 우리 관계에 빌려온 탓이었다고. 자신이 성급히 꺼낸 그 말이 우리를 완전히 고립시켰다고, 잘못했다고, 미안하다고.

결국 나는 떨어졌어. 다만 끝없이 떨어져내렸는데 정신을 차려보니 난간 안쪽이었지. 누운 채 고개를 돌리니 죽은 나나가 눈에 들어오더라. 앞발도 뒤틀지 않고 머리도 흔들지 않으니 건강하게 살다 간 고양이와 다를 바 없어 보이더라. 사방이 어두컴컴해서 어느 부위가 흰 털이고 어느 부위가 검은 털인지 잘 구분되지 않아서일까. 내 도움 없이 물 한 모금 제대로 못 마시던 그 가엾은 짐승은 여기에 없더구나. 여전히 부드러운 털을 가만히 쓰다듬는데 어렴풋이 알겠더라. 고양이 따위 안중에도 없던 인간이 왜 그런 말을 남기고 갔는지.

나나는 분명 알고 있었어. 언제나 다 알고 있다는 눈으로 나를 지켜봐왔지. 나는 나나가 나 없이는 살 수 없는 불구라고 여겨왔는데, 나도 다르지 않았던 거야. 나나는 내가 알아채길 바라지 않았지. 그래서 쉼 없이 손 가는 것들을 내 곁에 두고 내가 아프지 않기를 바랐어. 파란 트럭 아래 기우뚱 앉아 있던 고양이와 눈이 마주친 순간에도, 나를 떠나기 위해 유칼립투스를 데려오던 날에도, 나나는 알고 있었어. 나나를 잘 돌봐야 한다는 마지막 말풍선은 나의 안위에 대한 당부였던 거야. 나나를 몇 번이나 잃고서야 나는 가까스로 알게 되었네.

얇은 외투를 벗어 나나의 몸을 덮었어. 자그마한 네 발을 흐트러지지 않게 돌돌 감았지. 그리고 배수구 근처의 오목한 공간, 우리가 유칼립투스 나나를 심기로 했던 조그마한 웅덩이에 나나를 눕혔어. 화단에서 흙을 한가득 퍼와 그 위에 덮었네. 한 겹 덮고 다지고, 한 겹 덮고 다지고…… 몇 차례 반복하다 보니 멀리 빌딩 너머로 동이 터오더라. 빛은 조그마한 봉분 위로 금세 와 닿았지. 아름다웠어. 그 볼록한 갈색 봉분이 물을 머금은 누군가의 다람쥐 같은 볼을 연상시켰거든. 지민이 네가 그 장면을 봤어야 했어. 너라면 분명 그게 무엇인지 바로 알아봐주었을 테니까.

레티

흐엉

이마를 반쯤 가려 실핀을 꽂은 앞머리에 뿌연 안경알 너머 송아지 같은 눈. 벽지나 가구, 바닥 어디쯤인가를 멀거니 바라보던 습관. 훅 불면 공기 중으로 흩어질 것 같던 들릴 듯 말 듯한 목소리. 레티가 서너 살 아이 같은 어눌한 발음으로 언니 저기요, 언니 있잖아요, 하면 나도 모르게 청각을 곤두세우느라 온몸에 힘을 주게 되었다.

저는 레티 흐엉의 언니입니다.

토이 라 치 쿠아 레티 흐엉, 토이 라 치 쿠아 레티 흐엉…….

번역기를 돌려 만든 짧은 문장을 초조하게 되새기는데, 시내를 벗어나 비포장도로를 달리던 택시가 드디어 멈추어

섰다. 기사는 여기서부터 차로 들어가기 곤란하니 내려서 걸어야 한다고 안내했다. 길 따라 쭉 걷다 보면 목적지가 나올 거라며 운전석 차창을 내리고 손을 뻗었다. 언뜻 어디를 가리키는지 알아볼 수 없어 창밖으로 고개를 내밀었는데 역시 어디를 가리키는지는 알 수 없었다. 차 한 대 간신히 지나다닐 만한 비포장도로가 끝없이 펼쳐진 벌판과, 숲인지 밀림인지 농장인지 모를 짙푸른 땅이 걸려 있는 지평선. 레티가 오지에서 나고 자랐다는 이야기는 들었어도 오두막이라든가 외딴집이라든가 숨겨진 벙커라는 설명은 듣지 못했는데. 당장 눈에 들어오는 것은 오로지 자연, 빛과 열과 습기를 잘 빨아먹고 자라 잎이 크고 무성한 열대식물뿐이었다.

"저 길을 걸어서 가라고요? 아무도 없는 저기를?"

나도 모르게 한국어로 물었는데 택시 기사가 자연스레 예스, 유 고, 유 머스트 고, 하며 어서 내리라는 듯 손짓했다. 다시 영어로 침착하게 내가 알려준 주소로 온 것이 맞느냐, 저 길로 들어가면 사람 사는 동네가, 마을이, 그러니까 집이라고 부를 만한 것이 존재하느냐고 단어를 바꾸어 가며 물었더니, 택시 기사가 운전석에서 몸을 획 뒤틀어 돌아보고 엉뚱한 질문을 던졌다.

"유 띵크, 아이 룩 라이크 코리안?"

"왓 두 유 민?"

의중을 알 수 없어서 무슨 의미냐고 묻자, 기사가 운전용 선글라스를 벗어 이마 위로 올리고서는 손가락으로 자신의 눈을 찌를 듯 가리켰다.

"마이 아이즈, 코리안 아이즈. 왓 두유 띵크?"

택시 기사는 납작한 이마에 주름이 깊게 잡히도록 눈을 부릅떴다. 서리태처럼 까맣고 조그만 동공이 나를 빤히 바라보고 있었다. 원하는 대답을 내놓지 않으면 무슨 짓이라도 기꺼이 저지를 준비가 되었다는 듯한 눈빛이었다. 뭘까……. 아무리 되짚어보아도 기사의 심기를 건드렸을 만한 일은 없었는데. 선불로 치른 적지 않은 요금도 되묻는 일 없이 부르는 대로 쳐주었고, 한 시간 넘도록 달려오는 동안 재촉 한 번 하지 않았는데. 열어둔 창문으로 후덥지근한 공기가 밀려들어왔고, 이마에서 끈적한 땀이 배어나왔다. 하, 재수도 더럽게 없지, 살다 보면 언제 어디서 미친놈에게 걸릴지 모른다는 생각은 늘 해왔지만, 그게 왜 하필 오늘 이곳인지. 예상치 못한 적의에 룸미러 아래 달랑거리는 염주 목걸이로 천천히 시선을 돌렸고, 간신히 입을 열어 대답했다.

"유 룩 쏘…… 베리 코리안, 퍼펙트 코리안 아이즈."

되는대로 말을 읊으며 슬그머니 차문 손잡이에 손을 올렸다. 다행히 차문은 순순히 열려 탈출하듯 택시에서 내릴 수 있었다. 내리자마자 빽빽한 덤불로 뛰어드는 바람에 한쪽 발이 미끄러지듯 고랑에 빠졌지만, 택시가 바로 떠나주어 다행이라는 생각밖에 들지 않았다. 택시가 완전히 사라진 것을 확인하고 서둘러 크로스백을 뒤적여 휴대폰을 꺼냈다. 레티의 번호와 공항에서 받은 문자 속 영사 콜센터 번호를 차례로 눌렀다. 휴대폰을 서너 번 껐다 켜보고 나서야 휴대폰 기기 문제가 아니라는 사실을 받아들였다. 택시 기사가 전화도 연결되지 않는 지점에 내려준 것이었다. 통신 불가 지역이라니. 침착하자, 침착하자, 침착하자, 빠르게 중얼거리며 생각을 거듭했다. 나는 평소에 예민하다, 과민하다, 뭘 그렇게 나쁘게만 생각하느냐는 말을 자주 들어왔으니까. 직감과는 다르게 기사가 목적지에 정확히 떨구어주고 갔을 가능성도 있을 것이다. 그의 느닷없는 적의와는 별개로, 최소한의 직업적 본분은 지켰을 수도 있지 않을까. 인적 없는 후미진 곳을 일부러 찾은 것이라면, 해코지 없이 순순히 떠난 것도 이상하고. 레티의 집이 전화가 되다 안 되다 하는 곳이라는 이야기를 들은 적도 있었으니…… 어쩌면 여기가 레티의 집으로 향하는 초입일 수도 있을 것이다.

그럼 윤제도 이 길을 지났을까. 미친 새끼, 이게 다 그 자식 때문이다. 무슨 짓거리를 하고 다녔을지 눈에 선했다. 레티를 어디에 숨겼느냐며 사돈어른 앞에서 한바탕 난동을 부리고, 그 애가 마지못해 나타나면 주먹을 휘둘러 집에서 하던 짓 그대로 반복했겠지. 체내 알코올 농도가 떨어지면 그제야 시내로 돌아가 어디 단골 술집 하나 뚫고 술을 마시기 시작하겠지. 그사이 참다못한 누군가에게 칼침 몇 대 맞고 축축한 땅속에 파묻혔을지도 모르지. 혹은 취기에 길가에 누워 자다 돌연사했는지도. 그러니까 제깟 게 여기까지 와서 무얼 할 수 있다고 나대는 건지. 머저리 같은 놈.

욕을 내뱉으며 바닥에 떨어진 코코넛을 길 밖으로 차버렸다. 코코넛은 데굴데굴 굴러 들판으로 자취를 감추었다. 지평선 너머로 번지는 노을이 내다보였다. 휴대폰으로 시간을 확인하니 오후 여섯 시 십오 분. 택시 기사의 말대로라면 저 불그스름한 지점까지는 걸어야 한다는 말인데. 애초에 지평선이라는 것이 도달할 수 있는 지점이었나. 아무런 대책 없이 이곳까지 달려온 대가치고는 너무 막막했다. 레티가 무사히 지내는 모습만 확인하면 바로 타고 온 택시로 되돌아가 인천공항행 비행기에 탑승할 계획이었는데.

윤제가 다낭으로 들어온 건 보름 전 내가 대충 둘러댄 말 때문이었다. "레티? 내가 잠깐 친정 보냈어. 이 집에 오고 한 번도 베트남 보내준 적 없었잖아. 곧 겨울이기도 하고……." 물론 레티가 한국에 있다는 확신이 있었기에 꾸며낼 수 있었던 말이었다. 윤제가 추노꾼 같은 얼굴로 출국하고 정확히 나흘 뒤, 회사 비품실 냉장고에서 커피와 같이 먹을 로투스 비스킷 한 봉지를 꺼내는데 엄마에게 전화가 왔다.

"남희야, 우리 아들 연락이 안 되네. 레티도 그 집 어르신도 도통 전화를 안 받고. 전화가 잘 안 터지는 곳이라서 그런가……."

"그러게, 전화가 안 터지나보네."

"그래도 나흘 동안 한 번도 연락이 안 되는 건 좀 이상하지 않니? 경찰도 그냥 기다려보라고만 하고……. 남희야, 너 바쁜 건 알지만, 엄마 생각해서 한 번만 다녀와주면 안 될까? 마음 같아서는 내가 가야 하는 게 맞는데, 나는 네 아빠 간병 탓에 마트 한 번 맘 편히 못 가는 상황인 거 잘 알잖니."

"요즘 연차 낼 분위기가 아니야. 엄마 말대로 베트남이 무슨 반나절이면 KTX 타고 다녀오는 가까운 지방도 아니고. 좀 기다려봐. 경찰도 기다려보라고 했다며."

내가 좀처럼 뜻대로 해줄 것 같지 않자, 엄마는 금세 본 모습을 드러냈다.

"네가 저지른 일이잖아. 네가 쓸데없이 나서지만 않았어도 우리 아들이 거기까지 쫓아갈 일 없었잖아!"

"……."

별안간 언성을 높이는 엄마를 대충 달래놓고 일단 전화를 끊었다. 나는 내 혈육에 대한 믿음이 있었다. 어디서 무엇을 하든 질기게 살아남아 기어이 집으로 돌아올 거라는 믿음. 윤제는 당연히 무사할 것이었고, 설령 그렇지 못하더라도 어찌 됐든 돌아오기는 할 것이었다. 다만 레티가 전화를 안 받는다는 말이 묘하게 신경쓰였다. 엄마 번호라서 무시했을 수도 있겠지만, 혹시라도 그곳에 있어 전화가 안 되는 거라면? 정말 베트남으로 간 거라면? 조심스레 레티의 번호를 눌러보았는데 거짓말처럼 연결이 되지 않았다. 내 번호도 안 받기로 한 건가? 물론 앞으로 연락할 일 없을 거라 먼저 말 꺼낸 것은 나였지만, 그래도 그렇지, 떠나면 떠난다고, 무사하면 무사하다고, 짧은 인사 정도는 해줄 수 있는 것 아닌가……. 왼 가슴의 수술한 자리가 욱신거렸고, 레티가 전화를 받지 않는 시간이 길어질수록 그 욱신거림은 쿵쿵거리는 통증으로 번져가며 흉통을 옥죄어왔다. 결국 오후 내내 일에 집중하지 못하다가 퇴근 직전 연차를 내고 다음날 오전에 출발하는 항공권을 예매했다. 결과만 두고 보면 엄마의 부탁을 거의 곧바로 들어준 셈이 된 거였다.

지난여름, 나는 다낭의 어느 한식당에서 치렀다는 윤제의 상견례에 따라가지 않았다. 회사 일로 시간을 뺄 수 없어 결혼식만 가겠다고 했다가 네가 가족이라고 할 수 있느냐, 어떻게 그렇게 자기밖에 모르느냐는 식의 말을 잔뜩 들었는데…… 아빠가 쓰러지자마자 손주 이야기부터 나오는 집안 분위기라든가, 윤제의 결혼을 진행하는 동안 들려오던 대화가 뭐랄까, 거북하고 메스꺼웠다고 해야 할까. 최대한 한국인같이 생긴 어리고 순한 처녀라니, 그 애가 남자 손을 탄 적이 있는지 없는지 인터넷 계정 같은 것을 뒤져봐달라는 엄마의 부탁에 나는 실제로 몇 번 구역질했고, 그 때문인지는 모르겠지만 몇 달 위염과 역류성 식도염으로 고생했다. 그리고 그런 지난한 과정을 거쳐 오게 된 사람을 이렇게까지 신경쓰게 될 줄도 몰랐다.

어쩌면 그건 오래전 묻어둔 뒤틀린 열망, 조그마한 고추를 내놓고 놀이터에 나타나, 누나, 누나, 알은척을 하며 화단을 변기로 쓰는 미개한 혈육 말고, 단정하고 총명하고 말이 통하는 가족을 갖고 싶던 속된 열망. 엄마가 윤제를 낳기 위해 지웠다는 XX들이 어딘가를 돌고 돌아 삼십 년 지나 눈앞에 나타나준 것은 아닐까, 하는 어처구니없는 망상, 그 망상으로 응축된 응어리를 어렴풋이 감지한 탓인지도 몰랐다.

땅 위에 밝은 것들이 하나둘 사라져가고 있었다. 제법 부지런히 걸었는데도 여전히 택시에서 내다보았던 비포장도로를 벗어나지 못했다. 걸음이 느려졌다. 어두워지면서 발을 성큼성큼 내디딜 수 없는 탓이었다. 드문드문 야자수 밑동에 하얗게 페인트칠이 되어 있던 것이 가드레일 역할을 한다는 걸 해가 떨어지고 나서야 알게 되었다. 휴대폰 손전등 기능을 켰다. 배터리가 닳을까봐 잠깐 길을 비추었다 몇 미터 걷고, 잠깐 길을 비추었다 몇 미터 걷기를 반복하는 동안 한 번도 통화 가능 지역으로 바뀐 적은 없었다. 이곳의 위치와 사정을 제대로 파악했더라면 무리해서라도 어젯밤 비행기를 타고 넘어오는 거였는데, 이코노미 좌석이 남아 있지 않아 오늘 아침 항공권을 예매했더니, 공항에 내리자마자 택시를 잡아타고 와도 해 떨어진 저녁인 것이다. 그날의 레티도 이런 막막한 심정이었을까.

레티가 내 적막한 오피스텔 초인종을 누르던 날, 인터폰 화면에 그 애의 까만 정수리가 어른거리던 밤, 이 애가 어떻게 여기까지 찾아왔을까,에서 오죽하면 나를 찾아왔을까,로 생각이 바뀌는 데는 단 일 초도 걸리지 않았다. 레티의 머리에 눌어붙은 껌을 가위로 잘라내다 몇 군데 상처를 발견했다. 듬성듬성 숱이 빠져나간 머리를 헤집어 아직 아물지 않은 상처와 몇 바늘 꿰맨 듯한 흉터를 찾았고, 나도 모르게 미안하다는 말을 내뱉었다. 레티가 물었다.

"언니 왜 미안해요?"

그 힘없이 갈라지는 목소리를 듣는 순간 나는 성인이 되고 한 번도 떠올린 적 없던 이름을 기억해냈다. 여동생도 강아지도 없던 집에 찾아와준 선물. 너무 오래전 잃어버려 잊고 있던 그 작디작은 짐승을. 푸르스름한 잿빛 가죽에 까만 플라스틱 구슬 같은 눈동자를 가진 쥐. 그 쥐는 시멘트를 바른 황량한 마당 한구석의 쥐망에 갇혀 있었다. 쥐에게 민희라는 이름을 붙여주었다. 제일 좋아하는 캐릭터인 미니마우스에서 따온 이름이었고, 내 이름 남희와 돌림자이기도 해서 탁월한 작명이라 생각했다. 내 이름이 사내 남(男), 바랄 희(希)라는 것을 모를 때였기에 가능한 작명이었지만.

나는 그 쥐망을 안 쓰는 자전거와 죽은 화분을 방치해둔 집 뒤편으로 옮겼고, 민희야, 민희야, 부르며 수시로 먹을 것을 갖다주었다. 윤제는 내 뒤를 졸졸 따라다닐 무렵이어서 도저히 민희를 들키지 않을 수 없었는데, 그 머저리 같은 게 다른 말은 곧잘 조잘거리면서도 민희라는 발음은 못했다. 윤제가 니미, 니미, 할 때마다 머리를 쥐어박았다. "야, 니미가 아니라 민희라고. 다시 말해봐, 이 멍충아." 그 무렵 윤제는 내 이름 남희도 나니라고 발음했고, 가끔 민희랑 섞여 내 이름마저도 니미라고도 했기 때문에 더 화가 치밀었던 것도 있었다.

그런데 그 쥐망을 어떻게 건드렸는지 어느 날 내가 민희에게 줄 소시지를 가지러 다녀온 사이 민희가 사라져버렸다. 텅 빈 쥐 망을 축구공처럼 차며 노는 윤제를 보았다. 민희가 없는 민희의 집이 통, 통, 소리 내며 시멘트 담벼락에 부딪히

고 있었다. 순간 눈이 뒤집힌 나는 마당에 굴러다니던 우산
살, 엄마가 한 번씩 내 종아리를 때리곤 했던 그 회초리를 들
고 와 윤제의 머리를 내리쳤다. 언젠가 그걸로 윤제의 종아
리를 때렸다가 크게 혼난 적이 있어서, 본능적으로 맞아도
티가 안 날 것 같은 부위로 손이 간 것이었다. 나는 곱슬머리
로 뒤덮인 멜론만 한 머리통을 노려보았고, 도망가지 못하게
한 손으로 옷깃을 틀어쥐고, 손바닥에 빨간 피물집이 잡힐
때까지 머리를 내리치며 "죽어, 죽어, 제발 좀 죽어!" 했다.

"누나 잘못했어요. 찾아올게요. 니미 찾아올게요. 때리지
마세요. 잘못했어요." 엄마와 아빠가 집에 없을 땐 높임말을
쓰게 했기 때문에 윤제는 말끝마다 요, 자를 붙여가며 빌었
다. "그래 찾아와. 찾을 때까지 집에 들어올 생각 하지 마. 꼭
니가 말하는 그 니미여야 돼. 안 그럼 아주 죽여버릴 테니
까." 그길로 윤제는 민희를 찾겠다고 집을 나섰고, 여섯 살
아이는 그날 밤 집에 들어오지 않았다. 발칵 뒤집어진 집 안
에서 나는 모른 척 이불 속에 들어가 오로지 민희를 걱정했
다. 학살과 멸절의 타깃인 죄 없는 여린 짐승과 그 어떤 일
앞에서도 보호받아 마땅한 남자아이. 윤제는 당연히 무사할
것으로 생각했고, 예상은 틀리지 않았다. 내가 다니던 초등
학교 뒤편의 야트막한 산어귀, 윤제는 누군가 내다버린 고물
세탁기 안에 들어가 있다 잠들었고, 다음날 제발로 집에 들

어왔다.

어수선한 소리에 잠에서 깨어 밖으로 나가보았던 이른 아침, 대문 앞에서 어른들에게 둘러싸여 있던 윤제는 나를 보자 갑자기 귀신이라도 본 듯 경기를 일으켰다. 부모, 친척, 경찰, 옆집, 앞집…… 밤새 아이를 찾아다니느라 눈이 벌겋게 충혈된 어른들 앞에서 "누나 잘못했어요, 때리지 마세요, 너무 아파요, 잘못했어요, 살려주세요" 꺽꺽 울면서 교활한 파리처럼 두 손을 모아 빌어대고, 토하고 오줌을 지리고 발작을 일으켜 곧바로 대형 병원 응급실에 실려갔다.

그 일로 나는 격리되었다. 전학 수속을 밟고 예천 할머니 집으로 거주지를 옮겼다. 용돈을 받으려면 밭일을 해야 하는 곳. 상추와 깻잎을 따고 100원, 고추밭에 돌을 골라내고 200원, 무밭에 비료를 뿌리고 300원. 일주일에 사나흘은 꽁보리밥에 고추 된장무침이 저녁이어서 자주 배앓이를 했다. 부모는 주말 부모가 되어 주말에만 가끔 들렀는데, 서로 미루고 미루다 온 기색을 굳이 숨기려 하지 않았다. 시동을 걸고 떠나가는 엘란트라의 뒷 범퍼를 볼 때마다 나는 흙먼지를 맞으며 서럽게 눈물을 쏟곤 했다. 그러는 사이 4학년이 되었고, 5학년이 되었다. 용돈이 늘 부족해서 생리대는 조각낸 낡은 수건 사이 자른 비닐을 넣어 만들어 썼고, 학교에 갈 때만 일회용 생리대를 챙겼다. 그렇게 아껴야 하굣길에 떡꼬치나

달고나 하나를 겨우 쥐고 올 수 있었으니까. 할머니가 갑자기 아파 병원에 입원하지만 않았더라면, 그래서 그길로 돌아가시지만 않았더라면, 나는 중학교, 고등학교, 어쩌면 대학교까지 그 집에서 다녔을지도 모르겠다.

그러니까 언니가 왜 미안하냐는 레티의 물음에 나는 언뜻 적절한 대답을 찾을 수 없었다. 왜 하필 마침 그 일을 떠올렸는지 나조차 설명할 수 없었다. 레티가 국어책 읽듯 말을 꺼냈다.

"언니 미안 아니에요."

언니가 미안할 필요 없어, 정도의 의미였을까.

"그래, 아니지. 내가 미안할 일이 아니지⋯⋯."

그것이 무엇이든 레티 말이 맞기를 바라며 말끝을 흐렸다. 그 일은 스물다섯 해도 넘게 지났고, 아무래도 억지스러운 인과였다. 무엇보다 나는 지나치게 가혹한 형량을, 충분한 대가를 치렀다고 오랫동안 생각해왔으니까. 윤제의 죄는 말 그대로 윤제의 죄일 뿐이다. 그런데도 어째서 미안하단 말이 튀어나왔을까. 그건 아마 빌어먹을 나의 '착한' 성격 탓이겠지. 내 고유의 성질과는 달리 자책이 미덕이 되도록 사방에서 망치질을 해왔으니까. 죄의 시발점을 내 안에서 구하지 않으면 무언가 불편하고 어색한 느낌이 들도록 길들여져왔으니까. 그래서인지 나는 레티의 상처 난 두피에 약을 발라주고, 조심스레 머리카락을 모아 고무줄로 묶어주면서, 또다시 다정하고 멍청한 목소리로 "아니야, 미안해, 언니가 다 미안해"라고 지껄이고 말았다. 숨을 토해내듯 목 끝까지 밀고 올라오는 습관을 뱉어버렸다. 결국 입 밖으로 비워낸 덕분일까, 잠시 차분히 정리된 마음속에 걸리는 일 하나가 머리를 빼꼼히 내밀었다.

가정폭력 신고로 본가에 경찰이 다녀가기 전날이었나, 늦은 밤 엄마에게 전화가 왔다.

"남희야, 너 이모할머니 기억하지? 수원에서 혼자 반찬집 하시던. 엄마가 하나뿐인 내 이모 장례도 못 챙기고, 너네 조씨 집안 차례상 차리러 예천 갔던 거 기억하니?"

"갑자기 그 얘기는 왜?"

"그니까, 한국 여자도 자기 친정 경조사 다 챙기고 사는 사람이 없어요. 근데 레티가 글쎄 자기 사돈의 팔촌 장례식까지 보내달라더구나. 아니, 월남이 무슨 반나절이면 다녀오는 경기도 수원 양평도 아니고. 비행기 티켓을 맡겨놓은 양 굴더라고. 걔가 어려서 철이 없어 그런지, 외국인이라서 그런지, 아니…… 손주라도 하나 안겨줬으면 또 몰라, 걔를 무얼 믿고 거기를 보내주니? 안 그러니 남희야?"

엄마는 원하는 대답을 듣기 전엔 끊지 않을 기세로 같은 말을 반복했다. 나는 오로지 장녀의 귓속에만 쏟아붓곤 하는 노골적인 언어에 곧 질식할 것 같아서 "그러게, 사돈의 팔촌이라니, 너무했네" 하고 서둘러 통화 종료 버튼을 누른 적이 있었다. 사돈의 팔촌. 물론 그것이 관용구라는 것을 모르지 않았지만 나는 모른 척 넘겨버렸다. 고단했고 귀찮았고 진절머리가 났기 때문이다. 엄마의 아들의 아내의 사돈의 팔촌의 장례식이라니……. 나에겐 또 얼마나 아득하고 까마득한 일인가.

레티는 어정쩡한 자세로 무릎을 껴안고 앉아 바닥 어디쯤인가를 멀거니 내려다보고 있었다. 그래서인지 아래로 처진 눈꺼풀과 속눈썹이 더 무거워 보였고, 그래서 더 그늘진 축사의 송아지 같았다. 볕이 들지 않는 컴컴한 축사에서 태어나 열 달 살고 팔려간 예천 할머니네 송아지의 눈. 아마도 부위별로 조각조각 값이 매겨져 여러 곳으로 흩어졌을 소의 눈과 모든 것. 문득 레티의 나지막한 콧대에 늘 걸려 있던 안경이 안 보인다는 것을 깨달았다. 지문과 잔기스로 뿌옇던 그 안경이 어쩌다 사라졌는지는 묻지 않아도 알 것 같았다.

"언제부터 그러고 다녔어? 저 달력에 숫자 보이니?"

앉은 자리에서 가장 멀리 떨어진 벽을 가리키며 물었는데 레티는 알아듣고서도 대답하지 않았다.

나는 아랫입술을 잘근잘근 씹으며 레티의 얼굴을 바라보다, 손을 뻗어 그 앞머리를 고정한 실핀을 빼냈다. 언젠가 녹슨

압정을 밟고 파상풍으로 죽었다는 남자 이야기를 듣고 놀랐던 적이 있었다. "자, 봐봐" 얘기한 뒤, 실핀의 앞부분을 손톱만큼 집어 직각으로 구부러뜨렸다. 과도로 뾰족하게 끝을 갈아낸 뒤 다시 머리에 꽂아주었다. 고슴도치 가시 하나를 뽑아 머리에 붙인 것 같았다. "나 어릴 적 시골에서는 실핀을 이렇게 꽂는 게 유행이었어. 나쁜 일을 쫓아준다고 믿었거든." 되지도 않는 설명을 덧붙이며 앞으론 핀을 이렇게 꽂으라 했고, 물론 그런 일은 좀처럼 일어나지 않겠지만, 누군가 이 머리에 다시 손을 댄다면 이 핀이 그를 곧 죽음으로 인도하길 빌었다. 그만하면 싸게 산 구원 아닌가, 생각하면서. 머리에서 다시 실핀을 빼내 이리저리 살펴보는 레티에게 물었다.

"어떻게 여기까지 왔니?"

궁금했다. 아무리 발버둥쳐 부정해도 나는 그들의 혈육이고, 어느 누가 보더라도 한 패거리로 여길 만큼 얼굴도 체형도 덩치도 닮아 있는데. 레티는 실핀의 뾰족한 침 끝에 검지를 꾹 눌렀다 떼어보며 대답했다.

"지하철 두 번. 버스 한 번. 저는 카드 없어요. 돈 많이 썼어요."

나는 더 물어보지 않고, 일어나 전기포트에 물을 올렸다. 따뜻한 꿀물이나 한 잔 타줄까 싶었다. 꿀 한 숟가락을 떠서 머그잔에 덜어내는데 레티가 입을 열었다.

"저는 화해해요. 윤제 오빠 화해해요."

"화해?"

두 음절 연속 툭툭 뱉는 무책임한 인상의 어휘에 나도 모르게 인상을 찌푸렸다.

"화해가 무슨 뜻인 줄 알아?"

"알아요. 사이좋게 하는 거예요."

그래, 화해. 뭐 모두가 화해하라고 짖어댔겠지. 화해만큼 간편하고 허울 좋은 해결이 있을까. 이용가치가 있을 땐 화해와 용서, 그렇지 못할 땐 격리와 추방. 본가에서 얼마나 메스꺼운 말들이 오갔을지 충분히 알 것 같았다. 지난밤 다녀갔다던 경찰이라고 크게 다른 말을 했을까.

"그래서, 너는 그러고 싶어?"

"안 하면 집에 갈 수 없어요. 문을 열 수 없어요."

"......"

일단 눈에 띄지 않는 곳으로 치우고 보는 것, 어두운 밤 집 밖으로 내보내고 문을 걸어 잠그는 것. 걸어서 쫓아갈 수 없는 아득히 먼 곳으로 떨구어버리는 것. 막막한 상황에 부딪히면 내 부모가 택했던 방식이었다. 그걸 이제는 나 대신 레티가 겪고 있었다.

"다 죽어버렸으면 좋겠다."

레티가 당황한듯 나를 빤히 보아서 그냥 쓸쓸하게 웃어

보였다. 당혹스러운 건 나도 마찬가지였다. 막상 머릿속에 떠돌던 문장을 말로 옮기고 보니 진심인 것처럼 느껴졌기 때문이었다. 진짜 구원은 어쭙잖은 개개의 단위로 도달할 수 있는 것이 아니라, 어느 순간 멸종한 공룡처럼 모두가 손잡고 증발하듯 사라져야 비로소 가능한 것이라고, 절망적인 심정으로 믿게 되는 것이었다.

본가에 전화해서 내가 레티를 데려왔다고 했다. 며칠 가위에 눌려 밤에 지켜봐줄 사람이 필요하다고 했더니 엄마는 은근히 반기는 눈치였다. 주말 동안 레티를 내 매트리스 위에 재웠다. 나는 프레임 없는 침대 옆에 비스듬히 기대어 앉아 뜬눈으로 밤을 보냈다. 잔잔하고 규칙적인 숨소리를 들었고, 이따금 감은 눈꺼풀 아래 부드럽게 구르는 눈동자를 지켜보았다. 한번은 뒤척이다 티셔츠가 한 뼘쯤 말려올라갔는데, 복부와 옆구리가 멍으로 얼룩덜룩했다. 옷이든 머리카락이든 가릴 수 있는 부위마다 폭력의 흔적이 짙었다. 이 아이만 할 때 나는 무얼 했더라……. 차렵이불을 끌어올려주며 스무 살 무렵을 떠올렸다. 국립대 갈 성적이 안 되어 재수를 하던 시절이었네. 오전엔 구립 도서관에서 공부하고, 오후엔 손님이 뜸한 DVD 대여점에서 아르바이트를 했다. 5백 원, 천 원씩 연체료를 꿍쳐 아이스크림을 사먹는 것이 유일한 낙이었다. 한심했지만 한가로웠고 미래에 대한 기대라는 것이 있어 나쁘지만은 않았는데. 너도 이 낯선 곳까지 이주할 결심을 했다면, 어떤 기대, 최소한 그곳에 있는 것보다는 나을 거라는 기대를 했을 텐데.

일요일 아침에는 레티가 계란 반죽에 볶은 채소를 넣어 오믈렛처럼 말아 접시에 냈다. 이게 뭐냐고 물었더니 반쎄오라고 했다. 나는 "반쎄오? 좋네, 난 이렇게 한 접시에 나오는 음식이 좋더라. 여러 접시 늘어놓고 먹는 건 질색이야." 하고 희미하게 웃었다. 그날 점심에는 집 앞 상가로 레티를 데리고 가 새 안경을 맞춰주었다.

"언니 도와주어 고마워요."

레티는 알이 맑은 은테 안경을 쓰고 사풋 웃어 보였다. 그 순간만큼은 세상에 의지할 곳이 나뿐이라는 듯한 신뢰 어린 눈이었다. 나는 한 걸음 옆으로 물러서 진열된 안경들을 만지작거렸다.

"돕긴 뭘 도와, 그냥 해야 할 일을 하는 거지. 한국 국적 따고 싶다고 했지? 한국 사람 하고 싶다고. 그럼 정신 바짝 차려야 해. 아무도 믿지 말고, 아무에게도 의지하지 말고. 고맙다는 말도 쉽게 하지 말고, 고맙다는 마음도 함부로 가지지 말고……."

죽은 곤충과 나무껍질을 으깬 것 같은 냄새가 습한 공기에 실려오는 듯하더니 조금씩 빗방울이 날렸다. 이대로 더위를 식히는 것도 나쁘지 않겠다 싶었는데 갑자기 누군가 양동이로 들이붓는 듯 비가 쏟아져내렸다. 빗줄기는 나의 머리와 어깨를, 움직임에 따라 앞서 나가는 부위를 때려댔다. 비라는 명사 뒤에 왜 굳이 '맞다'와 '때리다'라는 동사가 남매처럼 따라오게 되었는지 새삼 알 것 같았다. 윤제가 중학교에 들어가고 한창 복싱 도장에 다닐 무렵이었나, 제발 변기 좀 깨끗하게 쓰라고 소리쳤다가 원, 투 펀치로 양 가슴을 맞고 고꾸라진 적이 있었다. 그때 나는 원치도 않는 기습 사과에 어거지로 용서라는 것을 해야 했다. 부모가 앞서거니 뒤서거니 서로 화해하라고 종용했기 때문이었다. 유두에서 고름이 흘러 병원에서 항생제를 받아 나오는 길에 어렴풋이 직감했다. 앞으로 더한 일을 겪게 되더라도 이 집구석에서 날 도와줄 사람은 없겠구나.

그 이후 잊을 만하면 가슴에 고름이 찼고, 그때마다 병원에서 주사기로 뽑아내야 했다. 그 짓을 몇 년쯤 반복하다 포도알만 한 덩어리 세 개를 전신마취 수술로 제거했다. 덕분에 기분 따라, 날씨 따라 이따금 욱신거리는 왼쪽 가슴을 갖게 되었다. 레티가 그날 전화를 받았더라면, 그래서 무사하다는 대답을 들었더라면. 나는 지금쯤 이불 속에 있었을까. 아, 시차가 있으니 퇴근길 지하철 안에 있었으려나. 시야 확보를 위해 와이퍼처럼 얼굴을 씻어내며 새삼 이곳에 오게 된 표면적인 계기를 떠올렸다. 키 6피트짜리 서른 살 먹은 혈육, 음주운전으로 한 가족을 죽여놓고도 술을 여전히 끊지 못한 전과자, 결국 알아서 제발로 돌아올 것이 분명한 살인자를 찾아봐달라는 엄마의 간곡한 부탁. 레티의 안위를 확인했더라면 분명 곧바로 무시하고 그날 저녁 메뉴나 고민하고 말았겠지.

레티가 본가로 돌아갔던 날, 식탁 앞에 앉아 인터넷 브라우저를 열고 결혼으로 이주해온 여성들에 대한 이런저런 정보를 찾아보았다. 혼인과 가족생활은 개인의 존엄과 양성의 평등을 기초로 성립되고 유지되어야 하며, 국가는 이를 보장한다……. 어쩌다 보니 헌법에 있다는 문장까지 읽게 되었다. 그중 필요한 정보 몇 가지를 추리고, 은행 앱에 접속해 출입금 계좌를 열어보았다. 잔액은 270만 원가량. 이번 달월급에서 카드값이 빠져나간 액수였다. 생각보다 더 비루한 잔고에 새삼 한숨이 나왔다. 직장생활이 몇 년인데……. 가족, 친구는 물론이고 나에게조차 돈 한 푼 쉽게 쓰는 일 없이 인색하게 살아왔는데 왜 돈이 이것뿐일까. 아, 깔고 앉았지. 그 집구석에서 서둘러 탈출하느라 버는 돈을 머물 공간에 다 쏟아부었지. 고시원에서 월세로, 월세에서 전세로 넘어갔다가 지금 이 역세권 오피스텔을 마련하고 대출금 상환한 지 얼마 되지 않았지.

엄마에게 전화해 곤란한 일에 휘말렸다고 했다. 자칫 윤제에게도 피해가 갈 수 있는 곤란한 일이라고 했다. 그래서 다른 이름으로 계좌를 하나 파야 하는데 모르는 사람을 접촉할 순 없지 않으냐며, 레티의 여권과 외국인 등록증 같은 것을 좀 챙겨달라고 둘러댔다. 얇은 외투에 천 가방 하나 들고 합정역 앞으로 나온 레티와 버스정거장으로 향했다. 광역버스를 타고 서쪽으로 두 시간쯤 달렸을까. 강화도의 어느 한적한 동네에 내릴 때까지 레티는 아무것도 묻지 않고 창밖 풍경만 내다보았다.

목적지까지 걸어가는 길에 고소한 기름 냄새를 맡았다. 근처에 새우양식장이 있는 것을 지도 앱에서 보았는데, 그래서인지 길에서 새우튀김을 팔고 있었다. 레티가 조그마한 부스에서 좀처럼 눈을 떼지 못하길래 "저거 먹고 싶어?" 물었더니 바로 고개를 끄덕였다. 머릿수건에 앞치마를 두른 왜소한 여자가 종이봉투에 새우튀김 일곱 개를 담아주며, "서비스로 하나 더 넣었어요" 했다. 뚝뚝 끊어질 것 같은 말투라든가 없는 힘을 끌어모아 반 톤 높인 듯한 억양이 레티와 묘하게 비슷했다. 이곳으로 넘어온 지 일 년쯤 되었으려나. 그래서 레티가 이 사람을 본 건가. 걷는 동안 레티가 튀김을 한 개 이상 먹지 않기에 "새우 안 좋아해?" 물었더니 다시 고개를 끄덕였다. 나 역시 새우는 먹지 못했다. 까만 비비탄 총알 같은 새우의 눈이 쥐의 눈을 연상시켰기 때문이었다. 바람이 서늘한 탓에 새우가 금방 식었다. 남은 새우를 어떻게 할까 고민하다 그냥 들고 온 가방에 쑤셔넣었다.

은행 문을 열기 전에 레티의 천 가방에 미리 신용대출로 구해온 5만 원권 600장 묶음을 넣었다.

"언니 이거 뭐예요?"

"뭐긴, 돈이지."

"왜 돈을 주어요?"

한국 국적을 따는 방법에 뭐가 더 있는지는 모르겠지만 일단 3천만 원을 보유한 통장은 있어야 했다. 물론 레티가 한국인이 되든 말든 나와는 상관없는 일이지만 그래도 그 애가 그걸 바라니까. 그건 아마 내가 그나마 해줄 수 있는, 그 아이 혼자의 힘으로는 좀처럼 쉽지 않을, 거의 유일한 일이지 않을까.

"그냥, 곧 필요하게 될 거야. 그때까지 아무한테도 말하면 안 된다. 절대. 꼭 쥐고 있어야 해."

나는 그런 막연한 당부를 주절거리는 내 모습이 참 머저리 같다고 느꼈다. 어떤 이를 딱하고 가엾게 여기는 마음으로 연민이란 감정에 홀려 시혜 비슷한 것을 행사하는 모습이, 쥐망에 가두어놓은 쥐에게 이름을 붙이고 어여삐 여기는 수준의 동정 같다고, 그런 마음을 제어할 수 없는 건 이 빌어먹을 '착한' 성격 탓이라고, 길들여진 선의와 훈련된 태도에서 비롯된 질 낮은 자기애일 뿐이라고 생각했다. 레티는 내가 준비한 문서 몇 장과 함께 바로 이주여성 쉼터로 보낼 계획이었다. 뒷일은 다른 전문가에게 맡기고 다시는 연락하지 않을 거라고, 시누이는 결코 언니가 될 수 없으니 우리 사이 볼 일은 이제 끝났다고 생각했다.

"시간은 내가 벌어볼게. 잠시 너 베트남 보냈다고 집에 얘기해둘 테니까 가면 숨부터 돌리고. 내가 했던 말들 명심하고……."

나의 침울하고 근심 어린 얼굴을 지켜보던 레티가 말했다.

"언니, 저 바보 아니에요. 저 한국말 잘 못해요. 바보 아니에요." 그러고서는 천 가방에 일어난 자잘한 보풀을 만지작거리다 "가플 거예요" 하고 말했다. 나는 잠시 머뭇거리다 지난밤 레티의 머리에 꽂아주었던 구부러진 실핀의 위치를 다시 매만져주며 대답했다.

"그래, 갚아. 꼭 갚아야 해."

비가 그치고 젖은 머리카락 새로 축축한 바람이 불어들었다. 휴대폰은 배터리 문제인지 물이 닿은 탓인지 갑자기 전원이 나가버렸다. 발 떼기 힘들 만큼 길이 질어졌다. 자꾸만 진흙과 넝쿨이 발에 감겨 한 번씩 나뭇가지로 떼어내야 했다. 양서류들이 번식을 해보겠다고 기를 쓰고 울어대는 밤. 퍼진 밀가루 반죽처럼 희멀겋게 번진 달과 검은 구름에 가려 거의 보이지 않는 별들. 운동화가 발등을 조여왔고, 두 발이 별개의 의지로 걷는 듯한 감각에 한 번씩 섬뜩함이 밀려왔지만 어두운 가운데도 풍경은 조금씩 바뀌어간다는 점이 그나마 위안이었다. 믿을 것은 지금 걷는 길이 누군가 닦아놓은 길이라는 것, 어쨌든 택시 기사가 가리켰던 방향이라는 것, 거짓말처럼 레티의 집이 나올지도 모른다는 것.

토이 라 치 쿠아 레티 흐엉, 토이 라 치 쿠아 레티 흐엉…….

나는 레티 흐엉의 시누입니다.

레티의 부모를 만나면 인사 다음 하려던 말이었는데. 나는 번역기 앱을 돌려 얻은 그 문장이 좋았다. 시누를 언니로 바꾸어도 같은 문장으로 번역된다는 점이.

얼마나 더 걸었을까, 심상치 않은 열감은 발목에서 시작된 것 같았다. 발이 부은 건 단순히 많이 걸은 탓이 아니었다. 택시 문을 열고 덤불로 뛰어들다 얕은 고랑에 빠졌을 때, 어딘가에 긁혔던 부위가 땡땡하게 부어 있었다. 왜 이렇게까지 열이 오르지……. 뒤늦게 발목을 자세히 들여다보니 찢어진 살갗 틈으로 어떤 가늘고 뾰족한 것이 머리를 내밀고 있었다. ……실핀? 정말 실핀인가? 정신을 가다듬고 다시 찬찬히 살펴보니, 실핀은 아니었다. 식물의 줄기에서 붙었는지 동물의 몸에서 찍혔는지 확신할 수는 없지만 분명 공장에서 깎여나온 쇳조각은 아니었다. 가시를 뽑아 아무 방향으로나 던지고, 주저앉아 땀으로 끈적이는 얼굴을 쓸어내렸다. 너무 고단했다. 더 걸을 힘이 나지 않을 만큼.

몸에 자꾸 땅벌레가 기어올라 하는 수 없이 무릎을 짚고 일어났을 때, 빈혈 증상처럼 머리가 핑 도는 듯하더니 멀지 않은 곳에 신기루처럼 샛길이 나타났다. 오른쪽으로 빠지는 좁다란 길이었다. 오후에 택시 기사가 차창 너머로 가리켰던 그 지평선 근처의 목적지에 드디어 다다른 것인가. 다시 불어온 바람에 이국의 사원에서나 날 법한 젖은 꽃향기가 코에 감겨왔고, 길옆으로 늘어선 나무들이 사분사분 잎사귀 소리를 냈다. 나는 이끌리듯 다리를 절뚝이며 사잇길 안으로 천천히 들어갔다. 빛 없는 동굴 같은 좁은 길이 끝을 드러낼 때까지 상이군인처럼 발을 옮겼다.

한눈에도 사람의 품이 많이 들어간 정돈된 터가 나타났다. 다만 군데군데 돌로 만든 관이 땅 위에 솟아 있고, 그 석관을 둘러싼 콘크리트 담과 지붕 비슷한 것을 얹은 비석들이 서 있는, 정체 모를 음울한 기운이 드리워져 있는 어느 공동의 묘지였다. 말간 촛농이 고인 짧은 초 한 자루가 그 공간을 희미하게 비추고 있었다. 멀지 않은 곳에 사람이 있다는 증

거였다. 저 초를 잠시만 빌려 써도 되려나. 촛불을 들고 주변을 둘러보면 곧 마을을 찾을 수 있지 않을까. 급해진 마음에 서둘러 초 앞으로 가려다 무엇에 걸렸는지 발목을 접질렸다. 근육이 찢어지는 듯한 통증과 함께 주저앉은 곳은 어떤 조형물 앞이었다. 나는 비명도 없이 입만 벌린 채로 그것을 마주했다. 크기라든가 가로 세로의 비율이 석관이나 비석으로 보이지 않는, 다만 직육면체의 드러난 모든 면에 도기 타일을 붙인, 어둠 속에서도 그 색이 아주 다채롭다는 것을 명도로 구분할 수 있는, 어떤 신비로운 무엇을. 홀린듯 앉은 채로 무거운 몸을 끌었다. 주변은 시멘트를 발라놓아 흙바닥처럼 질척하지 않았다. 다친 발목을 서늘한 타일에 대보았다. 신기하게도 통증이 조금 가라앉았다. 이대로 잠시만 쉴까. 어차피 지금은 조금도 움직일 수 없을 것 같으니.

조형물에 등을 기댄 채로 타들어가는 초를 바라보았다. 서울의 어느 조악한 식장에서의 결혼식이 어른거렸다. 그날 나는 입사 면접 때 입었던 잿빛 스리피스 정장을 입었다. 30분마다 예식이 진행되는 결혼공장 같은 건물 로비에서, 엄마는 내게 왜 기껏 빌려다준 분홍색 한복을 입지 않았느냐며, 왜 이렇게들 하나같이 말이 통하지 않는 거냐며, 대뜸 누구 것인지도 모를 안경을 건넸다. 무게가 거의 느껴지지 않는 연갈색 플라스틱 테의 안경을. 대충 냅킨에 안경을 돌돌 말아 안주머니에 넣고, 신부대기실에 들러 안경의 주인을 보았다. 오로지 사진을 위해 못으로 고정해둔 작은 동물처럼 앉아 있던, 매대에 진열해둔 인형처럼 미동 없이 한 가지 표정으로 희미하게 웃고 있던, 그런 너를 처음 보았을 땐, 내가 베트남의 어느 묘지에 앉아 너를 생각하게 될 줄은 몰랐지.

레티의 사돈의 팔촌이라던 사람도 그 결혼식에 다녀갔을까. 그도 레티와 윤제가 나란히 단상에 선 모습을 보았을까. 아, 윤제, 내 이촌 윤제는 지금 어디에 있지…… 물론 술에 취해 어딘가에 나자빠져 있겠지. 어쩌면 진작에 죽어 먼저 안식을 취하고 있을지도. 몸이 노곤하게 풀어지면서 졸음이 쏟아졌다. "누나 잘못했어요, 때리지 마세요, 너무 아파요, 잘못했어요, 살려주세요." 어디선가 어린 윤제가 땅 위로 기어나와 발목을 잡고 늘어졌다. 전혀 미안하지 않은 가증스러운 입술로, 하지만 겁에 잔뜩 질린 두 눈으로. 왼 가슴이 욱신거려 나는 그 죄 많은 아이를 쳐내고 몸을 잔뜩 웅크려야 했다. 이대로 잠들면 안 되는데, 이제 그만 몸을 일으켜야 하는데. 들어온 샛길 따라 부지런히 걷다 보면 금방 동이 틀 것이고, 그럼 도와줄 차 한 대 정도는 어렵지 않게 만날 수 있을 텐데. 시내로 돌아가면 휴대폰부터 충전해야겠지. 모르는 번호로 전화가 와 있어서 다시 걸어보면 레티의 목소리가 들려오겠지.

"언니, 저 공장 있어요. 그래서 지금 봤어요. 무슨 일이에요?"

레티는 태연히 물을 것이고, 그럼 나는 아무 일도 없었다는 듯 "와, 벌써 일을 구했어? 잘됐네, 아주 잘됐네" 하며 기꺼운 마음으로 축하해주겠지. 무슨 공장이냐고 물어보면 뭐라고 대답하려나. 언젠가 한국인 남편과 이혼하고 군복 제조 공장에 들어간 이주여성의 짧은 인터뷰를 본 적 있었다. 훗날 한국 군대에 갈 아들이 입을 옷을 만든다고 생각하면 흐뭇하고 뿌듯해서 일이 힘들지 않다고. 아주 자랑스럽다고. 레티는 무얼 만드는 공장에 갔으려나, 너는 어떤 마음으로 견디고 있는지 내가 물어봐도 되려나, 물음을 주저하면 레티가 대뜸 궁금하지도 않은 이야기를 꺼내겠지.

"언니, 저희 엄마 전화 왔어요. 윤제 오빠 베트남 집 다녀갔어요. 또 온다 했어요. 근데 아직 안 왔어요. 엄마 아빠 걱정 많아요."

그대로 선잠이 들어 길지 않은 밤을 보냈고, 어스름 동이 터올 무렵 새소리에 정신이 들었다. 피부에 축축하게 들러붙은 옷을 떼어내며 멍하니 앞을 보았다. 짙은 안개에 둘러싸여 무덤과 비석이, 비석과 무덤이 구분되지 않는 탁하고 뿌연 공간을. 간밤에 무덤가를 비추던 짧은 초는 흔적도 보이지 않았다. 혹시 내가 한국인이어서 그런가. 코리안 아이즈를 가져서. 그래서 그 코리안 아이즈를 지녔다고 주장하던 택시 기사도 일부러 먼 곳에 나를 떨구고 도망친 건가. 눈에 익지 않을 길이란 걸 알아서. 영영 길을 헤매게 될까봐서. 나는 타일로 뒤덮인 조형물을 짚고 찌뿌둥한 몸을 일으키려 했다. 그때, 손이 미끄러지면서 동시에 툭, 소리가 들려왔다.

손 짚은 부분의 타일이 떨어져 있었다. 대체 이게 뭘까⋯⋯. 앉은 채로 드러난 조형물의 속살을 유심히 살펴보았다. 표면은 시멘트가 아닌 대리석이었다. 기껏 잘 다듬은 비싼 돌에 왜 굳이 타일을 덮었을까. 이쪽 지방 특유의 문화인가. 그래도 그렇지 이게 무엇이기에 이런 비밀스런 방식을 써야 했을까. 좀처럼 이해가 가지 않아 손을 뻗어 접착제가 지저분하게 눌어붙은 곳을 문질러보았다. 고무줄처럼 돌돌 말린 접착제를 살짝 당기자 타일 한 줄이 주르륵 벗겨졌다.

노출된 면에는 낯선 듯 친숙한 문자가 빼곡히 적혀 있었다. 음각으로 돌을 파낸 틈마다 검붉은 페인트를 꼼꼼히 채워놓은 문자가. 로마자에 성조를 표기하는 방식의 베트남어로 새겨놓은 것은 누군가의 이름이었다. 앞의 몇 자가 반복되는 것으로 보아 알파벳순이거나 가족, 친족 단위인 듯했다. 그 수많은 이름 오른편엔 네 자릿수의 아라비아 숫자가 줄을 지었다. 모두 같은 연도를 가리키고 있었다. 내가 태어나기도 전의 아스라한 어느 해. 어떻게 죽었기에 한꺼번에 이름이 새겨졌을까. 비석에 손을 대보았다. 시리도록 찬 기운이 손끝에 전해졌다.

묘지로 들어왔던 좁다란 샛길을 절뚝이는 걸음으로 나오다가 바닥에 떨어진 꽃 한 송이를 발견했다. 줄기가 잘린 수련이었다. 주변에 깊은 웅덩이라도 있는 걸까. 아니면 어느 무덤 앞에 놓여 있던 것이 바람에 날려 이곳까지 굴러왔을까. 어떻게 남쪽 섬의 동백처럼 꽃송이만 톡 잘려 떨어질 수 있을까. 붉은 꽃잎엔 흙 한 톨 묻어 있지 않았다. 금방 꺾어놓은 것처럼 너무도 생생했다.

배우

수업

가끔 동이 터오도록 녹화가 길어지거나, 스케줄 없는 하루를 보내거나, 해외 촬영 길에 오를 때면 '스튜디오 새벽'을 생각했다. 접어서 세워둔 간이침대에 축축한 수건이 걸려 있고 냉풍기가 소리 내며 돌아가던 공간을 무심코 떠올렸다. 그런 순간은 언제나 예고 없이 찾아왔다. 난간 없는 좁은 계단을 따라 내려가면 세계지도가 붙어 있던, 어느 나라로 들어가서 무슨 일을 하고 얼마나 머물 것인지 구체적인 계획이 빼곡했던, 글씨가 없는 구역보다 적힌 구역이 더 많았던 지하 스튜디오의 벽은 늘 무섭도록 선연했다.

모두 가능한 계획이냐고 묻자, 효민은 작은 냉장고에서 새로 꺼낸 캔 맥주를 따며 설명했다.

"아마도? 내년 이맘때쯤 출발해서 마무리 작업까지 칠 년쯤 돌 거니까."

"길게 다녀오는구나."

나는 바로 이해한 동시에 효민을 곧 떠날 사람으로 분류했다. 언제 같은 배역을 두고 경쟁할지 모를 비슷한 처지의 동료들처럼 미리 거리를 두려 했다. 그때 효민이 "아쉬운 얼굴?" 장난스레 눈썹을 밀어올리며 진저 쿠키가 그려진 틴케이스를 내밀었다.

"무슨."

얼결에 손을 넣었는데 매끈하고 빳빳한 종이 조각이 만져졌다. 누르스름한 바탕에 ln이지 ul인지 모를 알파벳이 새겨진 퍼즐이었다. 효민은 내가 뽑은 퍼즐을 가져가 유심히 들여다보더니 볼펜을 들어 퍼즐 뒤에 날짜를 적어넣었다.

"몽골엔 내후년 시월에 머무를 예정이니까. 우리는 그때 울란바토르에서 보면 되겠다."

u와 l이 새겨진 그 조각이 Ulaanbaatar라는 주장은 이상하게도 쉽게 믿어졌지만, 그렇다고 내가 그곳에 가게 될 일이 생길 것 같지는 않았다.

"어서 받아줘."

"내가 왜?"

나는 그렇게 되물으면서도 퍼즐 조각을 바지주머니에 넣었다.

"진주 감독은 오 년 뒤에 부에노스아이레스로도 와준다고 했거든."

"참 나."

우리가 얼마나 봤다고……. 나는 말을 삼키며 맥주를 들이켜고 테이블 위에 놓여 있던 눅눅한 나초 한 조각을 입에 물었다. 이 지하 스튜디오에 온 것은 고작 세 번째였고, 효민에 대해 아는 것이라고는 진주와 친분 있는 사진작가라는 사실 밖에 없었다. 티슈를 뽑아 축축해진 손을 닦았다. 괜히 일어나 스튜디오를 서성이며 벽에 걸린 인물 사진들을 보았다. 얼마 전 찍은 내 사진과 함께, 습기에 우그러져 인상을 쓰고 있는 인상적인 얼굴들을 천천히 둘러보았다. 효민은 지난 장마 때 스튜디오가 반쯤 침수되는 바람에 한바탕 물을 퍼냈다며 툴툴거렸다.

"다 다시 작업해야 돼."

"왜 이런 곳을 빌렸어? 지대도 낮고 건물도 낡았는데."

"왜긴. 돈 때문이지."

"아……."

효민은 감추고 연기하는 것이 습관이 된 나와는 달리 자신을 드러내는 일에 스스럼없이 없었다. 잠을 줄여가며 몇 개의 아르바이트를 하고 있는지, 어쩌다 학교를 그만두게 되었는지, 왜 스튜디오에서 숙식을 해결할 수밖에 없는지⋯⋯. 칠 년의 여정을 위해 남은 일 년간 할 수 있는 모든 일을 해서 초기 경비를 벌겠다고 했다. 그래서였으려나. 내가 단수 비자를 발급받고, 자취방 월세의 두 배가 넘는 항공권을 구해 자신을 보러 몽골에 가는 일이 아주 간단한 일인 듯 말했던 건.

"맥주가 떨어졌네."

효민의 말과 함께 우리는 스튜디오를 나갔다. 편의점에서 종류별로 맥주를 담아 계산하고 한 캔씩 뜯었다. 차가운 캔을 들고 찻길을 따라 걷는 동안 효민은 몽골 이야기를 늘어놓았다. 마두금 연주를 들으며 눈물을 흘리는 낙타라든지, 은하수 속에 떠 있는 듯한 초원의 밤하늘이라든지, 안구와 비강이 뻐근하도록 건조한 모래바람이라든지, 마치 수년 살다 온 사람처럼 묘사해서 물었다.

"너 몽골 사람이었구나."

효민은 손끝으로 자신의 눈가를 문지르며 "추방됐어. 시력이 마이너스라서" 하고 장난스레 웃더니, 어떤 사진은 감상하는 것만으로도 다녀온 장소처럼 만들어준다고, 오래 살왔던 곳처럼 느끼게 해준다고 덧붙였다.

"네 인물 사진처럼?"

"응?"

"네 사진들. 몇 명은 만났던 사람인 줄 알고 한참 봤거든. 분명 처음 본 사람인데, 언젠가 한 시절 알고 지낸 사람처럼 느껴지더라."

효민이 피어싱한 귓바퀴를 만지작거렸다. 자기 작품 이야기를 듣는 것이 어색하고 민망했는지 통통한 귓불을 시작으로 양볼이 붉게 번져갔다. 나는 더 물어보고 싶었지만 자제했다. 그의 피부가 저 말쑥한 뺨에서 어디까지 물들어갈지, 나는 그와 언제까지 함께할 수 있을지, 당장은 가늠할 수 없었기 때문이었다. 궁금증을 가라앉히는 데엔 얼마만큼의 시간이 필요할까. 일주일? 한 달? 의외로 하룻밤 자고 일어나면 아예 몰랐던 사람처럼 괜찮아질 수도 있지 않을까.

한강공원 입구를 마주하고서야 스튜디오 반대 방향으로 걸었다는 것을 알았다. 효민은 누군가 버리고 간 은박 돗자리를 주워와 참나무 그늘에 펼쳤다. 선선한 강바람에 젖은 흙냄새와 막 깎은 잔디 냄새가 섞여들었다. 우리는 한동안 어느 텐트에서 흘러나오는 사라 본의 목소리를 들으며 가져온 맥주캔을 비워갔다. 뒤늦게 올라오는 취기에 피식피식 웃음이 나왔다. 따라 웃기만 하던 효민이 잠시 멈추어 나를 보더니 갑자기 바닥을 짚고 일어났다.

"잠깐만 기다려봐. 카메라 가져올게."

"사진 찍으려고? 다음에 해."

"지금이 아니면 안 돼."

"어차피 너 다녀오면 지금은 사라지고 없는걸."

"지난번 내가 찍어준 프사 맘에 안 들어했잖아."

"……내가?"

알코올 때문이었을까. 나는 태연한 얼굴로 바로 아니라고 둘러대지 못하고 눈만 느리게 깜빡거렸다. 진주의 부탁으로 효민의 작품 사진 모델이 되어주고, 모델료 대신 프로필 사진을 받은 것이 초여름 일이었다. 결과물을 마주하고 내가 어떤 표정을 지었더라. 어느 정도 연출이 들어갔던 작품 사진과는 달리 프로필 사진은 자연스러웠다. 어느 때보다 나에 가까운 모습이었다. 어떻게 그런 순간들만 포착했는지 신기할 만큼 연기를 하지 않은, 무방비하게 안면근육이 풀어진 내 본연의 모습만 한가득이었다. 그런 사진을 굳이 다시? 프로필 사진은 다른 작가를 찾아볼 생각이었다. 거짓이 첨가되더라도 내 본연의 모습보다 더 예쁘고 멋지게 찍어줄 사람을. 나는 괜찮은 척 웃어 보이며 효민을 잡았다.

"가지 마. 혼자 있으면 심심하잖아."

"아, 심심하면 안 되지. 네가 심심한 건 나도 별로야."

효민은 도로 앉았고, 새 맥주캔을 뜯었다. 사소한 이야기를 나누었다. 좋아하는 여름 과일이라든가 자주 가는 카페라든가, 해달이 더 귀여운지 수달이 더 귀여운지 같은 솜털처럼 가벼운 이야기들을. 그러는 사이 강 너머로 해가 짙푸르게 내려앉았고, 효민이 먼저 몸을 일으켰다. 스튜디오에서 저녁 촬영이 있다고 했다.

효민을 다시 본 건, 마지막 학기를 수료 중이던 학교 앞에서였다. 넝쿨장미로 뒤덮인 후문의 돌담 앞에서 밝게 탈색한 머리에 흰 티를 입은 효민이 손을 흔들었다. 일주일 동안 학부생 졸업 영화로 너무 고생한 탓이었을까. 효민의 얼굴이 반가웠다. 나도 모르게 손을 크게 휘저었다. 효민을 따라 팔차선 도로의 횡단보도를 건너고, 대여섯 블록쯤 오르막길을 걸었다. 오며 가며 지나치기만 했던 오래된 빌딩 꼭대기층 카페로 들어갔다.

지루한 표정의 아르바이트생이 포스기 뒤에서 공업 수학을 풀고 있던, 큰 창으로 들어오는 햇빛이 손님의 전부인 것 같던 한산하고 한가로운 카페. 아무 자리에나 앉으려 하자 효민이가 "잠깐만" 하고 막았다.

"빛 들어오는 위치 좀 보려고."

자못 까다로운 얼굴로 테이블 사이를 누비던 효민이 자리를 잡았다.

"사진 찍으러 학교 앞까지 온 거야?"

맞은편에 앉으며 서운한 듯 묻자, 효민은 "겸사겸사" 웃으며 주섬주섬 카메라를 꺼내 들었다. 한쪽 얼굴로만 해가 쨍하게 들어와서 무심코 전공 서적을 들어 햇빛을 가렸더니, 효민이 긴 팔을 뻗어 내 책을 아래로 내렸다.

"한강에서 알았어. 너는 자연광으로 찍었어야 했어."

사진은 너무 자연스러워서 마음에 안 들었던 건데 자연광이라니. 얼마나 더 자연에 가깝기를 바라는 걸까. 자기 작품 사진을 다시 찍으려는 것이라면 오히려 협조해줬겠지만, 그런 이유였다면 효민이 사전에 알려줬을 것이었다. 렌즈캡을 열고 초점을 맞추고 있는 효민에게 말했다.

"지금은 별로야."

"왜?"

"그냥. 그냥 내키지 않아."

"아, 미안."

효민은 바로 카메라를 내렸고, 그대로 정리해서 가방에 넣었다. 주변이 지나치게 고요했다. 카페 안에 음악을 틀어놓지 않아서인지 말을 멈추자 숨소리가 들렸다. 효민의 등 뒤로 펼쳐진 알록달록한 카페 유리창에 시선을 두었다. 스테

인드글라스처럼 여러 색깔이 입혀져 있는, 반투명한 유리를 투과한 빛은 순간순간 색을 바꾸며 효민의 정수리와 어깨에 닿았고, 역광으로 빛을 입은 실루엣은 따뜻하고 부드러워 보였다. 뜻밖에 한 가지는 분명히 이해하게 되었다. 지금 꼭 찍어야 할 사진이 있다면 저런 장면일 것이다. 평소라면 하지 않았을 말이 튀어나왔다.

"네가 부러워."

"갑자기?"

"너는 그만두고 싶었던 적이 없었을 것 같아서."

"음……."

효민이 가방에서 손바닥만 한 세계지도 한 장과 눈에 익은 틴케이스를 꺼냈다. 테이블 위에 퍼즐 조각들을 쏟아부었다.

"이거 맞추고 몽골 음식 먹으러 갈래?"

그 무렵 나는 울란바토르 조각을 지니고 다녔다. 주머니에 손을 넣어 퍼즐 조각을 한참 만지작거리다 몰래 꺼내어 그사이에 섞었다. 자연스레 그 부분이 맞추어지고, 효민이 의아해하면 조금 다른 이야기를 꺼내보고 싶기도 했다. 갑자기 급하게 추가 촬영이 필요하다는 연락이 와서 퍼즐을 완전히 맞추는 일에는 실패했지만.

효민을 보러 몽골에 가는 일이 현실이 될 수도 있겠다고 막연히 예감할 무렵, 연락이 끊겼다. 자연스레 멀어진 것이 아니라 어느 순간 없었던 사람처럼 홀연히. 매일 실없는 이야기를 문자로 주고받거나 통화를 하던 사람이 갑자기 연락을 받지 않았다. 그럴 수 있다고 생각했다. 나 역시 싫증과 변덕으로 예고 없이 관계를 끊어버린 적이 없지 않았으니까. 그래서 나조차 나의 행동을 설명하기 어려웠다. 길 찾는 일에 늘 곤란을 겪어온 내가 몇 번씩 그 동네를 찾아가 헤맨 이유를.

비슷하게 생긴 오래된 빌라 사이 숨어 있는 '스튜디오 새벽'은 좀처럼 찾을 수 없었다. 마치 처음부터 없었던 장소처럼 눈앞에 나타나주지 않았다. 뙤약볕에 정수리가 익을 때까지 좁은 골목을 헤매다 간신히 큰길로 빠져나오기를 여러 번. 한 번은 헤매다 보니 마포구청역이 나와서, 진주가 있는 근처 영화사 방향으로 발길을 돌렸다. 진주를 바로 마주쳤다. 삼십 분에 한 번씩 골목에 나와 담배 피우는 것이 습관인 사람이다 보니 놀랍지는 않았다. 진주는 조연출로 들어가는 새 영화로 바빠서인지 효민의 소식을 모르는 눈치였다.

"민 작가 연락처 몰랐어?"

진주는 바로 휴대폰을 꺼내더니 스스럼없이 효민의 번호를 찾아 통화 버튼을 눌렀다.

"안 받네? 근데 왜?"

"물어볼 게 있었는데, 번호가 날아가서."

"급한 일이야?"

그런 건 아니라고 얼버무렸다. 얼버무릴 때의 내 표정이 충분히 자연스러웠는지 의식하면서 다른 이야기로 화제를 돌렸다. 조명팀으로 영화 일을 시작해서 눈이 많이 상한 진주는 손바닥으로 눈두덩을 꾹 누르며 화단에 담뱃재를 털었다.

"참, 지난번에 오디션 붙었던 거, 아예 엎어졌다며."

"소식 빠르네."

"그냥 나 하는 거 들어올래? 마침 너 할 만한 역할도 하나 있고. 최 선배한테 한번 물어볼게."

"최 선배 영화는 안 해. 여간 더럽게 놀아야지."

"야, 너 그런 마인드 버려야 돼. 이쪽 일 안 할 거 아니잖아. 욕심도 없지 않으면서."

눈을 빠르게 깜빡이며 담배 한 대를 더 꺼내는 진주에게 바로 말을 던졌다.

"욕심이 많으니까 그런 거야. 그리고 더 말이 이어지지 않도록 유쾌한 척 웃었다.

돌아오는 길에 맥주 한 캔을 사서 빨대를 꽂아 마셨다. 빈속에 차가운 탄산이 퍼져서인지 뱃속이 따갑게 부글거렸다. 남은 맥주를 하수구에 붓고 아스팔트 바닥에 캔을 밟아 찌그러뜨렸다. 납작해진 맥주캔을 들고 모르는 길을 한참 더 걸었다.

그로부터 정확히 사흘 뒤, 느지막이 일어나 전자레인지에
인스턴트 북엇국을 데우던 중이었다. 전자레인지에서 김이
올라오는 북엇국을 꺼내며 눈으로 타이레놀을 찾는데 휴대
폰 알림음이 울렸다.

'지금 어디?'

효민의 번호였다. 십 분쯤 액정을 바라만 보다가 '집' 한
글자 찍어 보냈더니 바로 답이 왔다.

'아쉽네. 학교면 놀러 오라고 하려 했는데.'

북어 건더기를 휘젓던 나는 효민의 태연한 태도에 나무젓
가락을 던지듯 내려놓았다. 통증이 올라오는 관자놀이를 주
먹으로 꾹 누르는데 메시지 알림음이 다시 울렸다.

'병실에서 너희 학교가 내려다보이거든.'

*

병원 로고가 자잘하게 찍혀 있는 홑겹의 환자복, 복도를
오가는 이들에게 쉽게 노출되는 6인실 문간 자리. 효민은 침
대 헤드에 비스듬히 기대어 잠들어 있었다.

민효. 27세. 남

침대맡에 붙어 있는 낯선 이름표와 나이를 물끄러미 들여다보는데 효민이 눈을 떴다.

"이름이 효였어? 진주가 민 작가랑 효민이랑 섞어 부르길래 민효민인 줄 알았네."

이름에 대한 관심으로 인사를 대신하자, 효민이 머쓱하게 웃으며 한 손으로 휠체어를 가리켰다. 나는 얼떨결에 소형 냉장고와 벽 사이에 손을 넣어 휠체어를 꺼냈다. 이렇게 하는 게 맞나, 괜히 중얼거리며 휠체어의 손잡이와 받침대를 펼쳤고, 효민의 팔에서 바늘과 호스를 타고 뻗어나간 침대맡의 링거를 조심스레 내렸다.

"뭔데 갑자기 휠체어까지 타?"

"그냥, 걸으면 피곤해지잖아."

효민이 침대에서 천천히 내려와 휠체어에 앉았다. 긴 종아리를 당겨 발받침 위에 발을 올리니 무릎이 솟았다. "부탁할게." 효민이 올려다보며 둥그런 눈을 포춘쿠키처럼 접었다. 웃으니까 볼이 패이면서 진짜 아파 보이기는 했다. 위에서 내려다본 건 처음이라 그런지 숱 많은 정수리가 낯설었다. 푸석한 탈색 머리를 밀고 올라온 검은 머리가 가르마를 따라 선명하게 길을 내고 있었다. 휠체어 손잡이를 쥐고 복도 끝으로 시선을 옮겼다.

아담한 측백나무와 붉게 물들기 시작한 단풍나무, 흰 겹꽃이 만개한 제라늄 화분이 줄지어 있는 옥상정원에 도착했다. 입구로부터 가장 멀리 떨어진 자리로 향했다. 신촌 일대가 내려다보이는 난간 앞에 휠체어를 붙여두고, 그 옆 벤치에 앉았다. 한숨 돌린 효민은 먼 친척의 소식을 전하듯 말을 꺼냈다.

"젊으면 진행이 빨라서 그럴 수 있대. 올해는 못 넘길 거라나."

감정을 덜어낸 담백한 대사 처리에 나는 휙, 고개를 돌려 효민의 옆얼굴을 보았다. 느리게 깜빡이는 눈과, 그래서인지 더 무거워 보이는 짙은 속눈썹과, 콧날에 드리워진 그림자를 보았다. 이 상황이 연기였더라면 너무도 완벽해서 바로 오케이 사인을 받아냈을 것이었다. 나도 모르게 남은 달을 세었다. 올해가 얼마나 남았더라, 9월, 10월…… . 그때 효민이 카디건 주머니에서 무언가를 꺼내 손안에서 만지작거렸다. 가만히 쳐다보자 효민이 그것을 들어 보였다. 울란바토르 퍼즐 조각이었다.

"그거 네가 갖고 있었구나."

"보란 듯이 두고 갔더라고."

"내가 그랬네."

대화는 더 이어지지 않았고, 나는 대기 중인 단역배우처럼 소리를 삼켰다. 동시녹음 때는 숨소리도 잡음이 될 수 있었다. 언젠가 촬영 중 뺨을 맞은 적이 있었다. 영하 9도까지 내려간 한겨울이었고, 가출한 고등학생 역을 맡은 나는 짧은 교복 치마 위에 패딩을 걸치고 있었다. 숨 쉴 때마다 솜 빠진 패딩에서 바스락 소리가 났던 것 같다. "잡음 누구야?" 나를 겨냥한 말인 줄 모르고 또 소리를 냈던가. 친했던 선배가 대뜸 내 앞으로 다가와 뺨을 칠 줄은 몰랐다. "그러니까 좀 좋은 걸 사입지." 누군가 농담이랍시고 말하고 하하, 웃었다. 그 배역을 따내기 위해 포기한 것이 너무 많아 순간 소리 내 웃거나 서럽게 울거나, 둘 중 하나를 빠르게 택해야 했고, 나는 아래턱을 목 가까이 바짝 당기고 울지 않는 것으로 그 작은 역할을 지켜냈다고 믿어왔다. 성대가 아프게 조여들도록 턱을 바짝 끌어당기면, 얼굴이 눈물과 함께 우그러지는 걸 막을 수 있다고 자신하던 때였으니까.

빌딩 너머로 천천히 해가 떨어지고 있었다. 효민이 휠체어에서 일어나 난간 밖으로 퍼즐 조각을 던졌고, 갑자기 촬영이 중단된 현장처럼 옥상정원에 백색 등이 켜졌다. 멀리 대학의 노천극장에서는 축제 공연 리허설을 하는지 앰프에서 번지는 소리가 자동차 소음에 섞여 윙윙 울려왔다. 그래서인지 효민이 난간 앞에 서서 꺼낸 말이 바로 귀에 들어오지 않았다.

"뭐라고?"

"연락하고 싶지 않았어."

"……."

"나도 여러 번 그만두고 싶었어."

병실에는 희끗희끗한 곱슬머리의 중년 여성이 침대를 정리하고 있었다. 그는 효민을 보더니 링거를 받아들고 침대에 눕는 것을 도왔다. 내가 휠체어를 소형 냉장고와 벽 사이에 접어 넣는 동안 캐리어에서 모란무늬 극세사 이불을 꺼내 효민에게 덮어주었다. 효민은 그가 이불자락을 가만가만 토닥여주자 금세 잠이 들었다. 자연스레 그와 함께 병실을 나왔다. 몸집이 자그마한 그가 나를 올려보며 물었다.

"우리 새벽이랑 친해요?"

어머니였구나. 나는 맞은편 병실에서 소변통을 들고 나온 간병인이 지나가는 것을 보았고, '친함'의 기준에 대해 잠깐 생각했고, 최대치의 진심을 연출해 "그럼요"라고 대답했다. 그가 갑자기 울음을 터뜨렸다. 크룩스를 신은 젊은 의사가 빠른 걸음으로 복도를 가로지르는 동안, 그의 둥근 어깨를 감싸고 보호자 휴게실까지 부축했다. 울음이 잦아들 때까지 나는 허여멀건한 병원 천장을 올려다보았다.

효민의 어머니가 주섬주섬 반지갑을 꺼내 사진을 보여줬다.

"돌잔치를 못해줬어요."

걸친 것이라고는 기저귀뿐인 효민의 아기 때 모습이었다. 자꾸 새벽이가, 새벽이가, 하기에 그게 무슨 의미냐고 물었더니, 민효의 효가 새벽이라는 뜻이라고 했다. 잠자코 그의 이야기를 들었다. 거절 못하게 만드는 눈웃음이라든지 끝이 살짝 올라간 새초롬한 입매, 나른한 말투가 효민을 닮은 것도 같았다. 무엇보다 스스럼없이 자신의 이야기를 늘어놓는 모습이 가장 닮았다. 내가 남의 집안 사정을 이렇게까지 알아도 되나, 싶을 때쯤 어머니가 길게 한숨을 내쉬었다. 간병인을 쓸 형편은 안 되고, 유일한 보호자는 일을 그만둘 수 없는 상황이라는 것을 어렵지 않게 짐작할 수 있었다.

다음날 빈속에 에스프레소 한 잔을 털어넣고 다시 병원을 찾았다. 병동은 학교와 멀지 않았고, 수업은 오후 늦게나 있었다. 본관 검진센터 앞에서 효민을 기다리는 동안, 전날 들은 이야기를 떠올렸다. 유치원을 다닐 수 없었던 효민이, 종이접기를 잘했던 효민이, 운동회 때 계주 선수였던 효민이, 눈 쌓인 운동장에서 농구를 하다 발목에 금이 간 효민. 그런 여러 모습의 어린 새벽을 상상하는 동안 효민이 불그스름해진 눈으로 검진센터 문을 열고 나왔다.

"카메라를 안으로 집어넣더라."

"응?"

"의사들은 렌즈를 안으로 넣어서 보더라고."

"내시경 했구나. 마취 안 했어?"

"몸 상태가 안 된대."

"아……."

"커피 마시고 싶다."

"마셔도 돼?"

"한 모금 정도는 괜찮지 않을까."

멀리 나갈 수 없어서 병원 1층의 베이커리 겸 카페로 들어 갔다. 디카페인 아메리카노에 연어 아보카도 샌드위치를 주 문했다. 테이블 앞에 마주앉아 샌드위치의 포장을 벗기려는 데 효민이 슬그머니 고개를 돌리고 코를 막았다. 금방이라도 구역질할 것 같은 얼굴이었다. 괜찮으냐고 묻기도 전에 그가 테이블을 짚고 일어나서, 포장을 벗기다 만 샌드위치와 입 대지 않은 커피를 그냥 둔 채 따라 일어섰다.

효민은 침대에 누워 힘없이 웃어 보였다.

"미안해."

"뭐가?"

"네가 와줬는데 잠이 오네……. 커피를 못 마셔서 그런가 봐."

이불을 덮어주자 효민은 희미하게 미소 띤 얼굴 그대로 눈을 감았다. 보호자 침대에 걸터앉아 휴대폰을 꺼냈다. 밀린 웹툰 몇 개를 챙겨 보고, 실시간 검색어에 오른 뉴스 두어 개를 클릭하다 효민이 먹을 수 있는 음식과 먹으면 안 되는 음식, 버섯, 부추, 단호박 따위의 효능을 찾아보았다. 가방에서 노트북을 꺼내 문서창을 띄웠다. 전공 과제를 조금 끄적이다 화면보호기로 넘어간 화면을 바라보았다. 초원이 보였다. 노랗고 파란 꽃양귀비와, 건조한 바람, 밑동만 까맣게 남은 죽은 침엽수와, 주전자에 물이 끓고 있는 게르……. 하나의 그림으로 완성되지 않는 풍경들을 떠올렸다 지우고, 또 떠올렸다 지웠다. 어느새 해 걸음이 길어져 효민의 턱 끝에 걸린 것이 눈에 들어왔다.

노인들이 누워 있는 침대 몇 개를 거쳐 창가로 향했다. 병실 창밖으로는 효민의 말대로 정말 내가 다니는 경영대 건물이 내려다보였다. 재수로 경제학과에 입학하고 갑자기 연기를 하겠다고 돌아다니느라 제적 직전까지 휴학계를 끌어 썼다. 마지막 한 학기를 남기고 전공 수업에 들어가니 후배가 조교로 들어와 출석을 불렀다. 전공이 무색하도록 경제적이지 않은 방향으로만 걸어온 칠 년이었다. 지금도 별반 다르지 않았다. 나는 지독하리만큼 전공 선택을 잘못했다. 색색의 움직이는 점으로 보이는 사람들을 한동안 내려다보다가 팔을 뻗어 블라인드를 내렸다.

병실에 며칠 출입하다 보니 효민의 작품 사진 속 인물들을 현실에서 마주할 때가 있었다. 누군가 찾아오면 나는 효민을 흔들어 깨웠고, 한 발 떨어져 잔상에 남았던 사진과 찾아온 사람을 머릿속으로 대조해보며 시간을 보내곤 했는데, 효민을 오랫동안 끌어안고 숨을 고르던 한눈에도 모델 같은 사람은 언뜻 떠오르지 않았다. 어쩐지 자리를 피해줘야 할 것만 같아 외투와 가방을 집어드는데 그가 가까이 다가와 물었다.

"저희 어디서 만났죠?"

"……네?"

"영화에서 봤겠지."

효민이 대신 대답했고, 나는 어색하게 웃었다. 스크린 속에 잠시 스쳐간 나를 알아볼 수는 없다. 출연한 영화 중 상영관에 걸린 두 편은 나를 낳아준 부모도 알아보지 못했다. 하나는 살해당하는 역할이라 평소라면 지을 일 없을 겁에 질린 표정만 보여줬고, 하나는 쪽머리에 얼굴을 더럽게 분장한 피난민 역이었으니까. 그는 아마 스튜디오에 걸려 있던 내 사진, 효민의 작품을 봤을 확률이 높다.

"아, 배우시구나. 어쩐지."

모델은 서글서글한 눈망울로 내려다보며 물었다.

"배우님, 아직 식사 전이죠?"

모델과 함께 병원을 나왔다. 우리는 말 없이 걸어내려가다 처음 발견한 음식점으로 들어갔다. 내가 판모밀을 시키자 그는 메뉴도 보지 않고 같은 것으로 달라고 했다. 그가 먼저 입을 뗐다.

"새벽이와는 반년쯤 만났어요. 쇼핑몰 일을 하다 알게 됐는데, 모델을 상품성 있게 찍어주진 못했죠. 자연스러움을 너무 추구한다고 해야 하나. 사장이랑 사진 보정 문제로 트러블도 좀 있었고……. 좀 더 예쁘게 만지는 일이 그렇게 못마땅하면 쇼핑몰 말고 다른 알바를 하지. 저는 아직도 궁금해요. 뭐 그리 대단한 예술을 하겠다고 칠 년씩이나 해외로 나가겠다고 한 건지……."

모델은 소스에 적시지도 않은 퍽퍽한 메밀 면을 조금씩 건져 먹으며 갑자기 가을이 되어버린 날씨라든지, 요즘 새로 개봉한 영화나 공연에 관한 대화를 간헐적으로 이어갔는데, 별안간 "나쁜 새끼"라고 중얼거리고 눈물을 쏟아내는 바람에 그마저 중단되고 말았다. 나는 종업원을 향해 손을 흔들었고, 냅킨을 넉넉하게 가져다달라고 부탁했다.

처음 입원한 병원에서 퇴원을 권유했다. 효민은 수술을

해보겠다는 의사를 찾을 때까지 집에서 지내겠다고 했다. 자취방에서 버스와 지하철을 갈아타고 두 시간 십오 분. 서울의 변두리에서 변두리. 새삼 서울은 지나치게 넓었다. 버스 정거장 앞 과일가게에서 귤 한 봉지를 계산하는데 메시지가 왔다.

'언제 와?'

'다 왔어. 먹고 싶은 건?'

'그냥 와.'

현관으로 들어서자 오른쪽에 짐이 가득 들어찬 작은 방이 보였고, 좁은 부엌을 한 걸음 넘어서자 붙박이장과 텔레비전이 마주 보는 안방 겸 거실이 나타났다. 바닥에는 이부자리가 흐트러져 있었고, 물병과 약봉지들로 어수선해 마땅히 앉을 공간이 없어 보였다. 귤 봉지를 들고 어정쩡하게 서 있자, 효민이 몸을 일으켰다.

"나가자."

"괜찮겠어?"

"조금 걷고 싶어서 그래."

오래된 아파트가 끝없이 늘어선 동네, 그래서인지 다른 곳보다 더 키가 커 보이는 은행나무, 간밤에 내린 비로 좁은 인도에는 노란 잎이 수북이 깔렸고, 선캡을 쓴 아주머니 몇

명은 나무 아래 쪼그려앉아 자루에 은행을 주워담고 있었다. 우리는 은행을 밟지 않기 위해 바닥을 보고 걸었다.

작은 서점이 보여서 자연스레 안으로 들어갔다. 주변에 학교와 아파트밖에 없어서인지 학습지나 참고서, 유아 서적이 빼곡했다. 한쪽 구석에서 패션잡지를 찾아낸 효민이 표지를 가리키며 중얼거렸다.

"사진을 왜 이따위로 찍었을까."

표지에는 언젠가 한 번 작품을 같이 했던 선배가 클로즈업되어 있었다. 부드럽게 주름진 눈매와 적당한 각도를 찾아 끌어올린 입매가 제법 그 선배답지 않게 인자했다.

"아⋯⋯."

그 선배는 현장에서 몇 번 나를 불러 담배 심부름을 시켰다. 편의점에 가려면 논두렁 몇 개를 넘어야 하는 시골에서 꼭 앞이 보이지 않을 만큼 캄캄한 밤에 그 일을 시켰다. 그사이 나와 같이 숙소를 쓰던 예지를 불러냈다. 마른 몸을 더 마르게 하겠다고 먹은 것마다 토해내던 예지를. 현장에서 유일한 동갑내기였던 예지는 그 작품 이후 이 판을 떴다. 캐나다로 이민 갔다는 소식은 소문으로 들었다.

그때 효민이 북, 소리 나게 표지를 찢었다. 나는 황급히 카운터를 확인하고 효민의 손등을 살짝 때렸다.

"무슨 짓이야."

"그냥, 너무 보기 싫어서."

"그럼 보기 싫은 이걸 사야 되잖아."

"안 살래."

"무슨 말도 안 되는 소릴 해."

훼손한 잡지를 빼앗아 계산하고 서점을 빠져나왔다. 몇 걸음 걷다가 쓰레기통이 보여서 잡지를 버렸다.

생각보다 멀리까지 걸었고, 바람을 많이 쐬었다. 효민이 한 번씩 멈추어 서서 숨을 고를 때마다 나는 괜히 보도블록의 틈이라든가 길 건너 상점을 바라보며 기다렸다. 부축한다는 인상을 주고 싶지 않아 애매하게 효민의 옷자락을 잡은 채로 걸었는데, 효민의 베이지색 니트가 조금씩 늘어나는 것 같아 그냥 팔짱을 꼈다. 효민이 다시 멈추어 서서 나를 내려다보았다. 쇄골 아래 흰 옷깃에 은행잎 한 장을 달고서. 손을 뻗어 은행잎을 떼어주며 물었다.

"너희 집에서 자고 가도 돼?"

"……."

"영화도 보고, 귤도 까먹고. 겸사겸사."

"안 돼."

"왜?"

"봤잖아. 네가 있을 공간은 없어."

"……."

터진 은행알을 발로 툭, 툭, 차며 바닥만 바라보고 있자, 효민이 나를 가볍게 끌어당겼다. 방금 내 얼굴이 어땠더라……. 표정은 얼마든 만들어낼 수 있다고 자신하던 때가 있었다. 만들어낸 모습이 언제나 더 편했고, 그걸 재능으로 여긴 적도 있었다. 포슬포슬한 아크릴 니트에 얼굴이 닿아 눈이 감겼다. 따뜻한 어둠, 부드러운 어둠, 투명한 어둠……. 그 찬연한 그림자의 세계에서 나는 문득 아프지 않은 효민을 상상했고, 여행을 계획하지 않은 효민을 그렸고, 그러지 않았더라면 우리는 지금 어디쯤 서 있었을까, 하는 덧없는 생각을 하려다 얼굴을 떼고 다른 곳을 보았다.

"어서 가자."

우리는 조금 거리를 둔 채로 다시 걸어온 방향으로 되돌아 걷기 시작했다. 멀리 귤 한 봉지를 샀던 과일가게 앞 버스 정거장이 눈에 들어왔고, 나는 언젠가 생긴 버릇처럼 성대가 아프게 눌리도록 아래턱을 목 가까이 끌어당겼다.

큰 병원 네 곳을 찾아다닌 뒤에야 수술을 해보겠다는 의사를 만났다. 수술을 앞두고, 지방 촬영을 마친 진주가 뒤늦게 찾아왔다. 나는 병실 세면대에서 캠벨포도 한 송이를 씻어 일회용 접시에 냈다. 과일가게 주인이 유통창고에 보관해놓았던 거의 마지막 포도라고 했던 것이었다. 진주는 그동안 다녀간 몇몇이 그랬듯 예후가 좋았던 누군가의 기적적인 투병기를 읊었고, 촬영 도중 낚시를 하다 대어를 잡은 이야기를 과장되게 늘어놓았다. 효민은 아픈 티를 내지 않는 데 남은 힘을 끌어다 쓰느라 말을 거의 듣지 못하는 듯했다. 나는 아무도 손대지 않은 포도를 접시째 냉장고에 넣으며 진주에게 눈치를 줬다.

엘리베이터 앞에서 진주가 표정을 바꾸고 물었다.

"언제부터 만났냐?"

"만나긴 뭘 만나."

"그럼 너 여기서 뭐 하는 거야?"

"뭐 하는 거냐고?"

나는 잠시 허공을 바라보다 자취방 책장에 꽂혀 있는 책한 권을 떠올렸다.

"배우 수업."

"허, 참……."

진주가 순간 말문이 막힌 듯 혀로 입술을 축였다. 나는 덤덤한 얼굴을 만들어 보이며 그 입에서 나올 다음 대사를 기다렸다.

"그래. 네가 그렇게 나오니까 할 말이 없네. 배우님께서 연기 연습을 하시겠다는데……."

진주는 예의 그 빠르게 깜빡이던 눈을 손등으로 마구 비비더니, 엘리베이터 옆 자판기에서 솔의눈을 뽑아 단숨에 들이켰다. 텅 빈 엘리베이터 문이 한 번 열렸다 닫히며 소리를 냈다. 진주는 고개를 돌려 병실 방향을 한 번 쳐다보고 다시 나를 보았다.

"민 작가 인간적으로 내가 정말 좋아하는 사람이야. 근데 아무리 좋아해도 너보다 소중하지는 않아. 나는 네가 걱정돼. 지금 이런 상황에서도 민 작가보다 네가 걱정된다고. 그게 무슨 말인지 알겠어?"

"알겠고, 이제 그만 가주라."

찬물로 얼굴의 열을 식히고 병실로 돌아왔다. 드물게 고요한 오후였다. 오전에 옆 침대 노인이 병실을 나가서 더 그렇게 느껴졌는지도 몰랐다. 등받이 없는 동그란 의자에 앉아 효민의 팔에 꽂힌 주삿바늘과, 링거에서 한 방울씩 떨어지는 마약성 진통제와, 양볼을 얼마간 도려낸 듯한 마른 얼굴을 내려다보았다.

'젊으면 진행이 빨라서 그럴 수 있대. 올해는 못 넘길 거라나.' 먼 친척의 소식을 전하는 듯했던 효민의 옆얼굴, 완벽한 연기처럼 느껴졌던 담담한 모습이 한 시절 빠져 있던 영화 속 장면처럼 떠올랐다 흐려져갔다. 길게 심호흡하고, 무심코

코 밑으로 손가락을 가져가려는데 효민이 눈을 떴다.

"누구 왔어?"

손을 떼고 고개를 내저었다. 효민의 눈이 다시 감기려 해서 순간 주삿바늘이 꽂혀 있는 효민의 팔을 잡았다.

"또 자게?"

"응?"

"나 심심해."

효민이 느리게 눈을 깜빡이며 나를 잠시 보더니 천천히 몸을 일으켰다. 물을 한 모금 마시고 발끝 언저리에 시선을 둔 채로 나지막이 말을 꺼냈다.

"사실 그 퍼즐 서울이었어. 내가 장난친 거였어."

곰곰이 생각하다 서울의 영문 Seoul에도 울란바토르처럼 u와 l이 들어간다는 걸 뒤늦게 깨달았다. 그러고 보니 퍼즐의 튀어나온 부분에 찍혀 있던 알파벳 첫 글자가 소문자였던 것 같기도 했다.

"왜?"

"……."

"왜 장난쳤는데?"

"수술 무사히 마칠 거야. 다녀와서 얘기해줄게."

그날은 입원실이 많지 않은 다른 병동으로 넘어가 늦도록 병원에 남아 있었다. 간호사 스테이션 맞은편의 빈 휴게실에서 아무것도 없는 흰 벽을 오래도록 바라보았다. 효민의 장난을 생각했다. 어째서 장난이라는 표현을 썼는지에 대해 생각하고 또 생각했다.

깜빡 잠들었다 깼는데 공기가 써늘했다. 정수기에서 따뜻한 물을 받아 마셨다. 입안이 아리고 욱신거렸다. 화장실에 가서 입을 크게 벌리고 거울을 봤더니 혀 안쪽 깊숙한 부위가 송곳으로 긁어낸 듯 허옇게 헐어 있었다.

밤에는 자취방 바닥에 누워 심하게 앓았다. 온몸에 열이 올라 차렵이불 안에서 땀에 젖은 옷을 한 겹씩 벗어야 했다. 아침이 되자 이가 딱딱 부딪힐 만큼 몸에 오한이 일었다. 밤새 누군가에게 두들겨 맞은 듯 여기저기 근육이 쑤셨다. 동네 병원까지 걸어가는 동안 호흡을 이어가기 힘들 만큼 기침이 났다. 독감이었다. 의사가 표정 변화 없이 말했다.

"주변에 옮기지 않도록 주의하시고, 무리하지 마시고요."

주사실의 좁은 침대에 몸을 눕히자 간호사가 알코올 솜을 문지른 팔에 바늘을 찌르고 링거를 연결했다. 붙박이 선반에 위태롭게 쌓아놓은 주사약 상자를 물끄러미 올려다보았다. 몸 안에 미지근한 수액이 돌기 시작하자 견딜 수 없이 나른해졌다. 마취제를 맞은 것도 아닌데 어째서 이렇게 쉽게 눈이 감길까. 침대 밑에서 누군가 팔을 뻗어 끌어당기기라도 하듯 몸이 서서히 가라앉았다.

　무사히 수술을 마치고 창가로 자리를 옮긴 효민을 보았다. 활짝 젖힌 커튼 사이로 쨍하게 역광이 비쳐 그는 언뜻 하나의 실루엣으로 보였다. 그 따사롭고 부드러운 그림자는 라디에이터에 걸터앉아 투명한 아크릴 통을 집어들었다. 그가 호스에 입을 대고 숨을 들이마실 때마다 알록달록한 공들이 춤추듯 오르락내리락했다. 나는 푹 눌러쓴 모자에 얇은 머플러로 얼굴을 감싸고 문 열린 병실 앞을 몇 번 스치듯 지나갔다. 외투 깃을 여며쥐고 병동 로비를 빠져나오는데 휴대폰 진동이 울렸다.

　'길 잃어버렸지?'

　손등으로 축축하게 땀 맺힌 이마를 쓸어내렸다. 다리가 휘청였다. 왜인지 모르게 나는 다시 뙤약볕이 내리쪼이는 한여름 골목을 헤매고 있었다. 대체 간판도 없는 붉은 벽돌집 지하 스튜디오를 설명만으로 어떻게 찾으라는 것인지……
"어디쯤이세요, 배우님?" 수화기 너머로 효민이 주변을 묘사해보라는데 둘러보면 다 똑같이 생긴 4층 빌라뿐이라 입이 떨어지지 않는다. "제가 서 있는 곳을 어떻게 설명해야 할지 모르겠어요." 그때, 멀리 골목 사이로 손을 흔드는 효민이 보인다. 밝게 탈색한 머리의 효민이 언젠가 내가 정말 친해지고 싶었던 동갑내기 배우처럼 환하게 웃어 보이면서.

둘둘 감은 머플러를 풀고, 휴대폰 액정에 한 글자 한 글자를 찍어 전송 버튼을 눌렀다.

'나 작품 들어가. 진작 말하려 했는데, 기회가 안 났어.'

병원 앞 정거장에서 마을버스를 타고 지하철역에 다다를 무렵 답이 왔다.

'오기 싫었구나.'

짧은 문장 뒤에는 효민이 자주 쓰는 강아지 이모티콘이 붙어 있었다. 흰 솜뭉치처럼 생긴 강아지가 장난스런 표정으로 꼬리를 흔들었다. 다리에 힘이 빠져 지하철 환풍구 턱 위에 걸터앉았다. 한동안 바닥에서 올라오는 텁텁한 바람을 맞았다.

*

효민은 '스튜디오 새벽'을 정리하고 강릉으로 내려갔다. 수술 경과가 좋아서 겨울을 넘길 수 있게 되었고, 항암 치료 받으러 한 번씩 서울에 온다는 소식을 효민의 블로그에서 보았다. 한창 준비하던 사진전은 바닷가의 작은 카페에서 열렸다. 그 사진전이 잡지에 소개되면서 서울에서도 같은 전시가 몇 번 더 열렸다. 그때마다 시간과 장소가 적힌 초대 문구가 단체 메시지로 날아왔다. 누군가 떠준 듯한 털모자를 쓰고 웃고 있는 사진이 첨부되어 오기도 했다. 포춘쿠키처럼 접히며 웃는 둥근 눈이 그대로였다. 괜찮아 보였다. 괜찮지 않으면 나올 수 없는 웃음이야, 생각했다. 효민이 갑자기 호스피스 병동으로 옮겨졌다는 소식은 한참 뒤, 진주에게 전해들었다.

시간을 가지니 어지럽게 부유하던 침전물이 차분히 가라앉았고, 그에 대한 생각을 자주 하지 않게 되었다. 무사히 학교를 졸업했고, 오디션을 다시 보러 다녔고, 학생 영화나 단역 아르바이트를 가리지 않고 했다. 작품을 고르고 따지려는 돌올한 마음은 어느 순간 마모되고 흐려져 움직이는 몸만 남은 듯했다. 대신 작명소에서 새 이름을 받았다. 배우로 잘 풀릴 이름이라고 했다. 한중 합작 영화의 누군가 반려한 자리에 들어가게 된 건 그 덕분이었을지도 몰랐다. 대본을 받고서야 원나라 장수 부인 역이라는 것을 알았지만 이내 적응해서 대사를 외웠다. 몽골 현지촬영이 몇 신 있었다.

출국 전 새벽은 유난히 길게 느껴졌다. 불 꺼진 천장을 너무 오래 응시한 탓일까. 어둑한 천장이 가지를 쳐나가듯 잘게 나뉘더니 지도의 꼴을 갖추어갔다. 어른거리는 작은 조각마다 하나하나 지명이 붙었다. 런던, 하노이, 앙카라, 암스테르담, 브라질리아, 상트페테르부르크……. 희부옇게 천장이 밝아올 때까지, 구불구불한 경계가 흐려지고 빛바랜 민무늬 벽지가 다시 또렷해져올 때까지, 어떤 어설픈 지도를 바라보았다. 군데군데 조각이 비어 완성되지 않은 지도를.

인천공항에 도착했을 때, 촬영팀 사람들은 이미 수화물을 부치고 탑승구 쪽으로 이동한 뒤였다. 잠을 못 잔 탓인지 몸이 둔했다. 서둘러야 한다는 걸 아는데도 좀처럼 빨리 움직이지 못했다. 탑승 수속을 밟고 무거운 걸음을 옮기다가, 휴대폰 알림음에 무심코 메시지 창을 열었다. 그리고 굳은 듯 멈추어 섰다.

'심심해'

나는 본능적으로 그 세 음절이 효민이 나에게 보내는 마지막 메시지라는 것을 알았다. 순간 발걸음을 돌려 지난 새벽으로 가고 싶은 충동이 일었지만, 잠시 웅크리기로 했다.

웅성거리는 소음 사이로 울란바토르행 비행기가 곧 이륙한다는 안내방송이 들려왔다. 탑승구 근처에서 누군가 손을 흔들며 낯선 이름을 불렀다. 나는 휴대폰을 비행기 모드로 바꾸고, 아래턱을 목 가까이 바짝 끌어당겼다.

밤과

감

숨을 고르고 진료실 문을 열자, 가운 주머니에 손을 찔러 넣고 창밖을 내다보던 노의사가 돌아보았다.

"저희 의대 68학번 카톡방도 가관입니다. 어그레시브하고, 격앙돼 있지요. 하지만 막상 본인들은 잘 인지를 못할 겁니다. 늙을수록 말을 줄여야 되는 건데…… 류길범 씨, 안 그렇습니까?"

노의사는 창틀에 있던 감나무 분재를 테이블에 내려놓고 창문을 닫았다. 바깥 소음이 차단되자 진료실은 다른 세계로 넘어온 듯 고요해졌다.

"설마 광화문에 차 갖고 오신 건 아니겠지요?"

"하하……."

길범은 어색하게 웃어 보이며 진료의자에 앉았다. 운전대를 잡은 채로 시위 행렬을 얼마나 지켜봤을까. 전 대통령 석방, 좌파 독재 정권 타도, 태극기, 또 태극기……. 깃발의 행렬은 먼 하늘 구름처럼 굼뜨게 이동했고, 그 덕에 길범은 광화문 길바닥에서만 삼십 분을 썼다. 웨이팅 어플리케이션을 만들고 회사에서 잘리기까지 했는데, 자신이 누군가를 번호표도 안 주고 기다리게 할 줄이야. 길범은 죄송하다는 말을 거듭했다.

노의사는 손사래를 치며 의자에 앉아 컴퓨터 모니터를 켰다. 잘 닦은 돋보기안경을 쓰고 모니터 속 차트와 종이 차트를 번갈아 확인했다. 길범은 노의사의 행동을 주의 깊게 살폈다. 이번에도 지난번 같은 실수를 하지는 않겠지. 길범은 의사를 믿고 싶었고, 또 믿을 수 있을 것 같았다. 그가 뜬금없는 질문을 던지기 전까지는.

"그런데 류길범 씨는 추석 때 뭐 하십니까?"

너무도 태연히 물어 길범은 얼떨결에 처가에 간다고 대답했다. 추석 땐 민정의 집, 설엔 길범의 집. 어쩌다 보니 결혼 첫해부터 그리 되었다. 민정은 스무 살에 겪은 교통사고 이후 본가에서 설을 보낸 적이 없었다. 정확히 말하면 겨울을 보낸 적이 없다고 해야 할까. 길범보다 네 살 많으니 거의 이십 년이 다 되어가는 것이다.

"처가가 어디입니까?"

"광주요."

그러자 노의사는 묘한 표정으로 길범을 보더니 확인하듯 물었다.

"그 무등산 있는 광주요?"

하긴, 경기도에도 광주가 있으니까. 그래도 무등산 있는 광주라는 말은 낯설었다. 오늘은 등산 이야기라도 꺼낼 셈인가. 길범은 가죽 의자 깊숙이 몸을 기대고 주름진 목을 젖히는 노의사를 바라보았다. 그는 머리 위로 광주행 열차라도 지나가는 듯 시선을 천장에 고정한 채로 말문을 열었다.

"아…… 얼마 전 광주에 갔는데 너무 많이 바뀌었죠. 그마저 십 년도 더 된 일이지만. 제가 고교 때 서울 올라오기 전까지 광주 구동에 살았어요. 지금은 이름이 바뀐 서중학교란 곳에 다녔는데…… 학교 마치면 어머니께 친구들 만난다고 거짓말하고 혼자 무등산 오르던 것이 기억납니다. 한 손엔 물통, 한 손엔 건빵을 들고서요."

왜 진료차트를 보다 말고 저런 이야기를 꺼내는 걸까. 또 무언가 잘못되기라도 한 걸까. 종잡을 수 없는 노인이라는 건 알고 있었지만 길범은 조금 걱정스러웠다.

"산에 오르면 무섭기도 했어요. 사람이 하나도 없었거든요. 중턱쯤 오르면 입석대라는 곳이 나오는데, 이맘때쯤 그곳에 가면 억새밭이 장관이었습니다. 바람 불면 은빛 억새가 빛을 받아 막 반짝반짝 빛나면서…….”

그 대목에서 노의사는 양손을 좌우로 짧게 흔들었다. ‘반짝반짝’을 표현하려는 행동인 것 같았다. 그사이 차트가 떠 있던 모니터는 화면보호기로 넘어갔고, 눈을 잠시 감았다 뜬 노의사는 그러거나 말거나 말을 이었다.

“정상에 오르면 초소가 있었습니다. 군기가 엉망이었는지 하나같이 머리가 길었죠. 돌이켜보면 군복을 제대로 갖추어 입은 이가 없었어요. 뭐랄까, 군복을 아무렇게나 걸쳤다고 해야 할까요. 그들은 제게 혼자 왔느냐고 물었습니다. 처음엔 긴장해서 대답도 제대로 못했어요. 산속에 정체 모를 청년들이라니, 무섭잖아요. 게다가 그곳은 무등산이었으니까. 어른들이 쉬쉬하며 말하던 산속의 빨치산이 저들인가 싶기도 했거든요. 그런데 아니었죠. 그들은 그냥 군인이었어요. 스무 살 언저리의 군인. 어쩌다 보니 산꼭대기에 자대를 배치받아 다소 빠진 모습으로 있었겠지요. 그들은 제게 먹던 간식을 나눠주었습니다. 그래 봤자 껍질이 까맣게 탄 밤이나 산열매 정도였지만. 한 번은 술을 나눠주기도 했어요. 저는 군대에서 술을 처음 배운 셈입니다. 한 잔, 두 잔 받아먹다 하룻밤 자고 내려온 날도 있었는데…… 그 초소가 아직도 있을까요. 그 뒤로 내가 찾아본 적이 없어 모르겠는데, 혹시 류길범 씨는 보신 적 있으십니까?"

"그 초소를요? 제가요?"

길범은 고개를 내저었다. 광주는 그저 민정의 고향일 뿐이었다. 길범은 서울에서만 삼십 년 넘게 살았고, 민정과 결혼한 지는 채 삼 년도 안 되었다. 광주에 대해 아는 것이 거의 없다고 보면 맞았다. 다만 공교롭게도 '무등산'에 가본 적이 있었다.

회사에서 막 대리를 달았을 무렵, 다른 부서 과장이었던 민정과 광주로 출장을 갔다. 일정을 마치고 시청 근처 무등산이라는 식당에서 꼬막무침을 먹었는데, 드문드문 일 얘기를 이어가던 민정이 "이건 뭐지? 전혀 술 같지가 않네" 하더니 밤 막걸리를 우유처럼 들이키기 시작했다. 그러다 대뜸 꺼냈던 말이 뭐였더라. 자신은 아버지 얼굴을 본 적이 없다. 본 적도 없는 아버지 제사 때문에 집에서 생일 파티를 해본 적이 없다. 생일 케이크를 잘라본 적이 없다. 어렸을 때는 그게 너무도 싫었다. 철없는 불만을 늘 지니고 있었다. 가끔은 그래서 자신이 '그런 일'을 겪은 것이 아닌가 싶기도 하다. 민정은 맥락을 이해할 수 없는 푸념을 늘어놓다가, 방전된 안드로이드 인형처럼 목이 꺾여 식은 파전 위에 얼굴을 박았다. 길범은 결국 민정을 들쳐 업고 식당을 나와야 했고, 지금의 장모가 된 어른과 어색한 첫 대면을 가졌다.

*

"그날 무등산에 가는 게 아니었는데."

길범과 투닥거리다 감정이 격해지면 민정은 꼭 그 말을 꺼냈다. 꼬막집 '무등산'에 간 것이 길범과의 1번 사건이라고 보는 거였다. 민정은 종종 1부터 이야기하는 버릇이 있었다. A라는 친구에 대해 말을 한다면 "그 애는 같은 유치원 풀잎 반에서⋯⋯"부터 짚어보는 식이었다. 함께 텔레비전을 보다 연예인이 나와도 마찬가지였다. "저 배우가 이십 년 전 아이돌 데뷔하던 때에⋯⋯"가 시작되면 그 프로그램은 못 보는 거였다. 마치 어딘가 꼼꼼히 적어놓은 사례집을 읽어 내려가기라도 하듯 연대기적으로 보고 겪은 일을 나열하다 보면 필연적으로 말이 길어질 수밖에 없었다. 그러다 상대가 경청하지 않는다 싶으면 어떻게 바로 알고 확인하듯 물었다. "류씨, 방금 내가 어디까지 얘기했더라?" 물론 길범은 한 번도 귀찮은 내색을 한 적이 없었다. 몸이 불편해지기 전까지는.

연초에 체중 5kg이 갑자기 빠진 것이 시작이었다. 아침을 꼭 먹고 출근하는데도 금세 배가 고파져 편의점으로 가야 했고, 저녁을 두 그릇씩 먹는데도 과자나 아이스크림을 몇 개

214

씩 더 먹게 됐다. 섭취한 음식물이 어디로 증발하는지 살은 빠지기만 했다. 팔다리는 가늘어지는데 배는 복수라도 찬 듯 볼록하게 부어갔다. 샤워하고 거울 앞에 서면 언뜻 왜가리나 두루미류의 새가 겹쳐 보였다. 부쩍 늘어난 수면시간과 전에 없던 짜증도 어쩐지 심상치 않았다. 회사에서 의무적으로 받는 건강검진 결과에서 갑상샘 항진증이라는 진단을 받았을 때, 길범은 생각했다.

'올 것이 왔구나.'

길범의 어머니는 갑상샘 저하증을 앓은 적이 있었고, 누나는 사 년 전 갑상샘 암 수술을 받았다. 한 번쯤 문제가 생길 수도 있을 거라 생각했던 부위여서 크게 놀라지는 않았다. 그도 그럴 것이 어머니는 누구보다 부지런히 가계와 가게를 꾸렸고, 누나는 방사선 치료를 마친 다다음해에 쌍둥이까지 출산했으니까. 무엇보다 직접 겪은 일이 아니다 보니 전혀 체감이 안 된 탓도 컸을 것이다.

"다행히 시리어스한 수준은 아닙니다."

노의사의 첫마디도 길범이 상태를 막연히 낙관하는 데 한몫했다. 다만 유난인 것은 아내 민정이었다. 민정은 반대로 가족력이 있으니 더 신중해야 한다며, 어디선가 갑상샘으로 유명하다는 의사와 병원을 알아왔다. 당장 대형 병원으로 옮겨 수치부터 다시 체크해보라고 닦달했다. 길범은 민정의 반응을 이해할 수 없었다. 수술이 필요한 상황도 아니고 처방약을 먹는 것이 치료의 전부인데 왜 굳이 병원을 옮기라는 것인지, 아무리 생각해도 대학병원 특진까지 신청할 정도의 일은 아니지 않나? 자신의 불안을 잠재우기 위한 것이라고 밖에는 느껴지지 않았다. 길범은 민정이 그럴수록 병원을 옮기고 싶지 않았다. 그래야만 하는 이유도 바로 떠올랐다.

"나 사람 많은 곳 싫어하잖아."

노의사의 가정의학과는 길범이 다니던 회사와 연계된 건강검진센터 안에 있었다. 병에 걸려서 오는 것이 아닌 병을 발견하고 예방하기 위해 오는 곳. 그 한구석에 마련된 독립된 공간이 은퇴를 앞둔 노의사의 진료실이었다. 길범은 그 가정의학과가 한산해서 좋았다. 오다가다 간판을 보고 찾아갈 수 있는 장소도 아니어서 99% 예약환자뿐인 곳이었다. 민정은 길범의 설명에 냉담히 반응했다.

"그래, 사람은 없지. 그런데 회사 사람은 있잖아. 검진센터 드나들다 회사 사람들 마주쳐도 괜찮겠어?"

"그냥 진료받으러 가는 건데, 뭐 어때."

"류 씨, 당신은 자존심도 없어?"

길범은 작년부터 회사 일과는 별개로 웨이팅 어플리케이션을 준비해왔다. 붐비는 카페나 음식점에서 대기 손님에게 카톡으로 차례를 알려주는 간단한 서비스였는데, 별것 아닌

줄 알았던 것이 생각보다 손이 많이 갔다. 저가 서버를 굴리는 탓에 시스템 장애가 잦았고, 업체별로 디테일을 손봐야 할 일이 잊을 만하면 생겼다. 회사에서 틈틈이 일처리를 할 수밖에 없었고, 회사 장비도 몇 번 몰래 쓰게 됐다. 늦봄의 어느 날, 비품실 정수기 앞에서 메티마졸을 입에 털어넣는데 팀장이 싸늘한 얼굴로 자신의 휴대폰을 길범의 눈앞에 내밀었다. 길범이 만든 웨이팅 어플리케이션의 민트색 화면이 첫 화면으로 떠 있었다.

회사와 연계된 검진센터에서 질환을 발견하고 치료받는 동안, 업무 중 개인사업 한 것을 들켜 사직을 권고받게 된 것이었다. 다른 팀에서 프로젝트 매니저를 맡고 있던 차장 민정에게도 피해가 갔다. 민정은 인사과에 몇 번이나 불려갔고, 상반기 최하점의 업무 평가점수를 받았다. 민정 몰래 용돈이나 마련할까 싶어 시작한 일이었는데, 30만 원 벌려다 300만 원을 못 벌게 된 꼴이었다. 거기다 끔찍한 민폐까지. 차마 민정을 볼 낯이 없었다. 하지만 민정은 "회사 일만으로 허덕이는 줄 알았더니 어플이라니, 뭐, 잘했네. 이참에 좀 쉬어. 몸도 안 좋은데" 하고 의외로 관대하게 넘겼다. 다만 길범을 부르는 호칭만 살짝 바꾸었다. 결혼한 뒤로도 집에서 류 대리, 류 대리 하던 민정은 길범이 퇴사하자 그냥 류 씨라고 부르기 시작했다. 길범은 허리에 손을 얹고 서서 내려다

보는 민정을 향해 바싹 마른입을 열어 대답했다.

"이제 와 내가 무슨 염치로 자존심이겠어. 나는 그런 거 없어. 버렸어."

"류 씨, 사람은 한 끗 차이로 생사를 오갈 수도 있어. 사소한 선택 하나가 무슨 일을 불러올지 모른다고. 갑상샘도, 당신 어머님에, 누님에, 결국 당신 차례까지 올 줄 알았어? 더 주의를 기울여 나쁠 거 없잖아."

"왜 꼭 그렇게 나쁘게만 생각해. 어디서 봤는데 나쁜 일은 나쁜 상상이 불러오는 거래. 우리 긍정적으로 보자. 엄마랑 누나도 그래서 나았는걸."

말은 그렇게 했지만 목소리가 무기력하게 흘러나왔다. 졸음이 쏟아진 탓이었다. 길범은 소파에 누워 담요를 끌어올렸다. 어서 눈을 붙이고 싶은 마음뿐이었다. 민정은 길범을 향해 한숨을 푹 내쉬더니 싱크대 앞으로 걸어갔다. 스르륵 잠이 들려는 사이 물을 세게 틀고 설거지하는 소리가 들려왔다. 달그락달그락, 달그락달그락. 소리가 신경을 긁었다. 길범은 소파에서 고개만 내밀고 민정에게 말했다.

"놔둬, 내가 할게."

민정은 대답하지 않았다.

"피곤할 텐데 그냥 둬. 이따 진짜 내가 할게."

길범이 목소리를 조금 높이자, 민정은 수돗물을 잠그더니 갑자기 소리를 버럭 질렀다.

"그럼 지금 와서 하라고!"

길범은 깜짝 놀라 일어나 앉았다. 심장박동이 거세져 손으로 자신의 가슴을 꾹 눌러야 했다. 그게 그렇게 소리까지 지를 일인가. 일순 짜증이 일었다. 너무 당황해서 낯이 뜨거워질 정도였다. 길범은 꺼진 텔레비전 화면을 한참 쏘아보다가, 불현듯 몸을 일으켜 거실장 앞으로 갔다. 토끼와 부엉이와 다람쥐 인형을 꺼냈다. 민정이 잊을 만하면 붓으로 먼지를 털어주며 애지중지 관리하는 헝겊 인형들을 손으로 틀어쥐었다. 바닥에 굴러다니던 볼펜을 집어들고 인형들을 찔렀다. 송곳이나 칼로 저주를 내리듯 쿡쿡쿡 찔러댔다. 토끼와 부엉이와 다람쥐의 몸에 까만 점이 생겨났고 몸피를 둘러싼 낡은 천에 작은 구멍이 뚫렸다.

"뭐 하는 거야, 류 씨!"

민정이 고무장갑을 집어던지고 달려왔다. 인형들을 낚아챘고, 인형을 들지 않은 손으로 어휴, 하면서 길범의 등을 세게 내리쳤다. 차고 매운 손바닥이 등에 찰싹, 하고 닿자 겨울밤 발가벗고 창문을 열어젖힌 듯 몸이 서늘하게 식었다. 이성이 돌아오는 듯한 느낌과 함께 목덜미에 소름이 돋았다. 민정은 일그러뜨린 얼굴로 길범이 망가뜨린 인형들을 살폈다. 문득 첫 진료 때 노의사에게 들은 질문이 떠올랐다.

"요즘 유난히 화가 늘었습니까? 사소한 일에 어그레시브한 반응을 보인다든가, 갑자기, 불시에, 전에 없던 유난스런 행동을 한 적이 있습니까?"

그래. 병 때문이다. 호르몬 때문이다. 이 유치하고 사악한 짓거리를 내 의지로 했을 리 없다. 길범은 정신 나간 사람처럼 중얼거렸고, 민정은 어떡해, 이걸 어떡해, 하며 서랍장에서 클렌징 티슈를 꺼냈다. 민정은 인형에 묻은 볼펜 자국을 문질러 닦았다. 잉크는 지워지지 않고 번지기만 했다. 흰 토끼는 유독 검게 얼룩졌고, 다람쥐 배는 해져 솜이 드러났고, 부엉이의 깃털 장식은 이음새가 뜯겨나가 꼬리 근처에서 나달거렸다.

"미안해. 내가 똑같은 걸로 사줄게."

길범이 슬그머니 다가가 어깨에 손끝을 얹었으나 민정은 대꾸하지 않았다. 길범은 정체를 알 수 없는 두려움에 부엌으로 피신하듯 몸을 옮겼다. 남은 설거지를 마무리하고 수세미를 털다가, 불현듯 두려움의 정체를 깨달았다. 처음 봤을 때부터 낡아 있던 인형들. 그건 민정이 초등학교 5학년 때 받은 선물이었다. 친구들에게 받았다는 첫 생일선물. 그런데 그 친구들은 지금 세상에 없었다. 그러니까 절대 다시는 구할 수 없는 인형들이었던 것이다.

하지만 인형 사건과 병원 선택은 완전히 별개의 문제라고 생각했다. 다음날 길범은 자신의 주관대로 예약 시간에 맞추어 노의사의 병원으로 향했다. 하필 그날 민정에게 말 못할 일을 겪게 될 줄도 모르고. 진료를 마치고 대기실에서 처방전과 수납을 기다리던 중이었다. 잠시 가정의학과 바깥 복도에 있는 화장실에 들렀다가, 우연히 여자화장실에서 거칠게 통화하는 목소리를 들었다. 간호사였다.

"저희 선생님께서 또 깜빡하셨다고요? 아니 아무리 그래도요, 진료 이미 끝났는데 환자를 어떻게 한 시간이나 더 기다리게 합니까?"

예민하게 청각을 곤두세우던 길범은 목덜미를 시작으로 서늘한 기운이 번져오는 것을 느꼈다. 민정의 성난 얼굴이 아른거렸다. 만약 이 병원에서 어딘가 잘못된다면 민정에게 솔직히 말할 수 있을까. 전신 마취를 하고 수술대에 오르더라도 비밀로 해야 할지 몰랐다. 길범은 초조하게 손톱을 물어뜯다 화장실 밖으로 나온 간호사에게 물었다.

"저, 간호사님, 혹시 뭐가 잘못됐나요?

간호사는 흠칫 놀란 얼굴로 우물쭈물하더니, 앗 잠시만요, 하고서는 전화를 받는 척 복도 끝으로 걸어가버렸다. 찜찜한 기분으로 가정의학과에 들어서자, 진료실 밖으로 나와 있던 노의사가 손짓했다. 그에게 직접 들은 설명은 이러했다. 자신은 의사 가운을 입은 뒤로 갑상샘 환자만 최소 오백 명을 보았다. 검사 결과지 한 장이 누락되기는 하였으나, 다른 수치를 살펴보면 충분히 자신의 예상대로 흘러가고 있다. 굳이 한 시간을 더 기다려 나머지 한 장을 확인한다 하더라도 처방이 달라질 일은 없을 것이다. 걱정과 스트레스가 약 한 알 빠트리는 것보다 더 치명적이니 심려치 말기를 당부한다.

그리고 일주일쯤 지나 모르는 번호로 전화를 받은 것이다. 며칠째 폭염이 지속되던 어느 끓는 오후였고, 길범은 에어컨을 27도에 맞춰두고 딱딱한 거실바닥에 늘어져 있었다. 얼었다 녹기를 반복하는 생선처럼 잠이 깨었다 들기를 되풀이하다 누운 채로 전화를 받았다.

"류길범 씨 되시죠? 건강검진센터 가정의학과 차종석입니다."

노의사의 개인 휴대폰인 듯했다. 그는 대뜸 보스턴으로 여름휴가를 다녀왔다고 고백하더니 가라앉은 쇳소리로 말을 꺼냈다.

"그래서 누락된 검사결과지를 이제야 확인하게 되었습니다."

길범은 바닥을 짚으며 찌뿌둥한 몸을 일으켰다. 하루에도 몇 번씩 몸과 정신이 무너질 것 같던 며칠이었다. 치료를 받기 전으로 되돌아간 듯 한 번씩 극심한 허기가 찾아왔고, 바닥에 굴러다니는 머리카락만 봐도 아무나 붙잡고 싸우고 싶어지던 상태를 모두 폭염 탓으로만 돌려왔다.

"그 용량으로 며칠 더 복용하셨더라면 큰일날 뻔했습니다. 제가 이런 어처구니없는 실수를 하다니요. 의사라는 직업이 마땅한 정년이 없다 보니, 저도 모르게 정신을 놓고 있다 가운 벗을 때를 놓쳤나봅니다. 늙으면 그저 조용히 집에서 책이나 읽다 가야 하는 건데…… 뭐라 드릴 말씀이 없습니다. 고소하십시오."

"예?"

가만히 듣고만 있던 길범은 관자놀이를 쿡 찌르는 듯한 편두통을 느꼈다. 고소라니, 민정이 몇 번이나 옮기라고 경고했던 말을 무시하고 이 병원을 고집하다 의료사고로 고소를 준비한다? 안 될 시나리오였다. 심지어 변호사 비용을 대려면 민정에게 돈을 받아야 할 처지였다. 비웃음만 살 것이었다.

"저기, 선생님, 그냥 지금부터 새로운 처방대로 복용하면 되는 것 아닙니까? 그렇게나 심각한 상황입니까?"

노의사는 그건 아니라고 대답했다. 하지만 그는 거듭 사과했고, 그것만으로는 성에 안 찼는지 장문의 카톡을 보내왔다. 자신이 했던 말을 하나하나 되짚어가며 각주를 달듯 해명했고, 말끝마다 예의 그 자책과 자학을 섞었다. 차라리 워드 파일로 받는 것이 나았을 법한 예순 문장 가까이 되는 메시지는 민망하게도 인생에 대한 반성문 같았다. 마치 지금껏 그가 해온 크고 작은 의료 과실을 모두 고백하기라도 하려는 듯한 회한의 정서가 있었다. 길범은 기분이 이상해졌다. 연로한 전문 직업인의 구구절절한 사과라니. 살면서 이런 사람을 겪어본 적이 있었나. 곰곰이 되짚어보았으나 없었다. 정말 없었다. 그리고 무언가에 홀리기라도 한 듯, 한 달간 바뀐 처방으로 아침저녁 약을 챙겨 먹다 다시 아무 일 없었다는 듯 노의사를 만나게 된 것이었다.

*

무등산에 올라본 적이 없다고 대답하자 노의사는 몹시 아쉬워했다. 그 좋은 곳에 왜 아직도 안 가봤느냐고, 그 반짝이는 은빛 억새를 한 번도 못 본 거냐고 거듭 묻기에 길범은 말을 끊을 셈으로 입을 뗐다.

"서울에서 태어난 저도 남산 한번 제대로 오른 적이 없는걸요."

그러자 노의사는 허공 어딘가 시선을 둔 채 말을 꺼냈다.

"저도 태어난 곳은 광주가 아니라 순천입니다. 아버지가 그쪽에서 병원 일을 하셨거든요. 아버지는 개성 사람이셨어요. 그 시절 의대를 졸업하고 우연히 연고도 없는 순천에 자리를 잡게 되었지요. 제법 큰 병원이었는데…….”

갑작스레 아버지 이야기를 꺼낸 노의사는 내내 손에 들고 있던 서류 차트를 책상 위에 내려놓았다. 본격적으로 말을 할 것 같은 태세에 길범은 곁눈으로 탁상시계를 확인했다. 진료실에 들어와 앉은 지 십 분이 넘어가고 있었다.

“저는 그 병원을 사랑했습니다. 아름다웠거든요. 일본 놈들이 병원을 얼마나 잘 지어놓았는지……. 그 시절 어린 제 눈에도 조선에 있던 건물과는 확연히 달라 보였어요. 그렇다고 일본식은 아니었고, 서양식 석조건물에 가까웠지요. 저는 그 병원 관사의 정원을 참 좋아했습니다. 돌이켜보면 아주 인위적인 프랑스식 정원인데, 아마도 수학적 아름다움이 주는 쾌감이 컸던 것 같습니다. 일본에서 들여온 상록수들을 일본인 조경사가 이리 치고 저리 쳐서 꾸민 서양식 정원이라니, 참 재미있지 않나요? 그런데 아이러니하게도 그 정원에서 가장 도드라지는 것은 감나무였어요. 키 큰 어른도 한 품에 목대를 다 안을 수 없는 커다란 과실수요. 엄밀히 말하면 정원의 계산된 아름다움에 완전히 위배되는 교목이었죠. 아마 전부터 그 터에 자라던 나무 중 베지 않은 것은 그 감나무가 유일했을 겁니다. 유난히 줄기가 높고 가지와 잎이 풍성해 감을 따지 않고 두고만 보던 교목. 새들이 많이 와 지저귀던 시끄러운 나무…….”

노의사는 테이블 위에 놓인 감나무 분재를 물끄러미 응시했다. 길범은 그의 시선을 따라 분재 화분을 바라보았다. 구불구불 그림처럼 뻗은 가지에는 이제 막 주홍빛으로 익어가는 조그마한 감들이 매달려 있었다. 그러고 보니 감이 열리기 전까지는 진료실에 놓여 있던 화분이 감나무라는 것을 전혀 눈치채지 못했다. 저렇게나 작고 늙어 보이는 감나무라니. 노의사는 떨어진 이파리 하나를 흙에서 골라내며 말을 이었다.

“의사라는 직업이 그래요. 사고라는 것이, 병이라는 것이, 사람 봐가며 오지는 않잖아요. 그게 친일 경찰일 수도 있고 남로당원이거나 극우 청년일 수도 있는 거예요. 막상 아파서 실려온 환자에게 당신은 어느 쪽이냐, 들리면 오른쪽 눈, 왼쪽 눈을 깜빡여보라고 할 수 있겠습니까? 아버지는 그 시절 개성 억양을 쓰는 외지인으로 고초를 많이 겪었습니다. 요새 말로도 부역자라고 하나요? 인도적 의료행위가 적극적 부역이 되어 고문도 당하셨어요. 후유증으로 수전증이 왔죠. 외과의에게 수전증이라니, 사망선고나 마찬가지였죠.”

노의사는 차트 옆에 놓인 볼펜을 집더니 뚜껑을 딸깍, 닫아 흰 가운의 가슴 주머니에 꽂았다. 가정의학과 전문의 차종석이라는 자수가 박혀 있는 주머니 아래에는 언젠가 뚜껑을 닫지 않고 볼펜을 꽂은 적이 있는지 푸른 잉크가 동그랗게 번져 있었다. 그 유난히 파랗고 동그란 얼룩 때문이었을까. 노의사의 모습에 어린아이의 모습이 겹쳐 보였다. 병원 담장 앞에 쪼그리고 앉아 흙장난을 하고 있는 다섯 살의 종석이.

'쩌기 사람이 죽어 시체가 있다네!' 동네 아이들이 흙먼지를 일으키며 달려와 소리친다. '시체?' 종석은 손을 털고 일어나 아이들을 따라 뛰기 시작한다. 경찰서 앞에는 이미 마을 어른들이 웅성웅성 나와 있다. 아낙 하나가 쓰러지며 오열하고, '아가, 저짝으로 가라.' 한 어른이 아이들을 쫓아낸다. 종석은 어른들 다리 사이를 비집고 들어가 세 구의 시신을 보았다. 그들은 나지막한 바위에 나란히 눕혀져 있었다. 몸통엔 각각 검정치마가 둘러져 있고, 해진 저고리 고름엔 구부러진 놋숟가락이 하나씩 묶여져 있다. 종석은 그 장면을 호기심 어린 말간 눈 속에 담았다. 기역자로 구부러뜨린 놋숟가락을 기억해두었다. 밤이 되어서야 관사로 돌아온 아버지에게 종석은 달뜬 목소리로 묻는다. '아부지, 아부지, 나 오늘 시체를 셋이나 봤는데요, 왜 가슴에 숟가락이 묶여 있어요?' 아버지는 엄한 목소리로 타이르듯 말한다. '종석아, 불쌍한 사람이 죽는 건 구경거리가 아니다.' 올려다본 아버지의 얼굴은 느닷없이 너무도 까마득하고 슬퍼 종석은 자기도 모르게 울음을 터뜨린다.

"대체 그 놋숟가락은 뭐였을까요. 누군가의 애도였을까요? 아니면 그저 그들이 가진 전부였을까요? 여전히 진실을 알 길은 없지만 저는 지금도 그 숟가락이 왜 거기 있었는지 불쑥 궁금할 때가 있어요."

노의사는 잠시 말을 멈추고 돋보기안경 사이로 손가락을 넣어 축축한 눈 밑을 닦았다.

"그러니까 좀 전에 말한 그 감나무 말입니다. 이건 제가 태어나기 전의 이야기라 훗날 아버지께 들었는데요."

길범은 어느새 이야기에 빠져들어 경청하고 있었다.

순천으로 군대가 내려오던 1948년의 늦가을. 만삭의 어머니가 출산하러 친정 전주에 올라간 사이, 병원으로 어떤 무리가 죽창을 가지고 들어왔다. 예의 그 부역자를 색출하겠다는 명목이었다. 몇 해 전까지만 해도 친일 의사로 몰려 고초를 당한 아버지는 어느새 부역자가 되어 있었다. '고 빨갱이 의사 놈 어디로 숨었다냐? 싸게 찾아서 조사버려!' 무리는 개성에서 온 빨갱이 의사를 찾겠다며 병원과 관사를 수색했다. 아버지는 그들이 관사 안으로 우르르 몰려간 사이 정원으로 나와 감나무 위로 올라갔다. 수술용 장갑을 끼고 나무를 탔다. 일본인 조경사가 전정을 하지 않아 가지와 잎이 무성한, 따지 않은 감들이 주렁주렁 매달려 있는 교목의 품 안으로 왜소한 몸을 숨겼다.

노의사는 잠시 이야기를 끊고 길범을 바라보았다.

"류길범 씨, 감이라는 과일이요, 일부러 따지 않으면 얼마나 오래 붙어 있는 줄 아십니까?"

"글쎄요. 모르겠는데요. 제가 살면서 감나무 볼 일이 없어서요."

길범은 고개를 내저었다. 분명 오며가며 스쳐지난 적은 많았을 것이다. 하지만 인상에 남은 감나무는 한 그루도 없었다.

"저는 첫눈 올 때까지 매달려 있는 경우도 왕왕 봤답니다. 훗날 아버지는 농담처럼 말씀하셨어요. '만약 그 나무가 감나무가 아니라 밤나무였더라면, 우리 종석이 이만큼 자란 모습을 볼 수 있었을까.' 그 동네 집집마다 심겨 있던, 조금 높다 싶은 나무는 거의 감 아니면 밤이었거든요. 일본인 조경사가 토종 나무를 싸그리 베어내고, 네모 반듯 다듬은 아담한 일본 측백뿐이었더라면, 혹은 아버지 말씀대로 정원에 남긴 나무가 가시 열매가 달린 밤이었더라면, 당신은 제가 태어나던 해에 죽었을 거라고요. 반평생 가꾼 정원이 눈에 밟혀 결국 조선에 남은 일본인 조경사와 같은 날 죽었을 거라고요. 류길범 씨는 밤송이 만져본 적 있어요? 밤송이 맞으면 피 봅니다. 눈에 맞으면 실명할 수도 있고요."

길범은 그제야 노의사의 얼굴을 유심히 살폈다. 눈이 굉장히 컸다. 그건 아마 그의 코에 걸린 돋보기안경 때문일지도 모르겠지만, 볼록 렌즈의 두께를 감안하더라도 서글서글하게 큰 눈이었다. 그가 언젠가 저 큰 눈에 밤송이를 맞고 고생한 적이 있었을지도 모르겠다는 이상한 망상이 일었다.

"생각해보니 저는 밤송이를 만져본 적도 없네요. 마트에 가면 깐 밤만 있다 보니."

길범이 어색하게 웃어 보이자, 노의사는 허허, 웃고는 탁상시계를 확인했다.

"이런, 늙은이 넋두리가 지나치게 장황했네요. 늙을수록 말을 줄여야 한다고 하루에도 몇 번씩 다짐하는데…… 다짐이라는 게 사흘을 못 가네요. 그런데 어쩌다 말이 이렇게 길어졌지요?"

"글쎄요, 추석 때문이었나요?"

"참, 그랬지요. 마침 또 추석이 다가와서요."

추석을 잘 보내라는 덕담을 나누고서 진료실을 나서려는데, 그제야 노의사가 차트를 집어들고 본인의 일을 했다.

"다행히 류길범 씨의 갑상샘 수치가 거의 정상에 근접했어요. 약은 한 알로 줄이고 보름 뒤에 봅시다."

길범은 꾸벅 고개를 숙여 인사했다. 간호사에게 처방전을 받아서 가정의학과를 나오니, 정확히 삼십 분이 흘러 있었다. 노의사는 더하고 덜 할 것도 없이 길범이 예약시간에 늦은 만큼의 시간만 썼다.

*

지하주차장에서 길범은 민정에게 카톡을 남겼다. '회사 앞으로 갈게. 오랜만에 거기 꼬막집이 가고 싶네.' 민정이 근무하는 양재동 본사 주소를 아무렇지 않게 내비에 찍으면서, 길범은 꼬막무침의 짭짤하고 고소한 맛을 떠올렸다. 새삼 너는 자존심도 없느냐는 질문을 왜 들었는지 알 것도 같았다. 잘린 지 몇 달 되지도 않은 회사에 침이 고인 채로 운전해 가려는 꼴이라니. 무던하지만 그래서 무심한, 무디고 무던 성격.

"그래서 나는 류 대리가 참 좋기도 하고 싫기도 해."

한참 연애를 시작할 무렵이었나, 아무튼 그 무렵 민정에게 들은 말이었다. 길범은 차를 몰고 지상으로 빠져나왔다. 차창을 내리니 아직 훈기를 품은 건조한 바람이 차 안으로 불어들었다. 타도와 석방을 외치던 깃발 무리는 그사이 해산했는지 길범이 지나는 대로에서는 눈에 띄지 않았다. 감나무와 밤나무, 길범은 노의사의 이야기를 가만히 곱씹다가, 문득 '라면의 밤'을 떠올렸다. 라면봉지를 뜯어 민정의 말을 끊어버린 것이 불과 얼마 전 일이었는데. 자신이 누군가의 이야기를 이렇게나 집중해서 들었다는 사실이 새삼 놀라웠다. 어떻게 그럴 수 있었을까. 정말 노의사의 진단대로 몸이 거의 회복된 걸까.

서울 도심이 38도까지 오르던 날이었다. 길범은 민정이 출근한 낮 동안 수박 한 통을 비웠다. 인스턴트 물냉면 두 봉지와 아이스크림도 세 개나 먹었고, 양념치킨 한 마리를 해치우고 우유 1리터에 시리얼도 먹었다. 이상하게도 그날은 유난했다. 좀처럼 자다 깨는 일 없던 길범이 배가 고파 눈을 뜰 정도였으니까. 햄버거를 아무리 먹어도 허기진 꿈에 시달리다 번쩍 눈을 떴는데 안방으로 빛이 들어오고 있었다. 두런두런 말소리도 들렸다. 거실로 나가보니 민정이 토끼와 부엉이와 다람쥐 인형을 앞에 두고 혼잣말을 하고 있었다.

"지금 누구랑 말하는 거야?"

길범이 조심스레 다가가 물으니, 민정은 반짝이는 눈으로 그들을 소개했다.

"누구긴, 소이랑 동연이랑 준호잖아."

"아……, 그, 그래."

소이, 동연, 준호.

길범은 그들이 누군지 알았다. 광주의 한동네에서 태어난 80년생 동갑내기들. 대학 입학식을 며칠 앞두고 사고가 있었다. 면허 딴 지 일주일 된 소이가 운전대를 잡았다. 조수석 앞뒤로 준호와 동연이 앉았다. 민정은 그날 새로 산 알록달록한 봄옷을 몇 벌씩 걸쳐보다 그냥 두툼한 솜 패딩을 선택했다. 그 미쉐린 같은 옷이 에어백 역할을 해주었다. 넷 중 유일하게 그 차에서 살아남게 했다. 중환자실에 누워 있던 민정은 뒤늦게 친구들이 죽었다는 사실을 알았다. 겨울이 지나고 봄이 오고서야 한 끗 차이로 혼자 살아남았다는 것을 알게 되었다. 길범은 그 사건을 장모에게 들어 알고 있었다.

그래서 민정이 친구들에 대한 이야기를 더 꺼내려던 순간, 찬장에서 요란하게 냄비를 꺼내고 라면봉지를 뜯었다.

"나 라면 끓일 건데, 먹을래?"

민정은 1부터 시작해서 아주 세세하게, 시시콜콜한 기억까지 통시적으로 늘어놓는 버릇이 있었으니까. 성실하고 집요한 사관(史觀) 같은 면이 있었으니까. 소이, 동연, 준호에 대한 이야기라면 분명 동 트는 것을 보게 되지 않을까. 그 이야기를 과연 잠자코 들을 수 있을까? 길범이 느낀 그 순간의 배고픔은 일반적인 허기가 아니었다. 호르몬 이상에서 비롯된 병적인 허기였다. 당장 채우지 않으면 저 세 인형의 목을 비틀어버릴지도 모를, 이 결혼생활을 나락으로 떨굴지도 모를 아사 직전의 허기였다. 그래서 길범은 이야기의 싹을 바로 차단하고 라면을 끓였다.

다음날 아침, 출근 준비를 하던 민정이 머리를 말리다 말고 물었다.

"새벽에 라면 먹었어? 어쩐 일로 우리 류 씨가 자다 깼을까? 그 이상한 노인네 뭔가 약을 잘못 준 거 아냐?"

민정은 노의사의 오진을 짚어냈지만, 지난 밤 일은 기억하지 못했다. 길범이 라면 냄비를 식탁 앞으로 들고 왔을 때, 소이, 동연, 준호를 거실에 두고 다가와 젓가락을 빼앗아 들던 일을, 라면을 먹다 말고 낯선 얼굴로 서럽게 오열한 일을, 어린 민정으로 돌아가 친구들과 수다 떨던 일을 전혀 기억하지 못했다. 길범은 그 일에 대해 곰곰이 따져보려다 머리를 감싸쥐었다. 아무래도 인형을 망가뜨리는 것이 아니었다. 함부로 찌르는 것이 아니었다. 역시 병 때문이었을까. 호르몬이 문제였을까. 하지만 반대로 아주 건강해서, 밤중에 깰 일이 없어서, 민정의 일을 영영 모르고 넘어갔더라면, 평생 무디고 무딘 사람으로 곁에 머무르게 되었더라면…….

길범은 한남대교에 들어서며 오른쪽 창 너머로 노을이 내리는 것을 보았다. 하늘은 잘 익은 단감색으로 번져가고 있었다. 감은 서서히 짙어져 곧 밤을 불러올 것이었다. 가시 껍데기 속 반들반들한 열매의 색을 입을 것이었다. 민정은 얼마나 오랜 밤을 홀로 깨어 있었을까. 낡아가는 인형들을 앞에 두고 기억을 휘젓고 온 어둔 밤이. 길범은 한 번도 가늠해본 적 없었다. 아버지 제사에 빠지고 어느 햄버거 집에서 치렀다는 5월의 조촐한 생일 파티, 친구들에게 받은 어여쁜 인형 세 개를 품에 안고 집으로 조심조심 돌아왔을 그 밤의 시간들을, 한 번도 헤아려볼 생각을 한 적이 없었다.

　문득 궁금해졌다. 순천의 그 병원에는 정말 그런 높다란 감나무가 있었는지, 무등산 꼭대기에는 진짜 머리 긴 군인들이 있었는지. 그저 은퇴를 앞두고 한산한 병원에 출근한 노의사가, 이야기가 취미인 고상한 어르신이, 의대 68학번 카톡방에는 섞이고 싶지 않아서, 광장으로 내려가 산책하는 것은 원치 않아서, 탁상시계를 흘끔 확인해가며 예약시간에 늦은 만큼만 이야기를 써본 것은 아니었는지……. 한 시절 마음을 쏟았던 직장 앞에 차를 세우고, 길범은 잠자코 눈앞에 그려보았다. 세 친구 가슴에 놓여 있는 놋숟가락을. 구부러진 감과 밤의 시간을. 그리고 민정의 퇴근을 기다렸다.

숨 쉬는 것부터
인간

숨을 참는 것만으로 죽는 것이 가능할까. 해원은 숨 쉬는 것이 의식될 때마다 호흡을 멈추어보곤 했다. 이른 아침 호석의 전화를 받았을 때도 해원은 숨을 참아보던 중이었다. 일 초, 이 초, 삼 초, 사 초, 이십 초, 삼십 초……. 대뜸 빈집 채우는 일을 도와달라는 부탁을 듣기 전까지 숨을 참은 채로 초침을 세고 있었다. 빈집을 채우다니? 해원은 호석과 살던 남 선생이 드디어 짐을 뺐을 거라 추측했고, 몇 달 전 받은 문자를 곱씹었다.

나 먼저 수아 만나러 간다.

아침부터 호석의 동네로 넘어와 마트를 돌고 다시 그의 차에 오른 것은 결코 내켜서 하는 일이 아니었다.

"이봐, 다 왔어."

호석의 목소리에 해원은 가슴을 짓누르고 있던 안전벨트를 풀었다. 썩은 나무판과 의자 다리가 입구에 널브러져 있는 허름한 단층 건물. 차를 세운 곳은 중고 가구점이었다. 매장 안으로 들어서자 묵은 먼지와 오래된 나무 냄새가 콧속으로 파고들었고, 해원은 코 대신 양손으로 귀를 막았다.

"소파만 사면 돼. 장롱이랑 식탁은 붙박이…… 으아악취!"

해원은 숨을 훅 들이쉬며 차문을 열었다. 말하다 말고 예고 없이 내지르는 비명 같은 재채기로 지겹게 싸우던 때가 언제였나. 이십 년 전인가, 이십오 년 전인가. 햇수를 헤아릴 수도 없는 아득한 과거의 일이다. 남 선생도 그와 십 년 넘게 살았으면 한 번은 작정하고 지적했을 텐데, 여전히 고치지 않은 걸 보면 아마 죽을 때까지 못 고치겠지. 습관처럼 들숨을 머금은 채로 서 있는데 서늘하고 보드라운 감촉이 팔에 닿는다.

"정말 숨 막히지?"

그 감촉은 해원의 팔을 잡아 가구점 안쪽으로 끌어당긴다. 잿빛 가구들이 눈에 들어오자 하려던 말이 떠오른다.

"수아야, 좁은 집에 저런 어두운 색은 못 쓴다니까."

"왜, 난 어두운 게 좋은데."

"그럼 딴 엄마랑 오든지. 그 엄마는 너 좋다는 거 다 그냥 좋다 좋다 한다며."

"둘러보세요. 어제오늘 물건이 많이 들어왔어요."

해원은 가구들 사이로 느닷없이 나타난 남자를 찬찬히 살폈다. 춘장이 거뭇하게 묻어 있는 입가와 번들거리는 소재의 하와이안 셔츠를 보았다. 어느새 옆에 있던 수아는 사라지고 눈앞은 중고 가구점. 소파 위에 콘솔이 올라가 있고 의자는 마구잡이로 겹쳐져 있는 곳. 그 엉망으로 진열된 가구와 낯선 가구점 주인 옆엔 머리가 희끗한 호석이 서 있다. 수아가 없는 현실로 되돌아오는 시간이 점점 길어지고 있는 것이다.

호석은 자장면 냄새를 풍기는 가게 주인과 함께 매장을 돌면서 적갈색 가죽소파 외에도 헤드가 떨어져나간 돌침대와 텔레비전 받침대를 더 골랐다. 용달비까지 현금으로 결제하고 사은품으로 플라스틱 쓰레기통을 받아 나오는데, 주차된 차 앞에서 호석이 다시 으아악취, 하고 재채기를 했다.

"새 가구점엔 못 들어갈 것 같았어. 새 가구점은 뭘까, 다시 새 가구를 들인다는 것이……."

호석은 말끝을 흐리며 운전석에 올랐고, 차 열쇠를 손에 쥔 채로 코를 훌쩍였다. 그래, 상실을 양으로 따질 수 있다면 당신은 나의 두 배를 잃었다고 볼 수도 있겠지. 먼저 보낸 자식 둘에 두 명의 아내까지 더한다면 두 배로 고통스러워야 인간이겠지. 마침 그가 창 쪽으로 슬그머니 고개를 돌리기에 말했다.

"안 볼 테니까 뒷좌석 가서 시원하게 울든지."

"누가 운다고 그래. 넘겨짚는 버릇 여전하구만."

"그런 소리 듣기 싫음 코라도 좀 풀어."

코를 풀고 운전대를 잡은 호석의 얼굴은 마른 모래로 세수라도 한 듯 푸석해 보였다. 해원은 에어컨 바람 세기를 높이며 호석이 뱉었던 단어를 곱씹었다. 새 가구점? 가구점이면 가구점이지 새 가구점은 뭐람. 수아는 남 선생을 그냥 엄마라고 불렀다. 몇 년 본 것도 아니고 같이 산 적도 없는데 호칭도 지칭도 그냥 엄마였다. 해원과 같은 엄마.

'절대 자책하지 마.'

수아는 왜 그렇게 말했을까. 그 선뜩한 메시지를 확인한 순간 해원은 자책의 감옥에 갇혀버렸다. 이를테면 다른 부부는 보통 자식을 잃고 헤어지는데 해원과 호석은 헤어지고 자식을 잃었다는 것. (세상 빛을 못 본 둘째는 치지 않았다) 서로를 너무 미워한 나머지 번갈아가며 우울증을 앓았다는 것. 불면으로 밤새 켜놓았던 거실등과 정규방송이 끝나도 끄지 않은 텔레비전. 한 시절 영양제처럼 식탁에 두고 먹던 수면보조

제. 이런 일상적인 일부터 시작해 무심히 지나쳤을 수많은 미친 짓들.

그런 과오를 떠올리지 않기 위해 골똘히 다른 세계를 만들어야 했다. 해원이 만든 어떤 세상에서 수아는 여전히 삶을 이어가고 있었다. 대학도 무사히 졸업하고 미국으로 유럽으로 여행도 다니고 새 차를 뽑아 자랑도 하고. 그렇게 만든 세상은 꽤 여러 개 됐다. 오늘 호석이 산 물건의 가짓수보다 더 많을지도 모른다. 나름의 방식으로 무던히 애를 써야 했던 십 년이었다. 그러고 보면 자책이란 얼마나 손쉬운 도피 수단인가. 사람의 마음을 온순하게 다스려주는 간편한 진정제를 절대 쓰면 안 된다니.

호석의 아파트 주차장에 차를 세워두고 상가 일식집에서 초밥 세트를 시켰다. 호석은 간장 종지에 고추냉이를 섞으며 궁금하지 않은 이야기를 늘어놓았다.

"남 선생은 요리를 아예 못했어. 맨날 밖에서 사먹었지. 그마저 입맛이 달라 각자 다른 식당에서 먹었는데……."

한 접시에 두 피스씩 담겨 나온 초밥을 정확히 한 줄만 비운 호석이 남은 초밥을 빤히 보며 중얼거렸다.

"당신은 입맛이 아예 없나봐."

해원은 젓가락을 탁, 내려두고 통유리 밖의 공원을 내다

보았다. 횡단보도에 서 있던 아이들이 초록으로 바뀐 신호에 줄지어 길을 건너고 있었다. 해원이 남긴 초밥도 마저 비운 호석이 나가사키 짬뽕 한 그릇을 더 시켰다. 해원은 짬뽕 국물을 게걸스레 들이켜는 그의 낯선 모습을 당황한 듯 바라보다 다시 고개를 돌렸다. 호석이 급하게 비운 그릇을 내려놓으며 물었다.

"속이 더부룩하네. 공원이나 좀 걸을까?"

해원은 싫다고 말하고 싶었다. 목적 없이 나란히 걷는 것. 늦은 오후의 고요한 산책 같은 것. 그런 가당치도 않은 것을 호석과 나누고 싶지 않았다. 하지만 어디선가 한 번은 봤을 법한 범상한 풍경이 예사롭지 않은 회화처럼 해원을 끌어당겼다. 공원 옆 차도를 통제하고 가로수길 따라 늘어선 좌판과 그 길을 조밀하게 메우며 걷는 사람들이 뿌연 유리창 너머로 어른거렸다. 이상하게도 그 안에 파묻혀 걷는 것이 지금 꼭 해야 할 일 같았다.

돗자리 위에 무더기로 쌓여 있는 옷가지들, 유행이 지난 가방과 구두, 이가 나간 코렐, 웨지우드를 흉내낸 찻잔. 팔려고 내놓은 것인지 의심되는 조악한 물건부터 어설프게 제작해온 수공예품들까지. 대체 저런 걸 누가 살까, 생각하는데 팔 안쪽이 유난히 깔끄럽다. 몸을 살펴보니 급하게 입고 온

셔츠에 보풀이 곰팡이처럼 번져 있었다. 십 년간 구입한 직물이라고는 면 팬티 몇 묶음과 양말이 전부다. 마지막으로 산 옷은, 그걸 옷이라고 부를 수 있을지 모르겠지만, 염을 하던 노인이 이렇게 멋진 삼베는 처음 만져본다고 감탄했다던 수아의 마지막 옷이다.

"이렇게 멋진 수의는 처음 만져봤대요."

쓰러져 누워 있다 물끄러미 고개를 들어 누군가로부터 전해들은 말. 좋다는 말 대신 가져온 멋지다는 표현. 그 말을 누가 전해줬더라……. 해원은 마음속 깊이 각인된 말을 곰곰이 되새기며 앞을 내다보았다. 산책로를 따라 늘어선 끝이 보이지 않는 매대를 훑어보았다. 들어선 곳은 초입이 아닌지 돗자리에 붙은 번호판이 라-180번대다.

"주말마다 벼룩시장이 열리는데 사람은 늘 이 정도 돼."

무심히 번호판을 들여다보는데 언제 다가왔는지 호석이 묻지도 않은 것을 설명했다. 해원은 호석으로부터 한 걸음 떨어져서 헌책 매대 앞에 멈추어 섰다. 개미 1~3, 잉여 인간, 앵무새 죽이기, 인간 실격……. 낡고 오래된 책들의 제목을 눈으로 훑다 비닐을 뜯지 않은 유아용 전집에서 시선을 멈추었다. 매끄러운 비닐 포장을 가만히 손으로 쓸어보았다. 그런 시절이 있었지. 사다준 옷을 입고 골라준 책을 읽던 때가, 보여준 만큼만 세상을 볼 수 있던 때가. 아가, 세상은 이렇게

나 아름답단다. 너는 무엇이든 될 수 있단다. 그 거짓말 가득한 세계만큼이나 몽글몽글 작고 귀여웠던 때가. 조그마한 수아가 금방이라도 뛰어올 것 같다. 예뻤지. 어디 하나 예쁘지 않은 구석이 없었지. 둘째는 어땠을까, 둘째는…….

둘째는 제사상과 맞바꾸었다. 부른 배를 이끌고 일곱 시간 차를 몰고 시가에 내려가 불 앞에 쪼그리고 앉아 전을 부치고, 물 한 잔 제 손으로 뜨지 않으려는 호석의 가족들을 수발하고, 돌아오는 주에 다리 사이로 피와 함께 흘려보냈다. 둘째라는 상대적 지칭이 그 애의 이름이 되었다. 어떻게 인과가 없을까. 그때가 떠오르면 손이 떨렸다. 허벅지살을 잡아뜯고 싶은 충동을 억누르기 위해 에쎄 라이트를 꺼내 불을 붙이자, 호석이 갑자기 다가와 담배를 빼앗았다.

"이봐, 사람들 안 보여? 여자가 정숙하지 못하게."

그러고 보니 아이들이 많이 보인다. 물총, 레고, 색칠공부책이 소박하게 나열되어 있는 돗자리 앞엔 열두 살쯤 되는 듯한 남자아이가 서 있다. 아이의 목에 걸린 노란색 참가증을 물끄러미 바라보았다. 웬 애들이 물건을 팔러 나왔을까. 등록에 나이 제한은 없나.

"학교에서 무슨 체험 활동인가 현장학습인가, 점수를 주는가봐."

호석이 그런 걸 어떻게 알고 있는지 순간 의아했는데, 그

가 이 지역 공립학교를 돌며 스무 해 넘게 교편을 잡아온 초
등교사와 십여 년 살았다는 사실이 떠오르자 수긍이 갔다.

"그럼 남 선생네 애들도 있겠네."

해원이 무심히 읊조리자, 호석의 얼굴에 당혹스러운 빛이
스쳤다.

"남 선생 애?"

"남 선생이 가르치는 애들 말이야. 남 선생네 반 애들이라
든가."

"아, 뭐……."

남 선생은 한 번 봤다. 수아 대학교 입학식 때니까 벌써 십
이 년 전인가. 호석은 늘 그렇듯 회사 일이 바쁘다며 참석을
못했고, 남 선생과 해원만 각기 다른 꽃다발을 들고 학교를
찾았다. 제게도 수아는 유일한 딸이에요. 다정하고 명석하고
사려 깊고. 따로 아이를 가지지는 않겠다고 신과 약속했답니
다. 아이를 낳지 않겠다는 굳이 하지 않아도 될 선언, 종교의
본질과는 상관없는 종교적 첨언, 학생을 가르치다 혼기를 놓
쳤다는 구차한 변명. 교단에 서는 자의 언사가 저렇게 경솔해
도 되나. 그렇게 어리석으니 호석 같은 인간을 만난 거라고,
불운이란 이유 없이 깃드는 게 아니라고, 해원은 생각했다.

돌이켜보면 그렇게까지 매도할 일은 아니었는데, 그날 남

선생의 옷차림 때문이었을까. 어깨가 봉긋한 옥색 블라우스에 홍매색 항아리 스커트. 해원이 굳이 미술을 전공한 사실을 스스로 상기하지 않더라도, 그 차림은 분명 촌스럽고 남사스러웠다. 새순이 트고 있는 캠퍼스에 갓 입학한 새내기들보다 튀는 옷차림이라니. 입학식부터 눈두덩을 잿빛으로 칠하고, 김대식의 화풍 같은 기괴한 프린트의 원피스를 걸친 수아만으로도 낯이 뜨거워지는데, 근본 없는 디자인의 옥색 블라우스에 홍매색 항아리 스커트라니. 해원은 이상하리만큼 그 옷차림이 거슬렸다. 자신이 입고 있던 아끼는 카멜색 트렌치코트를 벗어 당장 가리라고 건네고 싶을 만큼 꼴 보기 싫었다. 드디어 네 아빠가 수준에 맞는 연분을 찾은 것 같다며 은근슬쩍 두어 걸음 떨어져 빈정대다가 수아에게 한 소리 들었다.

'말 가려 해. 여기 집 아니야.'

호석이 공원 화장실에 들른 사이 해원은 중고장터를 빠져나왔다. 공원 앞 보도블록을 따라 얼마간 걷는데 이내 호석의 아파트 앞이다. 고개를 들어 25층 건물을 올려다보았다. 몇 층이라고 했더라. 호석이 한참 매달려 있었다는 그 베란다 난간이. 떨어지면 즉사할 수 있는 높이일까. 애매한 높이로 장난친 것은 아니겠지. 당연한 얘기지만 그의 집엔 한 번도 가본 적이 없다. 남 선생이 차려준 소금기 없는 식단에 대한 이야기만 수아로부터 몇 번 전해들었을 뿐. 호석이 어디선가 불룩한 비닐봉지를 들고 나타났다. 해원은 단내를 풍기는 그것을 물끄러미 바라보다 물었다.

"용달 올 때까지만 있다 가면 되는 거지?"

해원은 이렇게까지 해야 되나 싶으면서도 호석을 따라 아파트 입구로 들어섰다. 호석은 14층 집에 발을 들이자마자 다시 배를 잡고 화장실로 들어갔다. 그러게 위장도 약한 인간이 초밥에 짬뽕에 무리해서 먹어대더라니.

아파트엔 정말 수저 한 벌 남아 있지 않았다. 포장이사가 방금 다녀간 집처럼 완전히 비었다. 남 선생은 어떻게 이렇게까지 모든 걸 쓸어가듯 가져갔을까. 해원은 중고장터 같은 곳을 떠돌아다닐 어느 재혼 부부의 세간을 상상하며 방마다 문을 열어보았다. 텅 빈 사각의 공간들은 베란다마다 확장을 해서인지 더 휑뎅그렁했고, 걸음을 내딛을 때마다 발소리가 울려 자기도 모르게 발뒤꿈치를 들게 되었다. 어디선가 못 박는 소리까지 더해져서인가. 한 면씩 벽을 채운 월넛색 붙박이장이 여러 개의 관을 이어붙인 듯 보였다. 끝없이 사람의 기분을 끌어내릴 음울함이 고여 있는 집이었다.

북향으로 나 있는 작은 방 붙박이장에 호석의 소지품이

있었다. 찌그러진 위스키 상자와 유통기한이 지난 컵라면, 옷깃이 변색된 셔츠와 소매가 닳은 담청색 회사 점퍼. 그리고 옆으로 눕혀진 007 서류 가방. 해원은 서해 갯벌의 진흙처럼 탁하게 바랜 소가죽 가방을 물끄러미 바라보다 방바닥으로 내려놓았다. 백화점 세일 때 해원이 이 가방을 고르면서 비밀번호를 설정했다. 0420. 수아의 생일이다. 지금 수아의 나이보다 한 살 어린 가방이 따깍, 소리를 내며 열렸다.

만지면 바스락 부서질 것 같은 빛바랜 영수증 쪼가리와 녹슨 일회용 면도기, 눌어붙은 볼록한 안주머니. 이건 뭐지…… 면도칼을 뽑아 안주머니 입구를 갈랐더니 색동 복주머니가 나왔다. 해원은 묵직한 복주머니를 손에 쥐고 잠시 허공을 바라보았다. 당연히 수아가 챙겼을 거라고 생각했는데. 그 얌전하던 애가 서울에서 경포대까지 오토바이를 타고 갔을 때, 병원에서 연락이 왔을 때, 그래서 한동안 끊었던 졸피뎀을 다시 복용해야 했을 때, 그즈음에 장롱에 넣어뒀던 패물과 함께 챙겼을 거라고, 아무 금은방 같은 데다 헐값에 팔아 경비로 썼을 거라고 짐작했다. 그 일로 수아를 얼마나 추궁하고 윽박질렀나. 제 방으로 들어가려던 수아의 옷을 확 잡아채던 감각이 손끝에 되살아나는 듯했다. 피어싱을 한 붉은 혓바닥이 그려진 티셔츠가 찢어져 해원을 농락하듯 너덜거렸지. 대체 그게 왜 여기 있을까. 수아가 오래전에 훔쳐서

팔았어야 할 돌반지가 왜 여기에 있지. 돌반지를 바닥에 쏟아놓고 멀거니 앉아 있는데 호석이 방으로 들어왔다.

"이거 당신이 챙겼어?"

호석은 그제야 돌반지라는 걸 알았다는 듯 작아진 목소리로 중얼거렸다.

"그러게 이게 왜 여기에 있지……."

"몰랐던 것처럼 말하네."

"……."

"설명해봐."

"……."

"설명 좀 해보라고."

"정말 몰랐어. 가방을 연 적이 없었거든. 하나뿐인 딸내미생일을 잊어서, 가방을 열 수가 없었다고……."

호석이 거의 울먹이듯 말해서, 해원은 더 뭐라 캐물을 수 없었다. 돌이켜보니 해원도 언젠가부터 달력에 수아의 기일만 표시하고 있었다. 수아의 생일이라니. 생일이란 말이 왜 벌써 낯설게 느껴질까. 수아 첫돌 때 호석은 도쿄-오사카 출장 중이었다. 저 007 가방을 들고서 세상에서 가장 중요하다는 회사 업무를 보고 있었다. 그래도 그렇지 어떻게 자식 생일을 잊지. 해원은 멍한 얼굴로 같은 말을 중얼거렸다. 그래도 그렇지, 그런데…….

"⋯⋯하나뿐인 딸내미?"

해원이 되묻자 호석은 방 안을 서성이다 슬그머니 코를 푸는 척 자리를 피했다. 하나뿐인 자식이란 말을 쓰면 더는 안 보겠다고 경고하던 날들은 또 언제였던가. 해원은 앉은 채로 엉덩이를 끌고 가 벽에 등을 기댔다. 증오의 무서움이 여기에 있다. 그 끔찍한 싫음을 생각하지 않으려고 지나치게 힘을 쓰다 보면 오히려 지독하게 몰두해 있었다는 사실만 잿더미처럼 남는다. 그렇게 날린 시절에 더 얽매이지 않기 위해 실은 한때 그 추함에 매료됐었다고 때때로 자신을 기만해야 할 때도 있었다. 추함, 흉측함, 수아의 티셔츠에 그려져 있던 징그러운 혓바닥 같은 것, 수아의 원피스에 수놓아져 있던 기괴한 추상화 같은 것. 어쩌면 대학 시절 내내 끈질기게 해원을 쫓아다니던 서양화과의 김대식도 그 비슷한 종류의 것이었을까.

어느 날 12호 크기의 유화가 집으로 배달 왔다.

칙칙한 색감의 투박한 동심원과 정체 모를 생물을 잘게 갈아 뿌린 듯한 점들. 징그럽고 섬뜩한 감각 끝에 이상한 감상이 틈입해 들어왔다. 살아 있는 모든 것은 존재를 깨닫는 순간 곧 죽음을 추구해야 한다, 네가 태어나 해야 할 일은 오직 그뿐이다,라고 관자놀이에 주사기를 찔러넣는 것 같았다. 해원은 그 소름 끼치는 물건을 당장 쓰레기장에 버리려 했지만 호석이 그것을 가로막았다. 정 못 보겠다면 안 보이는 곳에 두겠다며 그림을 챙겼다.

그 일이 있기 전, 수아의 준비물을 사러 문구점에 갔다가 목탄 한 자루를 산 적이 있었다. 남편이 출근하고 딸이 학교에 간 빈 거실에서 옷을 벗었다. 거울 앞에서 무능하고 무력한 정물 같은 몸을 보았다. 굳은 손으로 목탄을 문질러 16절 캔버스 안에 까맣게 뭉개져가는 몸을 담았다. 호석은 소파 뒤에서 캔버스를 발견하곤 찢어버렸다. 그러던 인간이 김대식의 그림은 끌어안다니. 값이 나간다는 이유만으로 부두 인형 같은 흉물을 집으로 들이다니. 무언가에 씐 사람처럼 그림을 두둔하던 호석의 모습은 해원의 기억 속에 끔찍한 장면으로 남아 있었다.

그러니까 아침부터 호석의 부탁에 선뜻 와준 것은 그가 걱정되어서가 아니었다. 혹시나 그가 이 아파트에서 뛰어내려 수아를 먼저 뒤따를까봐, 남 선생에게도 버려진 김에 새치기하듯 해원을 밀치고 감히 그 앞자리를 차지할까봐, 수아를 먼저 만날까봐, 초조함을 못 이기고 달려온 것이었다. 호석이 첫 번째 회사에서 정리해고를 당하고 처방약 한 통을 모조리 삼켰을 때, 구급차를 부른 건 열두 살 수아였다. 해원이 같은 약 두 알을 이부프로펜과 넘긴 뒤 작은 방문을 걸고 잠들었던 밤이었다.

너와 나의 깊은 병이 아이에게로 옮겨가던 밤. 너와 내가 시체처럼 누워 있던 어두운 집에 오도카니 서서 아이는 무슨 생각을 했을까. 어떤 마음으로 수화기를 들었을까. 호석에게 경고하고 싶었다. 이곳은 너와 내가 멋대로 삶을 그만둘 자리가 아니다. 다시는 안 보겠다고 끝장낸 우리가 죽일 듯 증오하는 서로의 얼굴을 기일 때마다 똑똑히 마주 보고 생사를 확인해야 하는 곳, 한 해 한 해 일그러져가는 영혼을 끝까지 지켜봐야 하는 세계다. 그것이 이 망가진 곳에 남겨진 너와 내가 오로지 해야 할 일이다.

해원은 어느새 방바닥에 누워 숨을 참고 있었다. 온 근육이 마비되고 눈만 뜰 수 있는 사람처럼 천장을 노려보면서. 일 초, 이 초, 삼 초, 사 초, 이십 초, 삼십 초……. 그렇지만 언제나 그래왔듯 일 분도 못 채우고 숨을 게워내듯 뱉었다. 눈이 욱신거렸다. 손바닥을 세게 비벼 감은 눈 위에 올렸다. 더운 기운에 욱신거림은 조금 가라앉았지만 대신 손바닥이 따끔거렸다. 아직 완전히 낫지 않은 대상포진 탓인가. 호석이 방으로 들어와 복숭아 한 알을 내밀었다. 씻어서 가져왔는지 흰털이 난 껍질에 물방울이 맺혀 있다. 해원은 고개를 내저었다. 호석이 다시 복숭아를 들이밀었다.

"아, 좀!"

해원은 호석의 손을 쳐냈다. 복숭아가 퍽 소리를 내며 바닥에 떨어지더니 몇 바퀴 굴러 벽에 가 닿았다.

"왜 그래, 귀한 복숭아를."

호석은 무릎걸음으로 뒤뚱대며 걸어가 복숭아를 주웠다. 지저분한 바지에 대충 먼지를 닦고 바로 한 입 베어물었다. 해원은 복숭아를 먹으면 두드러기가 났다. 스무 해 여름을 함께 보냈어도 호석은 모르는 사실이 해원의 복숭아 알러지였다. 수아는 그를 닮아 복숭아를 껍질째 먹어도 아무 일이 없었지만.

복숭아 박스에 만 원, 소쿠리에 5천 원.

그때도 그쯤 했었던가. 수아의 첫 기일을 맞기 전의 어느 더운 날, 해원은 동네 과일 트럭 앞에 자신도 모르게 꿇어앉았다. 복숭아는 혼을 쫓는다는데, 이걸 제사상에 올려도 될까. 어쩌지, 복숭아를 올리면 못 올 테고 올리지 않으면 실망할 텐데. 이걸 어쩐담……. 그러다 문득 자식 제사는 지내지 않는다는 말이 떠올랐다. 왜? 왜 얼굴도 모르는 조상 제사는 지내면서 자식 제사는 챙기면 안 돼? 이 세상 기일을 저 세상 생일로 보면, 수아가 더 어른이지 않을까. 수아가 더 많은 세상의 비밀을 알고 있지 않겠나. 그러니 복숭아 한 알쯤은 괜찮지 않을까. 도시락을 챙겨 소풍 보낼 때처럼 해마다 손에 들려 보낼 수 있지 않을까. 과일 트럭 앞에서 두서 없이 혼잣말을 하다 사람들이 수군거리는 걸 보았다. 얼빠진 자신을 견딜 수 없어 주머니에 손을 넣었다. 얇은 안감 위로 만져지는 허벅지 살에 손톱을 박고 피가 주룩 흐를 때까지 살점을 잡아뜯었다. 잊을 만하면 한 번씩 곪는 허벅지의 반달 모양 상처는 그때 시작된 것이었다.

제사를 지내자는 제안은 호석이 먼저 해왔다. 알아서 하겠다는 해원에게 제사만큼은 같이 지내야 한다고, 두 군데서 또 기 싸움 하듯 상을 차리면 수아가 얼마나 스트레스 받겠냐고 되물은 것이 호석이었다. 속눈썹 사이로 복숭아를 우물거리는 호석을 보는데 문득 엉뚱한 궁금증이 일었다.

"여기 중고장터는 아무나 참여할 수 있어?"

호석이 쭈글쭈글한 복숭아씨를 손바닥에 뱉으며 물었다.

"왜, 뭐 팔게?"

"그것까진 알 거 없고."

"뭐, 까다롭진 않아. 좋은 자리 얻는 게 힘들 뿐이지, 신청서 작성하고 등록만 하면 참가증 받을 수 있어. 장은 열두 시부터 여섯 시까지고……."

호석이 경험자처럼 설명을 늘어놓는 동안, 해원은 문득 007 가방에 돌반지를 넣은 이가 자신이라는 걸 기억해냈다. 장롱에 있던 카메라와 진주목걸이, 루비반지나 롤렉스시계 따위가 야금야금 사라져서 돌반지를 따로 빼놓았다. 때가 되면 줘야지, 생각하며 바느질로 꼼꼼히 입구를 여몄다. 딸이

미웠지만 그래도 첫 생일 선물은 지켜야지 싶어 비밀번호를 설정해둔 가방에 숨겼다. 그 기억이 대체 어디로 이탈했다 툭 튀어나왔나.

"아……."

0420. 그건 수아의 생일이 아니었다. 지방 출장을 다녀온 호석과 함께 수아의 출생신고를 한 날이었다.

'수아 덕분에 엄마가 살아. 마음대로 죽지도 못하고.'

자신이 뱉었던 말이 고스란히 되돌아와 귀를 찔렀다. 찢어진 수아의 티셔츠가 귓속으로 조각조각 파고들었다. 해원은 머리를 감싸쥐고 황급히 일어나 간다는 말도 없이 그대로 호석의 집을 뛰쳐나왔다. 언젠가 재산분할로 갖게 된 쓰러져가는 단독주택으로.

새로 지은 빌라 사이 끼어 있는 오래된 붉은 벽돌집. 수아는 이 집만큼이나 칙칙하고 후줄근한 옷을 좋아했다. 여러 번 붓을 헹궈 더는 붓이 씻기지 않는 물통 속 구정물 같은 색감에 전체적으로 너저분한 인상을 주는 해괴한 옷들을 사모았다. 걸치는 것에 무관심한 탓이었다면 이해라도 해봤을 텐데, 어디서 그런 남이 입다 버린 천 쪼가리만 구해오는지 평범한 애들이 좋아하는 산뜻한 유행과는 늘 동떨어져 있었고 심지어 빈티지 숍이니 뭐니 하며 돈도 많이 썼다.

소파에 기대어 앉은 채로 밤을 지새운 해원은 동이 트자

마자 수아의 옷을 쇼핑백에 나누어 담았다. 새 옷이었어도 팔리지 않을 것 같은 옷들. 딸을 도무지 이해할 수 없었던 지점. 그것들을 해가 따갑게 내리쬐는 돗자리 위에 보란 듯 전시하고 싶었다. 그늘 없는 곳에 허리를 꼿꼿이 세우고 앉아 있다 누군가 관심을 보여오면 뜨거워진 머리로 아무 말이나 지껄이고 싶었다. 셋이서 즐거웠던 때 같은 건 없었어요. 캄캄할수록 반짝이는 순간이 한 번은 있을 법한데 아무리 기억을 쥐어짜도 정말 없어요. 그런 것이 없는 가족도 분명 있겠죠. 대수로운 일이 아니겠죠. 그러다 상대가 불쑥 옷을 사겠다고 하면 물어볼 생각이다. 이유가 뭔가요? 왜 이 옷을 사려 하시죠?

파란 천막을 씌워놓은 공원의 안내부스 앞으로는 줄이 꽤 길었다. 몇몇 이들이 한 사람 이상 분의 줄을 대신 서거나 새치기를 했다. 제법 기다려서인지 관계자의 말을 들었을 때 더 허탈했다. 호석은 왜 이 동네 거주자만 판매가 가능하단 정보를 누락했나. 해원은 시야에 들어오는 호석의 아파트를 가리키며 저곳에 산다고 둘러댔다. 저곳에 산 지 십 년이 넘었다고 하지 않아도 될 말을 덧붙였다. 아주머님, 신분증 제시하셔야 해요. 담당자가 사무적인 표정으로 대답했다.
"제가 얼마 전 지갑을 잃어버려 신분증이 없어요. 없기는 한데……."

해원은 호석을 어떻게 지칭해야 할지 짧게 고민했다. 여기서 전남편이라고 해서는 안 될 일이었고 남편이란 호칭은 입과 혀가 거부했다. 수아 아빠라는 말이 희미하게 떠올랐다 사라지고 이상한 단어가 튀어나왔다.

"그 인간 신분증이면 되는 거죠?"

"네?"

"그 인간요."

"아, 예, 예."

해원은 껄끄러운 과제를 안고 몇 미터쯤 떨어진 가로수 아래로 가 휴대폰을 꺼냈다. 그 인간, 그 인간, 인간, 인간……. 해원은 인간이라는 단어에 불편한 기시감을 느꼈다. 뭐였더라. 왜 그런 공공재 같은 단어가 실수로 삼킨 복숭아 껍질처럼 까끌거리는 걸까. 휴대폰을 쥔 채로 한참 멍하니 서 있다 가까스로 기억해냈다. 둘째를 잃고 병원에 누워 있을 때 호석이 와서 위로라고 꺼냈던 말.

괜찮아. 어차피, 숨 쉬는 것부터 인간인데.

숨 쉬는 것부터 인간.

인간에 대한 무섭도록 깔끔한 정리. 그 표현은 정확히 호석의 것은 아니었다. 호석의 회사에서 한창 정리해고 대상을 추리느라 부양가족의 기준을 논할 무렵, 월가 출신의 사장

입에서 나온 말이었다. 그 시절 호석에게 사장의 말은 곧 경전이나 다름없었으니 그의 말을 그대로 옳는 것도 무리는 아니었겠지만 그래도 그렇지……. 해원은 얼마 전 뉴스에서 그 사장의 소식을 들었다. 자가 호흡을 못한다는 그는 인간일까 인간이 아닐까. 호흡과 무관한 세계로 넘어간 내 새끼들은 인간인가 인간이 아닌가.

호석은 전화를 받지 않았다. 아파트까지 찾아가 초인종을 눌러대다 공원으로 돌아오니 접수가 끝나 있었다. 어떻게 해야 할지 몰라 그냥 걸었다. 인간과, 인간이 뱉어내는 숨과, 끝없이 쏟아져나오는 물건들과, 전시된 상품으로 과적된 세계를. 그러다 조그마한 목각 인형과 촛대, 화병과 탁상시계를 내놓은 어느 낯선 여자의 돗자리 앞에 멈추어 섰다. 어깨가 봉긋한 옥색 블라우스에 홍매색 항아리 스커트. 처음 본 젊은 여자가 그 옷을 입고 있었다. 시간을 되돌려 수아의 대학 입학식 때로 돌아간 것처럼. 남 선생이 그날 내가 비웃은 걸 눈치챘나. 그래서 위아래 모두 중고장터에 팔아버렸나. 해원의 상식으로 저런 옷을 저런 조합으로 입을 사람이 세상에 둘 있을 리는 없었다.

남 선생은 어디로 갔을까. 재산분할을 어떻게 했기에 호석이 아파트에 남았을까……. 해원은 이혼 절차가 마무리되던 날, 당장 있을 곳을 구하지 못해 며칠만 머무르면 안 되겠냐는 호석에게 나가라고 소리쳤다. 그때는 정말이지 단 일 초도 숨을 쉴 수 없었다. "안 돼. 나가. 당장 나가줘. 제발!" 대문 밖으로 호석의 옷가지와 물건을 내놓았다. 호석은 쫓기듯 집을 나서야 했다. 한 번에 들고 나가는 건 어려워서 수아가 도왔는데, 호석의 짐은 그렇게 두 사람이 양손에 한 짐씩 들면 정리될 만큼이 전부였다.

돗자리 앞에 쪼그리고 앉아 빈 화병을 집어들었을 때, 호석에게 전화가 걸려왔다. 암자에서 절을 하느라 못 받았다고 했다. 이것 봐라, 해원은 가소로웠다. 주말엔 소파에 누워 야구와 당구만 보던 인간이 종교 활동? 놀라서 되물었다. "언제부터 믿었어?" 믿음이란 단어가 난데없이 튀어나왔다. 호석은 머뭇거렸다. "아, 내가 뭘 믿는 건 아니고……, 아직 사십구재가 안 끝났거든." 수화기 너머로 코를 훌쩍이는 소리가 들려왔다. 사십구재? 누구의 사십구재? 하지만 해원은 누구의 사십구재인지 묻지 않았다. 호석에겐 딸린 형제나 친척이 진저리나도록 많았으니까.

"어머님, 괜찮으세요?"

어머님? 해원은 판매자를 올려다보고 만지작거리던 화병을 떨어뜨렸다. 젊은 여자는 남 선생의 옷을 언제 벗었는지 무늬 없는 흰 티에 청바지 차림이었다. 해원은 화병을 주울 생각도 하지 못한 채 판매자를 보았다. 밤을 새운 탓에 허깨

비를 본 걸까. 이 나이에 이틀을 하루처럼 써서 어딘가 망가진 것이 분명했다. 해원은 화병을 떨어뜨려놓고 사지 않아 미안하다고, 현금이 없어 이것을 구제할 방법이 없다고 횡설수설 내뱉은 뒤, 땀에 젖은 손을 셔츠에 닦고 서둘러 일어났다.

사람으로 빼곡한 장터를 헤쳐가며 생각했다. 수아와 남 선생이 알고 지낸 기간은 채 3년이 되지 않았다. 그래서 은 연중에 무시했던 걸까. 수아의 대학 입학식 이후 본 적이 없다고 믿어왔는데, 그날, 해원이 오로지 '멋진 수의'를 구하는 데 집착하던 그날, 남 선생은 육개장과 음료를 나르고, 떨어진 수육과 문어숙회를 주문하고, 조문객들의 신발을 찾아주고, 쓰러진 호석을 챙겼다. 마치 신과의 약속을 이행하는 사람처럼 검은 정장을 입고 잠시도 쉬지 않았다. 남 선생은 모르는 사람이 아니었다. 그러니까 상황에 맞는 옷차림 같은 것을. 다만 너무 나름의 방식으로 애를 쓰고 있어 미처 챙기지 못한 것이 떠올랐다. 검은 상복과 흰 리본 머리핀. 가족 중 누구도 남 선생에게 그걸 건네줄 생각을 못했다. 잊었다고 생각한 그 모습이 무의식 어딘가에 들러붙어 지금껏 떨어지지 않았을 줄은 몰랐다.

"이렇게 멋진 수의는 처음 만져봤대요."

염하는 것을 결국 보지 못한 해원에게 그 말을 전해준 이가 남 선생이었던가. 그래, 또 다른 엄마도 자식을 잃었지. 우리는 모두 자식을 잃었지.

　어느새 해원은 공원 주차장에 서 있었다. 숱 없는 가는 머리카락이 땀에 절어 이마에 들러붙었고, 보풀이 난 셔츠가 몸에 감겨 낡은 속옷이 비쳐 보였다. 땀방울이 자꾸만 눈 안으로 흘러들어 해원은 몇 번씩 손등으로 눈을 훔쳐야 했다. 수아의 옷을 실은 차는 어디에 세웠더라. 끌고 온 차종이 뭐였지. 아무 방향으로나 손을 뻗어 폴딩 키 버튼을 누르는데 반응하는 차가 없었다.

　무작정 주차된 차 사이를 누볐다. 달구어진 쇳덩이들이 열기를 뿜어냈고, 젖은 옷에 쓸리는 팔뚝과 허벅지가 유난히 쓰라렸다. 살갗을 뜯어내듯 옷을 다 벗고 싶었으나 참았다. 그러지 않을 이유는 없었으나 그래서는 안 된다는 지각이 아직은 남아 있었다. 해원아, 여기 집 아니야, 행동 가려 해야지. 아이를 타이르듯 혼잣말을 하며 단추를 풀려던 손을 내렸다. 바람이 불었으면 좋겠다고 생각했다. 바람이 불었으면 좋겠다…….

　해원은 공원 주차장의 수많은 차들을 잠시 둘러보았고, 손을 뻗어 다시 폴딩 키 버튼을 눌렀다. 한동안 아무런 소리도 들려오지 않았다. 얼마나 시간이 흘렀을까.

　삐빅.

문득 풋풋한 바람과 함께 폴딩 키 버튼에 반응하는 소리가 들려왔다.

"수아니?"

해원은 주위를 두리번거렸다. 갑자기 머리를 움직이자 현기증이 일었다. 잠시 무릎을 짚었다 일어나는 사이 눈앞의 풍경은 천천히 휘었다 펴지는 듯했다. 해가 쨍하게 내리쬐어 눈부신 공원 주차장 어딘가에 전조등이 깜빡이고 있었다. 그 빛은 이곳에 있다 저곳으로 옮겨가고 저곳에 있다 먼 곳으로 번져갔다. 해원은 손을 뻗었다. 머무른 빛에 손을 얹고 차문을 열었다.

모르는 사랑

대학 시절 그 선배는 내 우상이었다. 선배의 말과 글은 언제나 심연을 가리켰다. 그럴 때마다 나는 선배처럼 가늠할 수 없는 세계를 품고 있는 사람이 되고 싶었다. 선배는 졸업 후 얼마 있지 않아 중앙 일간지에서 운영하는 신춘문예를 통해 소설가로 데뷔했다. 직장 생활을 한다는 소식과 함께 글 쓰는 선배에 대한 이야기는 뜸해졌지만, 얼마 지나지 않아 선배 이름의 소설이 출간되었고 이후에도 한 권의 소설이 더 나왔다. 나는 이 모든 소식을 나와 함께 선배를 동경한 또 다른 친구를 통해 알게 되었다. 선배는 우리 모두의 '최애'였으므로 선배의 근황은 우리에게 어떤 뉴스 못지않게 중요한 소식이었다. 그런 선배가 요즘 BTS '덕질'에 빠졌다는 건 놀랍지 않은 동시에 놀라운 일이었다. BTS의 시대에 BTS를 좋아하는 건 조금도 놀랄 만한 일이 아니지만 심연의 상징이었던 선배가 그렇듯 '보여지는 사랑'을 한다는 소식 앞에선 놀라지 않기도 어려운 일이었다.

그 '소식'을 들었을 때 나는 선배가 무슨 대단한 전향이라도 한 것처럼 배신감을 느꼈다. 보이지 않는 것을 가리키던 선배가 보이는 사랑을 하고 있다는 데에서 오는 나 혼자만의 괴리감, 혹은 무겁고 진지한 세계를 버리고 밝은 곳으로 가버린 것 같은 착각. 이후 들려오는 선배에 관한 소식은 함께 덕질하는 사람들과의 관계에서 벌어진 에피소드가 대부분이었다. 선배에게 덕질은 일상의 막다른 길로부터 자신을 해방시켜주는 출구이자 마르지 않는 사랑의 원천인 것 같았다. 그러나 그것이 선배에게 어떤 위상의 사랑인지 나로서는 알 길이 없었다. 덕질을 하지 않고 보낸 이십년 세월은 그 사랑에 무지해지기에 충분한 시간이니까. 솔직히 말하면 이제 나는 그 '사랑'에 취미도 취향도 없는 사람이 되었다. 그러나 사랑하는 '사람'에 대해서라면 언제든 들을 준비가 되어 있고, 실은 내 관심을 촉발시켜줄 특별한 계기를 기다리고 있었던 것 같다. 류시은의 소설을 읽는 순간 알았다. 이 소설이 바로 그 계기가 되리라는 걸.

　류시은의 소설은 나로 하여금 그 사랑의 보편성에 대해 생각할 것을 촉구했다. 시작점에는 '최애' 아이돌을 향한 팬덤의 사랑이 있지만 그 대상은 가족으로, 친구로, 동물로, 식물로 확장되었고, 당연하게도 그 모든 사랑의 핵심에는 '덕질'이라는 사랑의 속성이 있었다. 발신하는 것으로 그 역할을 다하는 사랑, 돌아오는 것을 기다리지 않는 사랑, 내가 잊어버린 사랑이자 내가 모르는 사랑. 류시은의 소설은 사랑의 상호작용에 관한 오래된 속설을 뒤로하고 홀로 전진하고 있었다. 사랑의 목표가 달라지고 비인간적 사랑의 출현도 낯설지 않은 시대에 덕질로 표현되는 사랑에 대한 사유가 새로운 것이라 할 수는 없을 것이다. 그러나 그러한 분석 이전에, 이 소설을 통해 우리가 목격하고 공감하며 참여하는 사랑의 세부가 그리 유쾌하지는 않다는 점을 짚어둘 필요가 있겠다. 사랑에 대해 말하는데도 그 사랑의 말들에는 왜인지 결별의 전조가 배어 있다. 그런가 하면 이 사랑의 이야기는 상처받으며 사랑하지 않는 자가 치르는 대가처럼 쓸쓸해 보이기도 한다. 이러한 분위기는 덕질의 사랑을 이야기할 때 외면할 수 없는 한 가지 질문 앞으로 우리를 데리고 간다. 이 사랑은 진화하는 사랑의 시작인가, 퇴행적 사랑의 결과인가.

　일대일 관계에서 생성되고 발전하며 소멸해가는 사랑의

서사를 필요로 하지 않는 사랑이라는 점에서 덕질은 초현대적 사랑일 수도 있을 것이다. 타자를 필요로 하지 않는 사랑 속에서 이 사랑의 주체는 자신이 파괴되는 경험을 하지 않을 수 있다. 그러나 파괴를 통해 탄생하는 새로운 공동체적 자아가 사랑만이 건설할 수 있는 초자아적 단위라면 이는 상처를 통해 새로운 자신으로 거듭날 수 있는 용기를 갖지 못한 사람들의 낭만적 회피쯤으로 진단될 수도 있다. 그럼에도 덕질의 사랑은 특정한 결과로 환원되지 않는다. 그러므로 다시 한번 우리를 향해 다가오는 질문. 최애로 표현되는 감정은 진화하는 사랑의 시작일까, 퇴행적 사랑의 결과일까. 소설을 읽는 내내 이 질문이 나를 사로잡았다.

이 정도 사랑이 좋다

표제작 〈나의 최애에게〉는 "최애를 좋아하는 일에 자신을 던진 사람들" 속에서 살아가는 두 사람을 비춘다. 그들이 사는 세상을 지배하는 사랑은 아이돌과 팬덤이 상호작용하면서 하나의 세계관을 이루어나가는 형태를 띤다. 팬들의 평균 연령대에 비하면 조금은 늦된 사랑을 시작한 '나'는 명동의 호텔에서 일하다 외국인 팬들이 두고 간 크레스타의 앨범을 듣고 입덕하게 된 경우다. 아이돌 용어를 검색해가며 뒤따라

가는 입장이지만 좋아하는 마음에 선발과 후발은 별 의미가 없다. 그런 의미 따위 중요하지 않다는 듯, 크레스타의 2집 쇼케이스 현장에서 '나'는 '나'보다 훨씬 어리지만 덕질 구력은 한참 앞서 보이는 "초록 머리"와 가까워진다. 최애 아이돌이 같다는 공감대로 부쩍 친해진 두 사람은 같이 하룻밤을 보내게 된다.

이 소설의 핵심 플롯은 가까워지는 동시에 가까워지지 않는 관계가 지속되는 과정에 있다. 하룻밤을 같이 보내게 된 두 사람의 거리가 좁혀질 듯 좁혀지지 않는 것처럼 '나'는 '나'에게 최적화된 거리를 유지하며 '나'의 최애를 사랑한다. 거리 둔 양쪽의 관계는 평행으로 펼쳐진다. 가까워지되 너무 가까워지지 않기. 치유받되 너무 심각한 상처는 말고, 적당한 모욕감들만 치유받기. 프라이빗 메시지 애플리케이션은 '나'의 사랑이 어떤 형태를 띠고 있는지 보여주는 극적인 사례다. 매달 7900원을 지불하면 멤버 1인을 선택해 메시지를 받을 수 있는 이 앱의 이용자들은 자신이 원하는 호칭을 설정할 수 있다. 최애 멤버가 보내는 메시지는 사전에 설정해 둔 호칭으로 변환되어 이용자의 채팅창에 전달된다. '나'는 한 숙박객으로부터 항의를 받으며 들었던 "아줌마"라는 호칭에 대한 불쾌감을 상쇄하기 위해 자신의 최애 아이돌로부터 "아줌마"라는 말을 듣는다. 그러자 단어에 묻은 나쁜 기억이 씻겨나간다.

"이 정도가 좋았다. 호칭 따위 설정에 들어가 아무때나 바꿀 수 있는. 20구경 50배율의 망원 렌즈를 통해야만 표정을 읽을 수 있는. 마음에 드는 모습만 골라 저장할 수 있고, 나의 시간에 맞추어 꺼내볼 수 있는. 똑같이 휴대폰을 들어도 그쪽에서 나를 찍을 리 없고, 불쾌하게 뜨거운 체온과 끈적이는 체액을 공유할 일 없고, HPV 고위험군 바이러스 같은 것은 나누지 않아도 되는. 언제든 내키지 않으면 그만둘 수 있는. 그래서 더 달콤하고 안전한. 이만큼의 거리가 이제는 좋고 편했다." (33~34쪽)

달콤하고 안전한, 한마디로 편한 사랑에 대해서 우리는 가장 먼저, 그것은 진정한 사랑이 아니라고 말하고 싶은 유혹을 느낀다. 초록 머리가 자신의 최애 아이돌과 차애 아이돌이 등장하는 소설을 쓸 때, 누군가는 그 이야기를 보며 "그냥 다 편하게 '문학'이라 부르"자고 말한다. "이건 문학입니다!" 하고 말하는 사람들이 있는 것처럼 달콤하고 안전한 거리를 사이에 두고 진행되는 편한 사랑을 두고 "이건 사랑입니다" 하고 말하고 싶은 사람들이 있다. 편한 사랑은 사랑이 아니라고 말하고 싶은 사람들 눈에 이 사랑은 이미 실패한 사랑이거나 상처 속으로 자신을 밀어넣을 용기가 없는 사람들의 퇴행적인 자기애처럼 보일 것이다. 그러나 파괴로부터 회복되지 못하는 사람들이 많아질 때 파괴를 통해 재건되는 것만이 진정한 성장이라고 말할 수 있는 근거는 약해진다. 그럴 때 질문은 오히려 더 근원을 향한다. 진정한 사랑이란 무엇인가.

미국의 심리학자 로버트 스턴버그는 사랑의 삼각형 이론에서 친밀감, 열정, 결심(헌신)을 사랑의 3요소로 꼽는다. 오늘날 사랑의 변화는 사실상 '결심'의 변화다. 결혼이라는 제도가 결심과 헌신을 제도로 대신해 준다면 비혼의 증가는 결심과 헌신이 과연 사랑을 구성하는 가장 중요한 요소가 될 수 있는지에 대한 회의의 반영이다. '최애'는 현재의 상태를 가리키는 말로 지금 가장 좋아하는 대상을 지칭하지만 차애와 삼애 아이돌이 있다는 것은 최애 역시 바뀔 수 있는 가변적인 존재임을 전제한다. 최애는 절대적인 대상이기보다는 부분적인 사랑을 보여주는 개념이 되고, 이는 아이돌과 팬덤이 결합해 완전체를 이루는 세계관에 부합하는 사랑의 형식이다. '최애'는 사랑의 대상이 아니라 사랑을 담는 그릇에 더 가깝다. 최애의 대상은 바뀔 수도 있다. 중요한 건 최애를 사랑하는 '나'가 바뀌지 않는다는 사실이다. '나'는 그들을 키워내고 그들을 돌보며 세계관을 완성하는 사랑의 주체다.

원본 없는 사랑

이러한 세계관에 따르면 사랑의 요소는 사랑의 바깥에도 있을 수 있다. '나'와 같은 사람을 좋아하는 팬과의 관계에서 발생하는 유대감은 최애 아이돌을 향한 사랑의 한 갈래가 된다. 이 사랑의 가능성이 최애 아이돌을 향한 일대일 관계가 아니라 아이돌을 둘러싸고 있는 환경 속에 편재되어 있다는 점이 중요하다. 그를 함께 사랑하는 사람과의 느슨한 관계는 '나'에게 있는 작은 상처들의 방편이 되어준다. 너무 좋다는 기분을 "자살하고 싶다"고 표현하는 대학교 4학년생에게 앞으로 그런 말은 쓰지 않기로 약속하자며 새끼 손가락을 내밀어보라고 말하는 '나'는 초록 머리의 이모처럼 다정하다. 초록 머리도 다른 사람이라면 반항심이 일어날 법한 상황을 순하게 받아들인다. 소설에서 '나'는 최애 아이돌뿐만 아니라 최애를 함께 좋아하는 초록 머리에게도 위로받는다. 두 사람이 하룻밤을 함께 보내게 되는 데에는 혼자 방으로 들어갈 수 없는 '나'의 사정이 있고, 나와 시간을 함께 보내주는 초록 머리의 행위는 최애처럼 '나'를 치유해주는 힘이 있다.

쇼케이스가 끝나고 혼자 호텔로 들어가는 길, '나'는 24시 카페에서 아침까지 놀다가 첫 차를 타고 돌아가겠다고 말하는 초록 머리에게 자신이 잡은 숙소에서 자고 가라고 말한다. 제주도로 내려오기 전 '나'는 명동의 한 호텔 프런트 데

스크에서 일했다. 잠이 없어 늦은 밤에 일하는 경우가 많았고, 그러다 밤에 일어나는 "쓸쓸한 일들"의 목격자가 되는 경우도 많았다. 객실에서 자살한 사람을 발견했던 날 밤은 '나'에게 잊을 수 없는 트라우마로 남았다. 사랑은 도처에 있다. 자신이 보고 싶은 모습으로 최애와 차애가 살아 돌아다니는 세계를 만드는 초록 머리의 팬픽 속에도, 자신이 원하는 거리감으로 애정을 보내는 '나'의 애플리케이션 메시지 창에도, 처음 만났지만 편안한 시간을 보내며 서로의 보호자가 되어주는 두 사람의 하룻밤 속에도. 각각의 관계는 집중된 사랑에 비하면 희미하지만, 역설적으로 희미한 사랑의 효능감은 생활 전반에 걸쳐 드러난다.

It's no real pleasure in life. '나'와 초록 머리는 자신의 아이돌이 입고 나왔던 티셔츠를 발견하고 두 장을 구입해 함께 입기로 한다. 셔츠에 적힌 문구는 의미심장하다. 인생에 진짜 즐거움은 없다. 인생에서 우리가 즐거움이라 부르는 것에 원본은 없다. 원본 따위 없으므로 즐거움의 사본 역시 없을 것이다. 사랑에 대해서도 마찬가지로 말할 수 있지 않을까. 우리 인생에서 우리가 사랑이라 부르는 것들 중에 진짜 사랑은 없다. 그러므로 우리가 사랑이라 부르는 것들 중에 가짜 사랑도 없다. 사랑에는 오직 과몰입하는 사랑과 그렇지 않은 사랑이 있을 뿐. 진짜와 가짜가 아니라 깊이 빠진 사랑과 그렇지 않은 사랑이 있을 뿐.

〈배우수업〉을 통해 진짜와 가짜에 대한 무용함은 다시 한 번 확인된다. '나'는 대학 학부 시절 사진작가 민효의 작품 사진 모델이 되어준 대가로 민효가 찍어준 프로필 사진을 갖게 된다. 배우 지망생이었던 '나'에게 프로필 사진은 언제든 필요한 것이니까. 그러나 자연스러움을 중요하게 생각하는 민효가 찍어준 프로필 사진은 연출이 들어갔던 작품 사진과 달리 너무 자연스러워서 오히려 아무런 쓸모도 없게 된다. 그 사진은 예쁘게 나오지 않은 탓에, 너무나도 '나'와 같은 나머지 진짜처럼 여겨지는 탓에, 진짜 같은 그 모습이 도저히 좋아할 수 없는 나의 모습 그대로였던 탓에, 어떤 쓸모도 갖지 못한다. 연출된 세계에서 살면서 감추고 연기하는 것이 습관이 된 '나'에게 민효와의 추억은 진짜가 유효하던 세계에 대한 추억처럼 보인다. 진짜는 배척받고, 진짜는 추억에서나 존재한다. 진짜 사랑도 마찬가지다.

화분의 비유

'최애'가 편재하는 사랑을 담는 그릇이었던 것과 같이, 헤어날 수 없는 죽음의 기억들 속에서 삶을 지속시키는 동력은 화분의 비유를 통해 계속된다. 〈인물과 식물〉은 죽음에 대한 충격에서 벗어나지 못하는 인물들의 다양한 초상과 그들의 기억을 품고 살아가는 삶의 방법론에 대한 이야기다. '나'는 이사 갈 아파트에 대한 석연치 않은 기분을 지울 수 없다. 시세보다 싼 가격에 나온 것도, 방 하나만 다른 공간과 구분될 만큼 깨끗한 것도, 출장으로 인해 오래 집을 비웠다는 말과 달리 이토록 생생하게 난잡한 것도, 그 집에서 불미스러운 일이 있었기 때문일 거라는 생각을 지울 수 없다. 이 방에서 누군가가 죽었을 거라는 생각의 이면에는 자신의 삶에 각인된 죽음에 대한 기억이 있다.

죽음의 기억 맨 앞에는 누구보다 자신이 있다. 홀로 지내던 할아버지가 갑작스럽게 병원에 입원하던 날, 부탁받은 물건을 챙기러 할아버지의 집에 들른 '나'는 한복 배자에서 순금으로 된 단추 다섯 알을 뜯어 팔아 새 노트북을 장만한다. 변변찮은 수입 없이 습작하던 시절, 은퇴한 부모와 직장인 친구에게 돈을 빌리거나 밥을 얻어먹던 무렵에 벌어진 일이었다. 자신의 행동에 대한 자괴감에 시달리던 '나'는 집에서 자살을 시도했다. 벽지가 뜯겨나간 천장을 도배하는 것으로 일단락되었지만 무의식에 남은 그 일은 그의 삶에 언제나 죽음이 앞서 있는 배경이 된다. 그런 '나'를 죽음의 환영으로부터 떼어놓은 건 식물을 돌보는 일과 학창시절 선생님에 대한 기억이다. 자식을 잃은 뒤 화단의 꽃을 가꾸는 데 몰입했던 선생님의 모습과 함께 각인된 화단의 푯말. "꽃이 자라고 있으니 건드리지 마시오." 꽃은 죽기도 한다. 그러나 꽃이 자리한 화단과 화분이 건재하다면 생명은 계속될 수 있다. 삶은 꽃의 자세로 견디는 것이 아니라 화분의 자세로 견디는 것이다. 화분의 재발견은 삶의 재발견과 다르지 않다.

"식물이 죽어나간다고 화분의 수명이 끝나는 것은 아니었으니까. 깨끗이 화분을 닦고 또 다른 식물을 담으면 화분은 완전히 다른 풍경을 보여주곤 하지 않나. 타냐가 살던 화분도 그랬다. 통통한 아기 천사 다섯이 포도 넝쿨을 두른 살구색 이태리 테라코타 토분. 멋모를 때 원예 단지까지 버스를 타고 가 흥정도 하지 않고 집어온 12만 8천 원짜리 식물의 집. 사실 그 토분은 서양측백나무인 써니스마라그에 더 잘 어울렸다. 타냐를 비운 그 공간에 써니를 옮겨 담자 토분은 그제야 꼭 맞는 주인을 찾은 듯 생기를 띠었으니까. 아기 천사들의 포동포동한 살결이 금방이라도 만져질 듯 부드럽게 살아나는 느낌이랄까. 그러니까 타냐가 심겨 있을 때와는 완전히 다른 산뜻하고 우아한 분위기로." (53~54쪽)

화분의 자세로 살아갈 때 우리는 꽃으로 살아가는 것보다 더 많은 존재를 사랑할 수 있다. 〈숨 쉬는 것부터 인간〉에서 '나'는 인간의 기준을 "숨 쉬는 것부터" 정하는 데에 반발심을 가진다. '나'는 자식 둘을 잃었다. 그중 첫째는 태어나서 제 삶을 살다 죽었고 둘째는 태어나기 전에 자신의 배 속에서 죽음을 맞았다. "숨 쉬는 것부터 인간"이라는 말은 남편이 '나'를 위로한다고 찾은 말이었을 것이다. 그러나 이 말은 '나'에게 조금의 위로도 되지 않는다. 오히려 알 수 없는 모멸감마저 준다. 당시 전남편의 회사가 정리해고를 위해 부양가족의 기준을 정할 무렵, 월가 출신 사장의 입에서 나온 이 말은 인간의 시간을 현재로 한정한다. 반박할 수 없는 기준이지만, 호흡 너머의 세계에서 존재하는 '나'의 아이들은 무어라 불러야 할까. 그들도 포함될 수 있는 기준을 꿈꿀 수는 없는 걸까.

덕질하는 팬이 자신의 최애에게 보내는 사랑은 과거의 '스타'를 향하던 사랑과 구분된다. 이들의 최애는 구체적인 힘이 되어 그들의 조건을 변화시킨다. 그들의 세계관에 영향을 주고 그들을 돌보며 키워나간다는 생각 속에서 자신의 사랑에 대한 효능감을 경험할 수도 있다. 꽃이 아니라 화분이 되는 것은 류시은의 데뷔작이기도 한 〈나나〉에서도 발견된다. 이 소설의 주인공과 함께 살았던 나나와 고양이 나나, 그리고 유칼립투스 나나까지, 인간과 동물과 식물의 연결 속에서 사랑은 끊어지지 않고 계속된다. 한 개체로 사랑의 범위를 한정하지 않기 위해 서로 다른 개체에 같은 이름을 불러주는 것은 사랑을 통해 죽음을 초월할 수 있는 가능성이자 방법이다.

새로운 그물 짜기

그렇다면 왜 이런 상상력이 필요한 걸까. 이런 관계와 이런 사랑이 필요한 세상은 어떤 세상인 걸까. 류시은의 소설을 처음 접한 것은 〈유료 분량〉을 통해서였다. 〈유료 분량〉은 온라인 플랫폼에서 계정을 해킹당한 뒤 벌어지는 해프닝을 소재로 한 소설로, 우리가 살고 있는 세상이 죄 없이 죄인을 만드는 디지털 늪의 한가운데임을 보여준다 '나'는 3년 동안 접속하지 않았던 '머그컵'에 로그인한다. '머그컵'은 웹소설이나 웹툰, 팬픽, 에세이 등 다양한 창작물을 게시하고 판매할 수 있는 온라인 플랫폼으로, 오랜만에 머그컵에 접속한 이유는 즐겨 보던 웹툰의 미공개 스케치 한 장을 보기 위해서다. 일러스트를 보기 위해 사이트에 들어가게 된 둘째 날, 결제를 하다 래그가 걸려 로그아웃과 본인인증을 반복하던 '나'는 자신의 계정이 해킹당했음을 알아챈다. 자신이 구입하지도 않은 각종 학대, 세뇌, 윤간, 고문 등의 태그가 걸린 창작물들이 구입되어 있는 것을 본 '나'는 계정을 해킹당한 것을 확신하고 사이트를 탈퇴한다.

탈퇴와 함께 일단락된 줄 알았던 해킹 건은 자신의 계정을 해킹한 상대로부터 한 통의 메일을 받으며 다시 시작된다. '나'가 계정을 멋대로 탈퇴하는 바람에 자신이 그동안 구매해온 콘텐츠가 모두 날아갔으니 그에 합당한 책임을 지라는 것이다. 콘텐츠(각종 학대, 세뇌, 윤간, 고문 등의 태그가 걸린 창작물) 구매에 들어간 돈 72만 원을 내놓으라는 어이없는 요구를 받아들일 수 없는 '나'는 그의 요구를 무시하지만, 자신의 요구가 받아들여지지 않자 그는 '소비자 신고'를 감행하고, 결국 '나'는 출석 요구서를 받아들게 된다. 지인에게 도움을 청하고, 두려움에 떨고, 무관심하고 퉁명스러운 수사관과 도움 안 되는 통화를 주고받는 지옥 같은 과정 끝에 돌아온 건 불입건 통보. 험난한 과정과 그 과정에서의 고통에 비하면 애초부터 결정되어 있었던 당연한 결과이다.

그럼에도 '나'에게 벌어진 일의 시작과 끝은 실체도 없이 강력한 힘을 발휘한다. 막무가내 고소와 무심하고 태만한 수사는 두려움과 불안을 야기하는 끔찍한 사건이 되고, 그것이 허무한 결과로 끝나기까지 그 사건은 여느 무게를 지닌 사건 사고와 다르지 않게 심각한 양상으로 '발전'해간다. 죄의 실체는 없지만 고통은 실재한다. 이 고통의 실체는 디지털 공간이 갖고 있는 절대적인 정보량과 그것이 어떻게 사용될지 알 수 없는 불신에 있다. 그 많은 정보들을 지금 누가 어떤 방식으로 보고 있을지 모른다는 생각이 전면화되는 순간, 죄에 해당하는 행위와 무관하게 마음은 위축된다. 디지털 시대의 '덫'으로 인해 왜소한 자아를 내면화할 수밖에 없는 현실의 '구조' 속에서 인간은 한없이 낮고 작은 존재가 된다. 언제든지 수치스럽고 모욕당할 수 있는 취약한 자아로 이루어진 존재에게 경계도 없고 기준도 없다. '소비자 신고'를 감행해 피해를 유발한 그와 '나' 사이에 공유되는 책임과 잘못의 기준은 없다고 봐야 할 것이다.

나는 이 소설을 읽으며 작가가 사는 세상과 내가 사는 세상이 공통된 허무의 세계이며, 이 허무는 비어 있는 허무가 아니라 덫으로 가득한 허무라는 생각을 지울 수 없었다. 우리가 공통으로 인식하는 이 허무의 세계에서 우리는 어떻게 해야 할 것인가. 앞서 읽은 사랑들은 이 덫으로 가득한 허무의 세계에서 우리를 보호해줄 새로운 그물을 짜기 위한 방법일지도 모른다. 그물은 촘촘하고 전방위적이여야 한다. 류시은의 사랑은 촘촘한 사랑인가 하면 전방위적인 사랑이기도 하다. 그의 소설이 꿈꾸는 사랑은 덫으로서의 세계가 유발한 사랑이다. 그러나 덫으로 된 세상에서도 우리는 살아가야 한다. 〈레티 흐엉〉은 완전하지 못한 우리가 완전하지 못한 채로 더 나은 더 나은 세상에 일조할 수 있는 가능성을 제시한다. 국제결혼을 위해 한국에 이주한 베트남 여성 레티 흐엉과 시누이인 '나'의 자매애를 그리는 소설에서 '나'는 남동생이 가한 폭력의 피해자인 레티 흐엉을 자신의 가족들로부터 벗어나게 하기 위해 그녀의 탈출을 계획하고 실행에 옮긴다. 이후 레티로부터 소식이 끊어지자 엄마는 남동생에 이어 자신까지 베트남으로 보내 레티를 찾게 한다. 레티와 연락도 안 되거니와 자신이 레티를 숨겼다는 말을 할 수 없는 '나'는 마지못해 베트남 다낭, 레티가 사는 집을 찾아간다. 레티 흐엉의 집을 찾아가는 길은 가정폭력범인 남동생으로 인해 고통받는 시누이를 돕고자 하는 '나'의 소극적 도움에 대한 이야기인 동시에 자신 역시 동생에게 폭력을 행사한 적 있다는 점에서 속죄의 길이기도 하다.

팬덤화된 사랑의 구체적인 행동력, 화분되기를 통해 죽음을 온몸으로 치르는 행동력에 더해 가해자의 가족인 동시에 피해자의 조력자로서의 속죄하는 선택을 보여주는 〈레티 흐엉〉에 이르기까지, 〈나의 최애에게〉에 수록된 여덟 편의 소설에서 우리는 행동이 판단에 우선하는 인물들의 전향적인 사랑을 마주한다. 이제 나는 소설을 읽는 내내 사로잡혀 있던 질문에 답할 수 있을 것 같다. 타자와의 결속 안에서 부서지고 깨지는 사랑과 달리 키우고 돌보는 사랑은 어떤 것도 그물이 되어주지 못하는 세계에서 발명된 지속 가능한 사랑이 아닐까. 우리는 우리 삶의 절박한 순간에 밤나무를 만나게 될지 감나무를 만나게 될지 알지 못한다. 〈밤과 감〉에 등장하는 노의사가 들려주는 이야기 속에서 그의 아버지는 전지하지 않은 감나무에 숨어들어 목숨을 부지했다. 그러나 그는 감이 다 떨어진 감나무를 만났을 수도 있고, 올라갈 엄두조차 낼 수 없는 밤나무를 만났을 수도 있었다. 중요한 것은 이야기를 전달하는 노의사의 정직한 태도다. 자신이 누락한 자료로 인해 잘못된 처방을 했다는 사실을 인지하고 그에 대한 책임을 조금도 회피하지 않는 것. 사랑과 책임감은 실체가 사라져가는 덫으로 가득한 세상에서 살아가기 위해 우리가 새롭게 짜야 할 그물의 재료이자 우리가 채워나가야 할 '최애' 목록이다.

여전히 가벼운 마음은 어렵다.

후회할 것을 알면서도 쓰는 글이 있다. 소설집 속 단편들이 그랬다. 끝이 바로 눈앞에 보이는데도 만날 수밖에 없었던 사람처럼, 죽을 것을 알면서도 살아가는 오늘처럼. 여덟 편 모두 한 시절 어쩔 수 없었던 마음이 담겨 있다.

소설은 반짝이는 재주로 한 번에 쓰는 것이 아니라 피로 써야 한다. 시간이 흘러 색이 변하더라도 피로 쓸 수밖에 없다. 언젠가 사랑하는 선생님께 들은 말이 인상에 깊게 남았고, 소설을 쓸 때마다 그 말을 되새겼다. 몇 년 지나 선생님은 그 말을 취소했다. 소설은 잉크로 쓰자고, 그래도 괜찮다고. 순간 까마득한 기분이 들었다.

잉크로? 어떻게?

몇 년 뒤, 최애가 갑자기 물음을 던졌다.

종이에 묻은 피가 오래되면 무슨 색이 되는 줄 아시나요?

피로 쓴 글씨는 불가피하게 색이 변한다지만, 붉게 써내려간 문장들이 훗날 어떤 빛을 띨지 궁금해본 적은 없었다. 뜻밖의 선물처럼 답을 받았다.

초록색.

마음을 쏟은 시간들이 결국 가장 사랑하는 색깔로 바뀌어 돌아온다는 사실을 알게 되었다. 덕분에 대안을 구했다. 시간이 흐른 뒤의 색이 더 원하는 방향이라면, 처음부터 그 색을 써보는 건 어떨까. 초록색 잉크를 모으기 시작했다.

몇 년 전 〈초록에서 빨강〉이라는 짧은 소설을 썼다. 소설에는 성탄 시즌 붉은 잎이 풍성할 때 들여온 포인세티아가 나온다. 그 열대 관목은 계절이 지나 빨강의 기억을 품은 초록이 된다. 화분이 있는 집에 초대받은 화자는 언뜻 포인세티아를 알아보지 못한다. 다만 무성한 초록 잎을 보고 식물의 이름을 물어본다. 아직 조그마한 나무 한 그루를 유심히 살펴봐주신 은희경 작가님과 정유정 작가님께 무한한 감사 인사를 드린다.

소설을 쓰다 알게 되었는데, 포인세티아의 붉은 잎을 다시 보려면 일교차가 커질 무렵 박스나 검정비닐을 씌워 50일 동안 하루 14시간 빛을 차단해야 한다. 업자도 아닌 사람이 그걸 어떻게 하나, 생각했는데 성공했다는 사람을 만났다. 백다흠 편집장께 고마움을 전한다.

선뜻 해설을 맡아주신 박혜진 평론가께도 감사드린다. 이토록 아름다운 해설을 받은 것은 포인세티아의 꽃말처럼 행운이다.

햇볕에 정수리가 따뜻해지고, 살에 스치는 바람이 아직은 시원한, 화분 속 식물들이 대체로 무탈한 계절에 첫 소설집이 나오게 되어 다행이다. 오랜만에 마음이 편하다.

그리고 나의 최애에게, 당신께, 이 책이 선물이 될 수 있기를 바라며.

2023년 6월
류시은

심사평

    이 소설들은 끝까지 읽게 만드는 힘이 있다. 인물과 소재가 다양한데도 모든 이야기에 실감이 있기 때문일 것이다. 또한 디테일이 풍부하고 동선이나 상황 묘사가 정밀해서 쉽게 이입이 된다. 하지만 흥미의 지점에서 멈춰 있는 게 아니다. 가령 아이돌팬덤 현상을 실감나게 재현하는 데에서 그치지 않고, 그것을 작동시키는 구조와 그를통해 소비되는 개인의 욕망, 그 유착관계를 통찰함으로써 윤리적 질문을 던진다. 식물을 유기하는 과정을 통해 인간의 내면에 있는 불안과 두려움을 포착하는 지점 또한 서늘하게 다가온다. 세상은 나쁘게 돌아가지만 그래도 인간의 기본을 지키며 좋은 사람으로 살고 싶다는 인물의 이야기이기에 흡인력이 있는 것이다.

— **은희경**(소설가)

어떤 세계를 다루든, 작가가 독자에게 반드시 얻어내야 하는 미덕이 있다. 기발함, 비범함, 참신함, 독창성, 자기 색깔 등은 이 미덕이 확보된 후에나 논할 문제일 것이다. 바로 '신뢰'다.

당연한 얘기지만, 신뢰는 쉽게 얻어지지 않는다.

이야기의 입구가 인상적으로 열릴 때

이야기가 가는 길이 설득력을 가질 때,

이야기의 출구가 말이 되는 지점에 놓여 있을 때,

이야기의 디테일이 생생하게 살아 있을 때,

이야기를 끌어가는 문장이 안정되고, 정확할 때,

이야기를 감싼 작가의 세계관이 진정성 있게 읽힐 때,

이야기를 통해 작가가 세상에 던지는 질문이 진지하게 들려올 때,

이 모든 요소를 작품집에 묶인 소설들이 일관되게 가지고 있을 때 우리는 기꺼이 작가를 신뢰하게 된다. 문학에 대한 성실성과 단단한 자기 철학의 기반 위에서만 가능한 일이기

때문이다. 신뢰가 확보되면, 작품은 읽는 이의 취향과 무관하게 강렬한 흡인력을 갖는다. 깊은 울림과 풍부한 여운까지 준다면 더 말할 것이 없겠다.

이런 작가를 발견한다는 것은 심사자에겐 큰 행운이다. 올해 우리는 큰 행운을 얻었다. 작가의 더 큰 성장을 지켜볼 수 있다는 기쁨도 함께.

— **정유정**(소설가)

나의 최애에게

1판 1쇄 발행 2023년 6월 7일

지은이 · 류시은
펴낸이 · 주연선

(주)은행나무
04035 서울특별시 마포구 양화로11길 54
전화 · 02)3143-0651~3 | 팩스 · 02)3143-0654
신고번호 · 제 1997—000168호(1997. 12. 12)
www.ehbook.co.kr
ehbook@ehbook.co.kr

ISBN 979-11-6737-309-0 (03810)

• 이 책은 템퍼코리아와 한국메세나협회, (주)은행나무출판사가 한국문학의 미래를 이끌어갈 젊은 작가를 대상으로 실시한 등단작가 '첫 책 지원 공모' 선정작입니다.